Pierantonio Foltran

L'Amore nella provincia veneta

MNAMON

*Ai miei figli, a tutti i giovani perché trasformino
i loro sogni in obiettivi da raggiungere*

L'incidente a Marco, settembre 2012

Marco era disteso, le braccia allungate sopra la testa, il viso rivolto al cielo, le gambe scomposte.

Aprì gli occhi, lentamente, e vide le nuvole chiare spostarsi nel cielo azzurro di quel limpido autunno, sopra le montagne. Sentì una leggera brezza sul viso, poi, respirando a fondo, lo ferì un forte dolore al petto.

Aspettò, provò ad alzarsi sui gomiti, ma il dolore troppo acuto lo costrinse ad appoggiare la testa sull'erba e svenne di nuovo.

Anna, dopo una corsa giù per il sentiero, che si snodava nel bosco in mezzo a faggi, frassini e abeti, era arrivata alla radura: ansimava e, nel riprendere fiato, si guardava attorno, ma Marco non c'era.

Stette qualche minuto in ascolto, nessun rumore sopraggiungeva, né dal sentiero né dall'interno del bosco.

Allora continuò a risalire chiamando: – Marco, Marco!

Attese ancora; poi urlò, con la voce più forte che aveva: – Marco, Marco! – Ancora nessuna risposta.

Iniziò a preoccuparsi.

Erano partiti insieme in discesa, di corsa, ma lui si era subito allontanato da lei e dalla sua vista.

Ora, risalendo il sentiero, Anna camminava lentamente, guardando a destra e a sinistra. Marco poteva essere caduto, pensò, forse era incespicato in una radice di abete o in un sasso.

Chiamò ancora: niente. Nessuna voce, nessun rumore.

Nello stesso momento, Marco riaprì gli occhi e tentò nuovamente di alzare la testa. Il petto gli doleva ancora. Respirò lentamente e notò che, se respirava piano, il dolore era meno intenso. Doveva aver ricevuto un colpo al torace. Con un ulteriore sforzo si alzò sui gomiti, vide i jeans strappati lungo la gamba destra, tentò di osservare meglio, ma, nel tentativo di muoversi, gli uscì dalle labbra un grido di dolore.

Fu allora che Anna lo udì: un forte lamento e, dopo qualche secondo, un altro. Proveniva dalla parte bassa del sentiero. Si incamminò in quella direzione per una cinquantina di metri e, a quel punto, lo vide: al margine del lato destro del sentiero, tra l'erba alta e secca, spuntava uno scarpone da trekking con le stringhe rosse, era quello di Marco.

Spostò i rami del pino e finalmente individuò l'amico: era sdraiato a terra e sembrava essere stato investito da qualcosa, sbalzato sul lato destro del sentiero, la camicia di flanella a quadri strappata sul petto, i jeans lacerati e sporchi di sangue sulla gamba. Anna si inginocchiò chiamandolo:
– Marco, Marco! – e accarezzandogli il viso.

Marco, nel sentire la sua voce, aprì gli occhi e tentò un sorriso. Si guardarono. A lei si velarono gli occhi di lacrime, mentre lui aveva sul viso una smorfia di dolore:
– Piano! Non muoverti! – gli disse.

Cercò subito di accertarsi di quali fossero le sue condizioni. Era stato colpito da qualcosa, una grande macchia di un rosa intenso era evidente nel lato destro del torace; nello stesso punto la camicia era lacerata e la pelle scorticata.

Anna passò poi ad osservare la gamba destra, dove i pantaloni erano strappati e sporchi di sangue. Spostati con delicatezza i lembi del tessuto, notò una ferita lunga che dalla coscia scendeva al ginocchio. Per fortuna il tessuto aveva rallentato in qualche modo l'uscita del sangue. Marco emise un lamento.
– Stai tranquillo amore,- gli disse- non ti muovere! Cerco aiuto, ora chiamo il pronto soccorso.

La voce le uscì dolce, ma le labbra ebbero un tremito. Si chinò e lo baciò sulla fronte.

Solo allora si accorse che anche i suoi capelli neri erano sporchi di sangue e notò che proprio lì, sotto la nuca, sporgeva una roccia dal terreno: cadendo aveva probabilmente battuto la testa ed era svenuto.

Anna si fece coraggio, tolse lo zaino dalle spalle, estrasse un fazzoletto e glielo legò sulla coscia, cercando di tamponare l'uscita di sangue; poi gli alzò con delicatezza la testa, per controllare la ferita.

Preso il cellulare dallo zaino, pensò di chiedere aiuto a suo marito al Pronto Soccorso, lui sicuramente sapeva come affrontare la situazione; Marco era ferito gravemente e bisognava agire in fretta!

Compose il numero di Sergio, che quel sabato era di turno, nel reparto di chirurgia dell'ospedale di Padova.

Digitò il numero, ma non avvertì alcun suono. Guardò il display e si accorse che non c'era campo. Osservò Marco, che sembrava avesse di nuovo perso i sensi.

Dopo un attimo di esitazione, decise di uscire dal bosco, corse verso la radura e riprovò: finalmente il telefono iniziò a squillare.

Sergio, in quel momento, era concentrato nell'esame della cartella clinica di un paziente. Sentì la vibrazione della chiamata, estrasse lentamente il cellulare dalla tasca del camice e guardò il display: Anna, che raramente lo cercava quando era di turno in reparto, lo stava chiamando.

Sorpreso, rispose subito.

La parole di Anna gli arrivavano affannate e stridule, per metà incomprensibili. Le disse di calmarsi e di parlare lentamente, perché la linea era disturbata. Lei prese fiato, si acquietò e cercò di spiegargli più lentamente che cosa era accaduto.

Anna, aprile 2011

Quella domenica mattina non era una delle più soleggiate, ma Marco era deciso: dopo due fine settimana di inat-
tività sportiva, sarebbe salito in montagna per la sua corsa
in mezzo al bosco.
Psicologo presso una grande azienda di Vittorio Veneto, nei giorni lavorativi caricava la sua mente di tutte le
frustrazioni del personale della ditta. Vinta infatti l'iniziale diffidenza, dopo alcuni mesi dalla sua assunzione,
non c'era persona, dal magazziniere alla centralinista, dal
commerciale al direttore amministrativo, che non chiedesse di avere un colloquio con lui.
Marco era sempre disponibile, aveva la capacità di saper
ascoltare le persone.
Oggi, però, avrebbe pensato solo a sé.
Alle sei scivolò fuori dal letto e poi dall'appartamento,
caricò zaino e scarponi da trekking sulla Golf e mise in
moto.
La mattina era umida, con una leggera nebbia. Guidò attraversando il centro della città, alla fine girò a destra e,
dopo qualche chilometro, la strada iniziò a salire; uno,
due, tre tornanti e il sole sbucò. Più saliva, più il sole
splendeva, mentre la pianura e le colline sottostanti erano
ancora coperte dalla coltre di nebbia.
Dopo gli ultimi tornanti tra faggi e betulle, Marco attraversò in auto la piana, dove trionfavano tutt'attorno i colori verdi degli abeti. Salì ancora un po' verso l'Alpago,
poi imboccò a destra la strada della forestale e, dopo qualche minuto, arrivò finalmente ad una verde radura.
Era il parcheggio di un vecchio hotel, costruito, quasi tutto in legno, negli anni '50. Nonostante fosse ormai chiuso
da diversi anni, la costruzione, in pietra e legno, mostrava
ancora la sua eleganza.

Il parcheggio era vuoto, qualche buon camminatore sarebbe sicuramente arrivato a breve.

Marco indossò gli scarponi, mise in spalla lo zaino, chiuse la Golf e si incamminò di buon passo per la salita della strada forestale.

La via si inerpicava, addentrandosi sempre più nel bosco di pini e restringendosi fino a divenire un sentiero.

Terminata la salita, Marco si sedette su un tronco, accanto ad una catasta di legna, ad ammirare i raggi del sole che penetravano, con mille giochi di luce, attraverso i rami. Trascorse qualche minuto in silenzio ad ascoltare il bosco.

Infine si preparò alla discesa: si alzò, appoggiò con forza le braccia alla catasta, fece alcune flessioni sulle ginocchia, pulì per bene le suole degli scarponi, con un pezzo di corteccia, e si sentì pronto.

Prese un bel respiro, puntò lo sguardo sul sentiero, in ripida discesa, e poi via, giù di corsa!

Quel sentiero lo conosceva a memoria. La discesa aumentava e la velocità pure. Bisognava tenere lo sguardo puntato verso il basso, per schivare le pietre e le radici che spuntavano dal terreno. Ansimava e i battiti del cuore erano in aumento; – Più eccitante dei duecento in autostrada! – pensò.

Il sentiero qualche volta si restringeva e qualche ramo di pino lo colpiva in varie parti del corpo. Mentre scendeva correndo, il bosco cambiava, i secchi abeti lasciavano lo spazio ai verdi faggi.

La discesa in mezzo agli alberi continuò precipitosa, ancora per una ventina di minuti, poi il bosco finalmente si aprì alla luce del sole e il percorso si divise in sentieri più piccoli, che portavano tutti alla bella piana del Cansiglio.

Marco però non voleva uscire subito dal bosco, così si diresse sulla sinistra, rimanendo ancora all'ombra degli alberi, fino a terminare la sua corsa in una piccola radura.

Di fronte, si alzava una scura parete di roccia, imprevedibile per quel luogo, alla cui sinistra una frana dava su un baratro profondo, mentre a destra il bosco si allargava e, in lontananza, si poteva scorgere la strada asfaltata, che attraversava tutta la valle.

Rallentò e si fermò, appoggiando le braccia alla parete di roccia.

Per riprendere fiato, portò più volte le braccia in alto, per agevolare l'entrata dell'aria nei polmoni. Infine prese a camminare lentamente, dirigendosi verso il lato del dirupo.

Improvvisamente, gli giunsero chiare grida di aiuto.

Si diresse con prudenza in direzione delle grida, spostò alcuni rami, si inginocchiò e, sporgendosi con la testa, la vide: una donna era appesa con le mani a una grossa radice. Il piede sinistro era poggiato con la punta sopra uno spuntone di roccia, mentre la gamba destra dondolava nel vuoto. La donna cercava disperatamente un appoggio anche per il piede destro, ma inutilmente.

Marco si sdraiò sulla pancia e cercò di sporgersi al massimo. Fu allora che la poveretta lo vide e smise di urlare. Restò appesa, senza dimenarsi: – Mi aiuti, mi aiuti, sono scivolata! – disse.

Marco allungò le braccia, ma riusciva solo a sfiorarne le dita della mano.

Si alzò, tolse lo zaino dalle spalle e si ridistese sulla pancia, sporgendosi il più possibile e calando verso la donna lo zaino, esortandola ad afferrarlo all'altra estremità. Quando lei l'ebbe afferrato, iniziò lentamente a tirarlo verso di sé.

Bastò una decina di centimetri e riuscì a stringere il polso della sconosciuta con la mano destra. Per fortuna la donna non pesava molto e, mentre lei con la mano sinistra faceva forza sulla radice, Marco la tirava a sé con determinazione, senza mollare la presa.

Quando fu sufficientemente vicina, le urlò di lasciare la radice e di portare la mano sinistra sul suo collo. Con la donna appesa da una parte al collo e dall'altra tenuta per il polso, Marco indietreggiò sul ventre per una trentina di centimetri, si mise in ginocchio e, con tutta la forza che aveva, la portò verso sé stesso.

Finalmente lei riuscì ad appoggiare le ginocchia sul terreno solido, Marco allora si mise in piedi, alzandola di peso, per poi stringerla a sé.

La donna lo teneva stretto. Tremava. Abbracciata a Marco continuava a ripetere: – Grazie, grazie! – mentre lacrime copiose le scendevano dagli occhi.

Nella fase del salvataggio era rimasta in tensione emotiva, ma ora le gambe sembravano non sostenerla.

La prese in braccio di forza, voltando le spalle al dirupo, e si diresse verso la radura, fino alla roccia, dove la adagiò con la schiena appoggiata alla parete.

Solo in quel momento la giovane si sentì finalmente al sicuro.

Marco le si sedette accanto e inspirò profondamente, cercando di normalizzare la propria respirazione. Era stato anche per lui un grande sforzo.

Con dolcezza le passò un braccio dietro le spalle e la strinse di nuovo a sé.

Dopo qualche minuto lei si calmò, si scostò un po' e iniziò a parlare:

– Mi chiamo Anna Coltran. – disse – Grazie molte. Che spavento! Non so come ringraziarla. Lei mi ha salvato la vita.-

Marco sorrise e per la prima volta la osservò: indossava jeans slavati, un maglioncino azzurro e ai piedi, sopra le calze scure, solo una scarpetta nera con un po' di tacco, l'altra probabilmente era volata giù nel dirupo. I capelli erano neri e lunghi e gli occhi di un intenso verde. Marco allungò la mano e si presentò: – Marco. – disse – Marco Palieri. Lei è stata molto fortunata che mi trovassi nei paraggi.

– Può ben dirlo! – disse Anna fissandolo per la prima volta direttamente negli occhi.

– Ma, mi racconti, – continuò lui, – come ha fatto a scivolare nel dirupo?

– Sono stata una stupida. – rispose Anna, respirando a fondo e scostandosi i capelli dalla fronte con le dita.

– Oggi il tempo non era bellissimo, inizialmente sono uscita solo per guardare il cielo, insomma, per prendere un po' d'aria, e non mi sono vestita per camminare in mezzo agli alberi. All'improvviso è sbucato dalle nuvole un bel sole, il vento era calato e il sentiero sembrava ben battuto. Così mi sono inoltrata, pian piano, fino ad arrivare qui, alla parete di roccia. Stavo per girarmi e tornare indietro, quando alla mia destra ho visto degli strani fiori bianchi, ne ho seguito per un po' il percorso, aggirando la roccia e dando le spalle al dirupo e, alla fine, non mi sono accorta di essermi avvicinata così tanto al baratro.

Anna continuò, un po' tesa: – Ad un certo punto, il mio piede sinistro non ha toccato più il terreno, ho perso l'equilibrio e mi sono spaventata.

Colta dal panico, mi sono gettata con il busto in avanti, cadendo al suolo, ma a quel punto ho percepito che le mie gambe erano nel vuoto e istintivamente ho cercato di aggrapparmi disperatamente al terreno, mentre scivolavo inevitabilmente. Per fortuna con la mano sono riuscita a stringere una radice e poi il piede sinistro ha trovato un appoggio. Ma mi sono subito resa conto che non sarei più riuscita a risalire.

Presa dal panico ho iniziato a gridare, gridare... meno male che alla fine lei mi ha sentito!-

Anna lo guardò piena di gratitudine e sorrise.

Nel frattempo il tempo era peggiorato. Dopo la nebbia del primo mattino e dopo un po' di sole, il cielo si era coperto di nubi minacciose e già si vedeva qualche goccia scendere sulla piana.

Marco indossava scarponi e vestiti impermeabili, ma Anna, che era uscita per una breve passeggiata, indossava solo un maglioncino, quindi avvertì subito il cambio di temperatura ed ebbe un leggero brivido.

Sotto i faggi iniziò a penetrare lentamente la pioggia.

Anna cercò di alzarsi, ma si accorse in quel momento di avere una sola scarpa.

Marco la vide in difficoltà e fu pronto a sostenerla.

– Appoggiati a me! – le disse: – Dobbiamo cercare un riparo.

– Grazie! – rispose lei, circondando con un braccio il collo di Marco e, con il piede scalzo, leggermente alzato, si incamminò con lui fuori dal bosco.

Gli indicò la direzione da prendere: – Ho una casetta, poco lontano da qui. L'ho ereditata alcuni anni fa dalla mia nonna materna. Nei fine settimana mi piace lasciare la città, per venire quassù, a fare due passi nella natura.-

Usciti dal bosco, il sentiero si allargava e saliva alla loro destra per circa un chilometro, nello spazio aperto dei prati.

La pioggia, nel frattempo, cadeva sempre più fitta e furono costretti ad accelerare il passo. Anna dovette appoggiare il piede senza scarpa sull'erba, il suo braccio lasciò il collo di Marco e le loro mani si incrociarono.

I due procedettero mano nella mano, con passi sempre più veloci, fino al casale.

Si era ormai prossimi a mezzogiorno, quando Anna e Marco varcarono la soglia del rifugio. Intanto, nuvole scure continuavano ad addensarsi a ridosso del Monte Cavallo, mentre, di fronte, la cima del Pizzoc era già scomparsa, avvolta dalle nubi.

La pioggia non dava nessun segno di diminuire di intensità.

Anna aprì la porta, che non era chiusa a chiave, ed invitò Marco ad entrare. Questi si tolse per prima cosa la felpa bagnata, appoggiandola sopra una delle tante sedie, mentre Anna si diresse verso la cucina a legna e accese subito il fuoco, che in poco tempo avrebbe scaldato l'ambiente e fornito l'acqua calda per una bella doccia, di cui sentiva di avere un disperato bisogno.

Marco si era accomodato su una delle sei sedie in legno, disposte attorno al tavolo di ciliegio, e si guardava attorno.

La cucina era spaziosa, con due sole finestre: quella a destra della porta dava sui prati della valle, che avevano appena risalito, l'altra si trovava sulla parete dove erano stati collocati i mobili della cucina e volgeva verso l'interno del bosco.

Marco notò il pavimento in pietra grezza, quindi osservò le pareti, costruite fino ad un metro d'altezza con sassi a vista e poi dipinte di bianco fino al soffitto. La parete dove era disposta la cucina era ricoperta da pannelli in legno. Verso l'interno del rifugio si notava un rialzo, anch'esso in legno, alto una ventina di centimetri, che separava la cucina dalla zona letto. Sopra vi si trovava un letto matrimoniale in ferro battuto, con un materasso alto, che dava l'idea di essere ben imbottito, e un copriletto bianco con delle righe blu. Ai lati, dove la luce arrivava a stento dalle finestre della cucina, due comodini in legno di ciliegio, con sopra due abat jour color ocra. A completare l'arredo, due piccoli tappeti arabi erano posizionati ai lati del letto. Il tutto ispirava una sensazione di semplicità e di calore.

Anna indossava ancora il maglione e le calze bagnati. Era china, senza le scarpe, e soffiava sul fuoco della cucina a legna. Quando finalmente vide le fiamme ravvivarsi, si rialzò e si voltò verso di lui, sorridendogli.

Marco la stava osservando e, a quel punto, gli sguardi si incrociarono e le ricambiò il sorriso. Anna si accomodò su una sedia vicino a lui, gli prese lentamente la mano: – Ancora grazie. – gli disse. Lui la guardò, non aggiunse nulla, ma le tenne per qualche istante la mano fra le sue.

Dopo alcuni minuti, nella cucina si andava diffondendo un lieve tepore e si sentiva lo scoppiettio della legna che bruciava.

Anna si sentiva finalmente tranquilla, tutto stava tornando lentamente alla normalità. Aspettava che l'acqua in bagno si scaldasse un po'. Con i vestiti e i capelli bagnati si sentiva a disagio.

Lasciò la mano di Marco e si alzò: – Vado a prepararmi per la doccia. Se vuoi, quando l'acqua sarà di nuovo calda, potrai farla anche tu.-

– Sì grazie, molto volentieri! – rispose Marco, il quale si sentiva sia sudato che bagnato.

Prima di recarsi in bagno, Anna prese una bottiglia di vino rosso, un cabernet franc, due bicchieri e posò tutto sulla tavola: – Serviti! – gli disse. – Non ho altro qui, la mia dispensa in questo momento offre ben poco.

Lui le sorrise e le disse che avrebbe bevuto volentieri un bicchiere di vino, ma preferiva berlo dopo la doccia e in sua compagnia.

Dopo alcuni minuti sentì scorrere l'acqua della doccia; allora si alzò dalla sedia e si diresse verso la finestra, scostò la tenda a disegno scozzese e guardò fuori.

Il buio aveva coperto la valle e la pioggia scendeva fitta e leggera. Si mosse nella stanza, controllò il fuoco e mise un pezzo di legna nella stufa. Ora si stava bene, la temperatura era salita. Fece qualche passo verso il letto e ne tastò il materasso: – Poco morbido. – pensò, proprio come piaceva a lui.

Seduto sul materasso, girò lo sguardo verso il bagno, probabilmente ricavato togliendo un po' di spazio alla camera. La porta era aperta e si vedeva il box doccia, grande e moderno. Si poteva scorgere, attraverso il vetro, la figura di Anna muoversi all'interno.

Lei aveva fatto lo shampoo e si stava versando il sapone liquido sulle mani; iniziò a lavarsi il collo, le spalle, i seni... Marco la guardava: il suo corpo minuto gli sembrava ben proporzionato.

Lei si girò per sciacquarsi, alzò la testa e lo vide osservarla, attraverso il vetro. Gli sorrise e tranquilla continuò.

Dopo pochi minuti, indossò l'accappatoio e uscì.

In attesa che l'acqua fosse nuovamente calda, si sedette sul letto al suo fianco ed entrambi si lamentarono del tempo.

Quando finalmente anche Marco sentì l'acqua calda scorrergli lungo il corpo, si rilassò, lasciando defluire, assieme all'acqua, tutti i pensieri e le preoccupazioni del giorno.

Anna aveva indossato un pigiama di flanella bianco, con bottoni in madreperla verdi, preso dal guardaroba minimo, che teneva nei cassettoni posti ai lati del letto, costituito da qualche paio di jeans, una tuta di cotone, due maglioni di lana, il pigiama che ora indossava, qualche indumento intimo e, infine, due paia di calzini di lana.

Dei vecchi indumenti della nonna e del nonno non aveva tenuto quasi nulla, solo di due camicie di flanella del nonno non era riuscita a liberarsi.

Qualche volta le usava, per fare un po' di giardinaggio, come tagliare l'erba attorno al fienile o, in primavera, quando saliva per sistemare la legna o per sostituire le piante di gerani.

E non scordava mai, tornando al rifugio da casa, di riportarle sempre lavate e stirate.

Entrambe a quadri, una bianchi e celesti, l'altra bianchi e rossi, le tolse dal cassetto e le posò sopra il letto.

Marco era ancora sotto la doccia, dove l'adrenalina per il salvataggio di Anna si era sciolta.

Era felice e iniziò a canticchiare. Si sentiva a suo agio come a casa sua, anzi, meglio che a casa!

Quando l'acqua cominciò a raffreddarsi, chiuse il rubinetto e uscì dalla doccia.

Anna gli porse un asciugamano pulito, per niente imbarazzata dalla sua nudità, e gli sorrise.

– Grazie! – disse Marco, mentre avvertiva l'imbarazzo arrossargli le guance.

– Sopra il letto ci sono delle camicie di flanella, erano di mio nonno, sono pulite... prendine una, così mettiamo le tue cose su una sedia, vicino al fuoco ad asciugare. – disse Anna. Marco la ringraziò di nuovo, si infilò la camicia di flanella a quadri bianco celesti, poi si diresse verso il suo zaino ed estrasse un paio di pantaloni di ricambio, che portava sempre con sé quando saliva in montagna.

Fuori ormai regnava solo il buio e si sentiva la pioggia scendere ancora fitta sul tetto.

Quando saliva in montagna, la domenica sera lui era solito cenare e dormire in una delle pensioni della zona: Il Ciclamino, una delle poche aperte tutto l'anno, gestita da una coppia di persone anziane. Marco era ai loro occhi più di un cliente: un conoscente, un amico. La simpatia era reciproca ed egli spesso cenava con loro, allo stesso tavolo.

Marco lasciò andare la tenda della finestra, si volse verso Anna e disse: – È ora che io vada, ho una camera prenotata alla pensione.

Avrebbe dovuto fare circa tre chilometri a piedi, sotto la pioggia, per arrivare al parcheggio dove aveva lasciato l'auto.

Anna allora gli si avvicinò, guardò fuori nel buio e:

– Ascolta, rimani qui, mangeremo un po' di pasta, quella ce l'ho.

Il letto è grande, ci stiamo comodi entrambi, domani mattina ci alzeremo presto, io per le otto devo essere in stazione a Conegliano.

Ti posso accompagnare al parcheggio a qualsiasi ora.-

Marco la fissò, poi disse: – Per le nove devo essere in azienda, ciò vuol dire che almeno per le sette dobbiamo partire.

– Bene, – rispose Anna, – metterò la sveglia mezzora prima, un caffè e andremo giù.

19

– D'accordo, però devo avvisare la pensione. Ora telefono, così li avverto che passerò domani mattina a prendere le mie cose.

Anna annuì e mise a bollire l'acqua per la pasta.

Burro, formaggio, una bottiglia di olio di oliva, sale e pepe, qualche pacco di pasta, alcune bottiglie di vino, questo era tutto quello che teneva in dispensa. Veniva al rifugio raramente durante l'anno, quasi sempre da sola. Suo marito era spesso occupato nei fine settimana e suo figlio Andrea, ormai diciotto anni compiuti, era sempre più difficile da convincere a seguirla lassù.

L'acqua iniziò a bollire. Mise sul tavolo due tovagliette da colazione, due piatti e le posate.

Quando la pasta fu pronta, si accomodarono, uno di fronte all'altra.

Marco le versò un po' di vino rosso.

– Questo fienile così ristrutturato mi piace molto. – osservò Marco – Pietra, legno e poco altro. Bello così semplice... funzionale ed accogliente.

– Come ti ho detto, – disse lei – l'ho ereditato dai nonni, ma non era in buono stato. Ai miei genitori non piaceva la montagna, quando avevano la possibilità di prendersi qualche giorno di ferie, preferivano le località di mare; io, invece, non sono mai stata appassionata delle spiagge affollate e li pregavo di lasciarmi qui, specialmente d'estate. I miei nonni erano felici di avermi qualche giorno con loro.

Anna continuò il suo racconto: – Erano di origine cimbra, qui avevano molti parenti e amici.

D'estate andavamo a passeggiare per ore nei sentieri, con loro ho imparato tutti i nomi degli alberi e dei fiori della zona.

Alcuni cugini avevano un bel maneggio, qui vicino, e così un'estate imparai pure a cavalcare.

Purtroppo, diventati un po' più vecchi, sopraggiunti alcuni problemi di salute, decisero di trasferirsi in un appartamentino, a pochi chilometri dal centro di Vittorio Veneto.
Da quel giorno, questa casetta di montagna rimase quasi del tutto abbandonata.
Solo mio padre, due o tre volte l'anno, veniva qui, aggiustava una tegola, tagliava l'erba, ma niente di più. La casa fu trascurata per anni.-
Anna a quel punto fece un pausa, sorseggiò il vino e riprese.
– Quando mi sposai, i miei genitori mi chiesero cosa avrei voluto come dono di nozze. Non ebbi dubbi: "Voglio la casetta dei nonni." dissi. Mi ci volle qualche anno, dopo essermi sposata, per convincere mio marito Sergio a ristrutturarla, a lui la cosa non interessava per niente.
Io, al contrario, ho sempre amato questo posto, fin da bambina: le montagne, il bosco, le passeggiate, i percorsi a cavallo. A volte, se nevica, i turisti salgono pure d'inverno.
Marco, non l'aveva interrotta, nel frattempo aveva terminato la pasta e si era versato un po' di vino rosso.
Si era subito sentito in sintonia con questa donna, appena conosciuta, dai capelli neri e dagli occhi verdi.
Anna aveva terminato di parlare e sembrava quasi attendere che fosse lui a raccontarle qualcosa di sé stesso.
Marco la fissò, poi la sua voce calda iniziò a raccontare:
– Vengo qui solo da un anno e mezzo, più o meno. Vengo a correre sui sentieri nei fine settimana, per liberare tutto lo stress accumulato durante le ore di lavoro.
Fatta una breve pausa, continuò: – Dopo il diploma di liceo, ho voluto iscrivermi, per la laurea in psicologia, a Padova. I miei genitori non avevano molte disponibilità economiche, quindi molto studio, qualche lavoretto, cercando di laurearmi il prima possibile, per non pesare troppo sui miei.

Dopo la laurea mi son dato subito da fare, ho lasciato molti curriculum alle aziende e partecipavo sempre a quei pochi concorsi pubblici che venivano banditi dalla Regione. Fu proprio grazie a un concorso per insegnanti, che conobbi Matilde, che ora è mia moglie. Il lavoro invece, lo devo ad una proposta di una ditta privata.

Fu infatti un'azienda di Vittorio Veneto che, alla fine, mi assunse, inizialmente con il compito di selezionare il personale, ora invece il mio ruolo di psicologo si svolge, anzi direi che si rivolge a tutto il personale.

Mia moglie, invece, dopo anni di insegnamento precario, è finalmente di ruolo ed insegna italiano e storia al liceo classico di Conegliano. Abbiamo due figlie gemelle, Alessia e Alessandra, di diciassette anni.

Come vedi, una vita piena, per questo salgo qui appena posso: correre in mezzo al bosco mi rende finalmente libero e mi consente un po' di tempo solo per me stesso. Qui in mezzo alla natura mi sento bene, mi ricarico.

Fece una pausa e le sorrise.

Anna ricambiò il sorriso, ora però sentiva tutta la stanchezza della giornata.

Infatti disse: – Mi farebbe piacere stare qui a parlare con te, ma sono stanca, è stata una giornata faticosa ed ho rischiato di perdere tutto, anche la mia vita.

Anna pronunciò quelle ultime parole con emozione, a bassa voce. Si vedeva ancora là, appesa alla radice, sospesa nel vuoto. Se in quel momento fosse stata sola, si sarebbe di nuovo messa a piangere.

Si alzò, tenendo lo sguardo verso il basso, tolse velocemente i piatti dalla tavola e mise tutto nel lavello. Anche Marco si alzò, le andò vicino, le mise con delicatezza una mano sulla spalla e le disse: – Anna, è stato un brutto momento, ma ora è passato, una buona dormita ti farà bene, vedrai che domani sarai in ottima forma. – Anna si girò, lentamente, e gli mise le braccia al collo.

– Grazie Marco, probabilmente hai ragione. Domani sarà un bel giorno. – Egli alzò delicatamente le braccia e la strinse a sé.

Anna sentì il calore del suo corpo, ma si riprese e, pian piano, si scostò da lui.

– Vado a prepararmi per la notte. – disse.

Dopo qualche minuto, uscì dal bagno e si coricò senza indugio sulla parte sinistra del letto.

Marco si diresse verso la finestra, spostò la tenda a scacchi e guardò fuori. Il buio era ormai intenso. Dopo alcuni minuti si diresse verso il bagno, poi per scrupolo diede un'occhiata alla stufa a legna, infine piegò i pantaloni sulla sedia e si distese sulla parte destra del letto.

Per Marco era la prima volta, da quando si era sposato, che si coricava vicino ad una donna che non fosse sua moglie.

L'ultima cosa che Anna sentì fu Marco che entrava sotto le coperte. All'inizio si raccolse in posizione fetale, ma dopo alcuni minuti distese le gambe, stanca ma tranquilla. Si addormentò quasi subito e anche molto profondamente.

Per Marco fu più difficile prender sonno: la camicia di flanella gli dava fastidio. Dopo qualche minuto, dovette alzarsi. Si tolse la camicia, prese dallo zaino una maglietta e ritornò sotto le coperte.

L' incontro con Anna lo aveva reso confuso. La sua presenza nel letto gli dava la sensazione che la sua vita fosse stata fino ad allora chiusa in una bolla, che ora sembrava voler esplodere.

Mentre cercava il sonno, i pensieri vagavano e tornarono indietro nel tempo, a quando, in una calda estate, in attesa di frequentare la seconda media, gli era capitato di innamorarsi per la prima volta.

A quei tempi non sapeva nulla di ragazze, né di amori.

Soprattutto, non avrebbe mai detto, in quel momento, che quell'amore da adolescente lo avrebbe accompagnato poi fino alla maturità.

Si girò e rigirò nel letto e alla fine abbracciò Anna e in quell'abbraccio trovò tranquillità, mentre i suoi ricordi d'infanzia diventavano sempre più chiari.

Guerra mondiale, fra sogni e ricordi.

Mia era il nome della bambina che, quell'estate, colpì il cuore di Marco.
Mia quell'anno aveva terminato la quinta elementare. Si era verso la fine di agosto, l'estate era calda, ma in quegli ultimi giorni si era alzato un po' di vento.
Mia abitava proprio di fronte al cortile della scuola, un grande cortile di terra battuta, che il Comune aveva fatto ricoprire di ghiaino lavato. Grandi e verdi olmi siberiani ne delineavano il perimetro. Solo verso via Roma, la via principale del paese, aveva, e ha tuttora, una ringhiera in ferro molto alta, con un grande cancello d'entrata, che rimaneva sempre aperto, anche quando la scuola era chiusa.
Mia per un po' aveva osservato le chiome degli olmi ondeggiare al vento, poi, attraversata la strada, era entrata nel cortile e si era appoggiata alla ringhiera, all'ombra delle grandi piante.
In quel caldo pomeriggio estivo, alcuni ragazzi, che abitavano vicino alla scuola, si erano dati appuntamento nel cortile per giocare a "Guerra mondiale".
Avevano tracciato sul ghiaino, con la punta delle scarpe, un grande rettangolo diviso a metà. I giocatori si erano poi organizzati in due squadre, cinque da una parte e cinque dall'altra.
Il gioco consisteva nel colpire gli avversari con una palla, senza uscire dal proprio rettangolo, mentre questi cercavano, stando nel proprio, di non essere colpiti.
Il ragazzo che veniva colpito doveva uscire e la squadra che, alla fine, rimaneva senza giocatori, perdeva.
Il gioco era semplice, vigeva solo un'altra regola: un giocatore poteva, prima di essere colpito, "dare la vita" ad un altro, già colpito.

Mia, occhi castani e capelli lunghi dello stesso colore, guardava attenta lo svolgersi del gioco. La squadra di Marco vinse la prima partita, poi anche la seconda.

Marco era alto, magro, capelli chiari un po' lunghi e ricci, lanciava la palla con forza e, intuendo spesso in anticipo i movimenti degli avversari, riusciva a colpirli, mentre lui guizzava via veloce e risultava difficile da colpire.

Prima di iniziare la terza partita, uno dei ragazzi lasciò il campo, richiamato a casa dalla mamma. Marco e gli altri volevano giocare ancora e fu in quel momento che si accorsero di Mia.

La invitarono ad entrare, ma lei era indecisa: non conosceva nessuno di loro. Il vento le soffiava i capelli sul viso e lei cercava di respingerli dietro l'orecchio. Marco le si avvicinò, le sorrise e la prese per mano, – Vieni, – le disse – giocherai nella mia squadra! – All'inizio Mia si fece un po' pregare, ma poi, sentendo la mano calda di Marco, si convinse ed accettò.

Marco la accompagnò fino al rettangolo della sua squadra: – Ora siamo di nuovo in cinque. – disse a voce alta. – Iniziamo!

La partita ricominciò con più fervore del solito, per entrambe le squadre. Marco e Mia erano due furetti e risultò piuttosto difficile, per gli avversari, colpirli. Alla fine rimasero loro soli all'interno del proprio rettangolo, finché anche Marco, forse distrattosi per un momento, fu colpito. Mia rimase da sola, ma, rapidissima nei movimenti, riusciva sempre ad evitare di essere colpita; però, quando toccava a lei lanciare la palla contro gli avversari, il suo tiro era debole, e quelli avevano tutto il tempo per scansarla.

Così comprese che presto si sarebbe stancata e che allora sarebbe diventata un facile bersaglio.

Quando dunque toccò a lei tirare la palla, fermò il gioco e gridò: – Do la mia vita a Marco. – La sua voce uscì così alta che tutti si guardarono.

Marco entrò in campo, concentrato e determinato, con tre avversari da battere, come se da quella partita dipendesse la sua vita. Li colpì, uno dopo l'altro, finché un grido si alzò nell'aria: – Abbiamo vinto, abbiamo vinto! – urlarono tutti insieme i ragazzi della sua squadra.

Marco e Mia dalla gioia si abbracciarono, gli altri, per un attimo sorpresi da quell'abbraccio, gli furono tutti intorno per festeggiare la vittoria.

Quell'estate ci furono ancora partite. Vittorie e sconfitte si alternavano, ma Marco e Mia erano inseparabili, sempre nella stessa squadra. Ormai, però, il gioco non era più il primo pensiero di Marco, ora il centro del suo mondo era la ragazzina dai capelli castani, dal sorriso dolce e dalla voce sottile.

Quando iniziò l'anno scolastico, la terza media per Marco e la prima media per Mia, tutto il loro mondo cambiò velocemente. Fino ad allora erano stati solo dei bambini che giocavano insieme nella lunga estate.

Lui usciva da scuola un'ora dopo l'uscita di Mia e gli bastava attraversare la strada, per trovarla ad aspettarlo al di là della ringhiera, coperta quasi tutta dalle foglie di gelsomino. Più che vederla, la intravedeva, gli bastava guardarle gli occhi. Poi le loro dita si toccavano e le loro domande e risposte erano molto semplici: – Com'è andata l'ora di francese? Hai studiato per il compito di matematica?

Il mercoledì era lei ad uscire più tardi. Allora Marco inforcava la Graziella della mamma e l'aspettava davanti alla scuola. Mia saliva in piedi sul portapacchi della Graziella, appoggiava le mani sulle sue spalle e restava ritta in piedi, per tutto il tragitto, fino a casa.

Marco non la sfiorò mai, né con una carezza e neppure con un bacio sulla guancia: che ne sapeva lui, allora, che le ragazze andavano baciate?

Nei mesi successivi, le cose per Marco e Mia peggiorarono. Quando si fermava alla ringhiera a salutarla, lui veniva deriso dai compagni di classe e lo stesso succedeva a lei, quando era Marco ad aspettarla all'uscita. Fu Mia la prima a cedere a quell'imbarazzo e a pregarlo di non andare più a prenderla.

Così, nel giro di qualche settimana, i loro incontri terminarono.

Tra l'altro, Marco doveva impegnarsi con gli studi, che aveva trascurato durante quei primi mesi, quando i suoi pensieri erano solo per lei. Aveva scritto poesie e brevi racconti che sperava un giorno di poterle leggere, ma era bloccato dalla timidezza.

Nelle settimane e nei mesi successivi, incalzato dai genitori e dagli insegnanti, che continuavano a dirgli che poteva e doveva impegnarsi di più, si decise e si concentrò nello studio.

Gli esami di terza media arrivarono e Marco li superò brillantemente, tanto da convincere i suoi genitori ad iscriverlo al liceo classico di Conegliano.

Quando più avanti anche Mia si iscrisse alle superiori, capitava a volte che si incrociassero su di un autobus, ma tutto si limitava ad un cenno di saluto e ad un lieve sorriso da parte di Mia, mentre nel – Ciao – di Marco e nel suo sguardo sembrava di percepire un'ombra di rimpianto.

Marco capì solo dopo anni che Mia era stata il suo primo amore da adolescente, che lui non aveva saputo far crescere. Mia fu per anni l'unica ragazza presente nei suoi pensieri. Anche in seguito, fino al termine degli studi in psicologia, ancora provava malinconia al ricordo di lei.

Ora, sposato e con due figlie gemelle prossime alla maturità, Marco stava disteso su un letto, vicino ad una donna che aveva conosciuto solo quella mattina, mentre la sua mente, nel dormiveglia, ritornava ai ricordi di un'adolescenza non del tutto felice.

Si avvicinò di più al corpo di Anna, fino a toccarlo, poi cadde anche lui in un sonno ristoratore.

Anna aprì gli occhi. La casa era ancora immersa nel buio. Sentì il respiro regolare di Marco sul collo, fra i capelli e avvertì un tepore al seno sinistro e un caldo piacevole sulla schiena.

Marco si era addormentato abbracciandola, con la mano destra adagiata sul suo seno.

Non era abituata ad essere abbracciata mentre dormiva e la cosa le faceva piacere. Mise la sua mano sopra la mano di Marco e una dolcezza di bambina le illuminò il viso.

– Beata sua moglie! – pensò. Lei invece veniva raramente abbracciata da Sergio, anche dopo aver fatto l'amore: era lei che qualche volta appoggiava la testa sul suo petto.

Così, coccolata dal tepore che le dava il corpo di Marco, chiuse gli occhi e si riaddormentò.

Matilde

Matilde era una ragazza dalle idee chiare e dal carattere forte; fin da piccola aveva detto ai genitori che da grande avrebbe fatto l'insegnante. L'ambiente scolastico infatti le era piaciuto subito, già dalle elementari, e col passare degli anni si era confermata in questa sua volontà.

Era una bella ragazza, dai capelli biondi e dritti, che a volte, per comodità, raccoglieva a coda di cavallo, così che i suoi grandi occhi color nocciola e le sue carnose labbra risaltavano ancora di più e attiravano gli sguardi dei ragazzi.

Mentre Matilde stava frequentando l'ultimo anno delle superiori, Mara, la sorella, maggiore di quattro anni, comunicò ai genitori che entro l'anno si sarebbe sposata. Matilde non si sorprese a quell'annuncio: Mara le aveva confessato più volte il desiderio di diventare moglie e madre al più presto, ricalcando, in questo, le orme materne.

Ad entrambe piacevano i bambini, ma Mara non vedeva l'ora di avere figli suoi, per sentirsi appagata nei due ruoli di moglie e madre.

A Matilde invece il solo ruolo di madre sarebbe andato stretto e sognava il momento in cui sarebbe entrata in una classe, chiassosa e piena di bimbi, ad insegnare.

Quando si laureò in lettere, diede la tradizionale festa ed invitò i nonni, i genitori e la sorella. Mara aveva bruciato le tappe, infatti si era presentata con il marito, la figlia per mano e, in braccio, un frugoletto di dieci mesi. In quell'occasione Matilde provò nei suoi confronti una punta di invidia.

Oltre ai parenti, aveva invitato anche alcune amiche, due delle quali avevano condiviso con lei l'appartamento a Padova, durante il periodo universitario, mentre altre erano compagne di liceo. Le amiche notarono il suo sguardo, rivolto spesso alla sorella, e la punzecchiarono per il fatto che non avesse ancora il ragazzo.

Matilde era bella, non solo per gli occhi scuri e i capelli biondi, ma per la sua figura, che, pur non essendo da modella, con seno e fianchi generosi, non mancava di attirare l'attenzione degli uomini.

Negli anni dell'università aveva accettato, a volte, l'invito di qualche ragazzo ad uscire, per vedere un film o per mangiare una pizza insieme. Matilde era un tipo socievole, le piaceva fare due chiacchiere con amici e rideva di gusto alle battute divertenti di un suo eventuale spiritoso accompagnatore.

I problemi arrivavano quando il ragazzo tentava, magari già dal primo appuntamento, di baciarla o, peggio, di accarezzarla. Lei reagiva prontamente, lo allontanava con forza e così, dopo il primo appuntamento, difficilmente ne seguiva un altro.

La verità era che fino ad allora aveva preferito concentrarsi nello studio per ottenere quella laurea, che le avrebbe consentito di insegnare. Solo dopo avrebbe cercato un fidanzato, uno adatto a lei, un uomo con cui i tempi e i modi sarebbe stata lei a scandirli.

1991 L'incontro con Matilde

Era il mese di giugno, quando Marco entrò nell'aula magna dell'Istituto "Marco Fanno" di Conegliano. Nel giro di dieci minuti sarebbero iniziate le prove scritte del concorso, che avrebbe selezionato dieci insegnanti di italiano, per la provincia di Treviso.
Fu uno degli ultimi ad entrare, vi erano già almeno una cinquantina di persone sedute ad aspettare l'inizio della prova. Andò verso il suo posto, controllò che il numero trentasei, che gli avevano dato all'entrata, corrispondesse al numero sul banco e si sedette. Vicino a lui un posto era ancora libero, e fu in quel momento che arrivò, quasi di corsa, una ragazza dai lunghi capelli biondi e lisci, che si sedette al numero trentasette.
Il test verteva su argomenti più consoni agli studi della ragazza, la quale non tardò a terminare positivamente la prova.
Marco invece era un po' deluso: aveva sperato che la prova vertesse sull'approccio insegnante-studente in generale e non su riferimenti specifici al metodo di insegnamento.
Quando Matilde si alzò e andò a consegnare il test, Marco fece lo stesso e consegnò i fogli, senza però aver concluso completamente la prova.
Matilde uscì soddisfatta: le sembrava di aver eseguito bene la prova. Non rimaneva che aspettare i risultati.
Uscita dal cortile della scuola, si appoggiò alla cancellata bianca e accese una sigaretta.
Marco uscì di cattivo umore, passò davanti alla ragazza, proprio mentre questa gettava la sigaretta che, complice un leggero vento, andò a finire sulla sua giacca. Lui, ancora scuro in volto, per come erano andate le cose, le urlò:
– Che fai? Vuoi bruciarmi la giacca? E stai un po' attenta!
– Scusa... – gli rispose lei, e continuò scrutandolo in viso:

– Ero distratta, stavo pensando alla prova appena finita.
– Sì, la prova! Proprio non me l'aspettavo così specifica.
– aggiunse lui, con tono sostenuto, mentre con la mano cercava di spolverare la cenere dalla giacca.

Poi alzò lo sguardo e vide un sorriso e due grandi occhi scuri che lo fissavano. Respirò a fondo e finalmente ricambiò il sorriso.

– E va bene, perdonami, ma oggi non è una bella giornata – le disse.

– La giornata è bellissima invece. Vieni, ti offro un caffè. Qui all'angolo c'è un bar con dei tavolini all'aperto, ci godiamo un po' di sole. E poi devo fare ancora colazione questa mattina, prima di iniziare una prova mi si chiude lo stomaco e non riesco a mandar giù niente.

– Ma sì, – rispose Marco – un caffè lo prendo anch'io volentieri.

Fu così che i due, una volta sedutisi al tavolo, si presentarono.

Il viso di Marco si rilassò e cominciarono a parlare, prima della prova, poi delle difficoltà a trovare lavoro, per finire col raccontarsi a vicenda gli ultimi anni di università.

Mentre Matilde parlava, Marco la osservava. Doveva ammettere che la bionda coi jeans e la camicetta bianca non era per niente male, inoltre aveva un sorriso contagioso.

Lui quel giorno indossava l'unico vestito estivo che aveva, color grigio chiaro, e una camicia celeste, che si intonava bene con i suoi occhi azzurri e i capelli chiari.

Matilde, pulendo per bene la tazza con il cucchiaino, terminò il suo cappuccino e, fissandolo, si scusò: – Ora devo proprio andare.

– Bene – le rispose e si alzò per andare a pagare, ma lei gli sbarrò la strada.

– Rimani qua, offro io! – disse decisa.

Marco la aspettò all'uscita dal bar, con le mani in tasca.

Matilde aveva ragione su una cosa, pensò, la giornata era veramente splendida. Quando gli fu accanto, si incamminarono verso il parcheggio della scuola, chiacchierando ancora un po'.

Al momento di salire in macchina, fu lei a chiedergli di scambiarsi i numeri del cellulare. Lui ne fu sorpreso, ma Matilde non si scompose, estrasse dalla borsa la penna, scrisse nella sua agendina il suo numero e poi gli porse un bigliettino con il proprio.

Marco sorrise, ringraziò e si diresse all'auto, mise il bigliettino di Matilde sul cruscotto e partì.

Nel tragitto verso casa rifletté sulla ragazza: bella, intelligente, diretta, anzi, forse anche un po' troppo intraprendente.

Nonostante la laurea in psicologia, doveva ammettere che le donne rappresentavano per lui ancora un mistero.

Dopo l'amore adolescenziale per Mia, che lo aveva fatto soffrire per anni, non aveva più cercato l'altra metà del cielo.

Nello stesso momento, Matilde guidava lentamente. Era stata da poco confermata come supplente, fino al termine dell'anno scolastico, ed era forse giunto il momento di dedicarsi alla ricerca di un fidanzato.

Dopo aver attraversato il centro di Conegliano, prese la strada di casa che saliva fra le colline, dove i vigneti di prosecco erano illuminati dal sole.

Pensò al ragazzo appena conosciuto. Fisicamente non le era dispiaciuto e, come sua abitudine, ne aveva mentalmente annotato le caratteristiche esteriori: occhi azzurri, un po' stempiato, senza barba, corporatura media con gambe che le erano sembrate muscolose.

Inoltre, mentre le raccontava dell'Università, le era sembrato un giovane cordiale, solo un po' riservato, comunque con un bel sorriso. Decise pertanto che la "questione" andava approfondita.

Nei dieci giorni successivi, tuttavia, non le arrivò alcuna telefonata. Così, nel fine settimana, fu lei a rompere gli indugi e lo chiamò.

Quel pomeriggio Marco era particolarmente contento. In mattinata, una ditta di Vittorio Veneto, con la quale tre settimane prima aveva sostenuto un colloquio di lavoro, gli aveva comunicato la disponibilità ad assumerlo. Naturalmente in prova, se poi il progetto che avevano in mente fosse andato a buon fine, non era escluso che l'assunzione potesse trasformarsi in qualcosa di più stabile.

Avrebbe dovuto occuparsi subito della selezione dei nuovi assunti, tracciandone il profilo psicologico. In un secondo tempo, si sarebbe dedicato al sostegno psicologico ed alla motivazione del personale addetto alle vendite. La fase finale del progetto prevedeva degli incontri semestrali con gli amministratori e i dirigenti.

L'azienda era molto impegnata su questo fronte, con l'obiettivo di diminuire le tensioni interne e spingere i dipendenti a collaborare e a lavorare sinergicamente.

Quando rispose al telefono e sentì che si trattava di Matilde, Marco si sorprese, ma la notizia che presto avrebbe iniziato a lavorare lo aveva reso particolarmente euforico e fu felice di condividerla con lei.

Matilde intuì di aver chiamato Marco in un buon momento e gli propose di festeggiare insieme la buona nuova.

Si accordarono per sabato sera.

Marco propose una cena in un ristorantino con terrazzo, a Rolle, località prossima alle colline di Conegliano, circondata dai vigneti di Prosecco.

Matilde accettò, ma a patto che la serata continuasse in un cinema all'aperto dove, a suo dire, davano "Una ragazza per l'estate", un film per lei imperdibile.

Il sabato mattina Marco pulì a fondo la sua vecchia Ford, acquistata usata nell'ultimo anno di università, e decise di regalarsi un nuovo vestito: lo avrebbe inaugurato all'appuntamento con Matilde, ma soprattutto lo avrebbe indossato per presentarsi al suo primo giorno di lavoro. La scelta cadde su un vestito in misto lino di colore blu, al quale abbinò una camicia bianca a righe celesti, il tutto con la convinta approvazione della commessa del negozio.

Il sabato pomeriggio telefonò a Matilde e, dopo qualche precauzionale battuta in merito alla sua vecchia Ford, le chiese l'indirizzo e si accordarono per le ore venti.

Marco era in uno stato di euforia: lunedì avrebbe iniziato a lavorare! Nonostante fosse la prima volta che usciva con una ragazza, non si sentiva in ansia. Considerava Matilde un'amica ed era contento di festeggiare con qualcuno il suo prossimo ingresso nel mondo del lavoro.

Matilde si preparò con cura: dopo la doccia si lavò i capelli con uno shampoo alle mandorle e miele, che li rese più brillanti e lisci, e li raccolse in una coda di cavallo. Adottò un trucco leggero, indossò un tubino nero, che le arrivava appena sotto le ginocchia, un golfino bianco in lana, da portare aperto, e abbinò al tutto dei sandali in pelle, dello stesso colore.

Una spruzzatina di profumo di sandalo e fu pronta. Neppure a lei capitava spesso di uscire da sola con un ragazzo, ma al telefono Marco le era sembrato particolarmente contento e questo la tranquillizzava.

Lui arrivò puntuale, lo sentì dal rumore della macchina, che si inerpicava sulla stradina di accesso alla casa, coperta di ghiaia.

Matilde salutò i genitori ed uscì. Marco la accolse con un sorriso e le aprì con galanteria la portiera della macchina. Durante il tragitto, la mise al corrente dell'offerta lavorativa che si era concretizzata.

La cena sulla terrazza andò benissimo: la temperatura era perfetta, il cibo ottimo. La conversazione verteva soprattutto sui reciproci ricordi di scuola, con qualche risata, mentre si faceva più seria quando si soffermavano sulle opportunità di lavoro.

Al termine della cena, la temperatura era leggermente scesa e si era alzato un po' di vento. Marco pagò velocemente il conto e poi salirono in fretta in macchina, per dirigersi verso il cinema Meliès, dove, per le peggiorate condizioni atmosferiche, la proiezione era stata spostata in una sala interna. Terminato il film, Marco la accompagnò direttamente a casa. Matilde lo ringraziò per la bella serata.

– Anche per me è stato piacevole. – le disse Marco, mentre lei gli metteva una mano sotto il mento e lo baciava sulle guance.

– Bene, – gli disse, – vorrei uscire ancora con te… Attendo una tua chiamata per il prossimo fine settimana. – e, senza aspettare la risposta, uscì dall'auto.

Per Marco la settimana trascorse veloce. Il nuovo lavoro apportò molti cambiamenti nelle sue giornate. Iniziò leggendo i curriculum che l'ufficio del personale gli aveva passato, organizzò i primi colloqui con gli aspiranti in cerca di occupazione e fissò anche un primo incontro con alcuni addetti alle vendite, che per il momento si sarebbe limitato ad ascoltare.

Verso il tardo pomeriggio di sabato, Matilde lo chiamò. Si informò su come aveva trascorso la settimana e gli propose la visione di un nuovo film. Marco accettò; sentiva il bisogno di parlare con qualcuno delle sue nuove esperienze lavorative.

Puntuale, quella sera Marco suonò il campanello dell'abitazione di Matilde. Questa era in attesa, andò alla porta e la spalancò: – Eccomi, sono pronta! – disse. Lui le sorrise e le aprì cavallerescamente la portiera della Ford. Iniziò a raccontarle nei particolari la sua prima settimana di lavoro. Mentre lui parlava ed era impegnato nella guida, Matilde lo osservava: capelli corti, color castano chiaro, naso e mento perfetti, anche la bocca e le labbra superarono quel veloce esame. Marco si girò e la guardò, con i suoi occhi azzurri, per sincerarsi che lei stesse seguendo il suo racconto.

Matilde gli sorrise, come per dargli conferma che lo stava seguendo, ma i suoi pensieri erano altrove: in quel momento si stava chiedendo se veramente Marco potesse diventare in futuro il padre dei suoi figli.

Si misero in coda per l'acquisto dei biglietti. La loro scelta era caduta su un film d'essai, che raccontava la vita di una coreografa e ballerina tedesca, nella Berlino degli anni '70. Mentre aspettavano l'inizio del film, diversi sguardi maschili si posarono su Matilde.

Decisa ad attirare l'attenzione di Marco, Matilde quella sera portava i suoi lunghi capelli biondi sciolti sulle spalle. Aveva indossato, per l'occasione, sandali neri con tacco medio, una gonna lunga in tessuto leggero, sempre di colore nero, con uno spacco lungo sulla coscia destra, una maglietta aderente bianca, con alcuni disegni di colore verde, ornata da una collana etnica di pietre dure e orecchini dello stesso colore.

Seduti sulle poltrone di cuoio nero, nell'anfiteatro del cinema, Marco seguiva attento la trama del film, mentre Matilde si riprometteva, in quella dolce sera estiva, di sedurre Marco.

Quelle poche volte che Matilde era uscita con dei ragazzi, aveva dovuto faticare non poco per tenerli a distanza, mentre Marco non sembrava interessato a prendere alcuna iniziativa. Per ora, solo lei si sentiva un po' eccitata.

Marco indossava una camicia bianca, aperta sul collo, e dei jeans chiari, che modellavano bene le sue gambe muscolose. Durante la proiezione, Matilde gli si era avvicinata, spalla contro spalla e, ad un certo punto, fece scivolare, quasi involontariamente, una mano sulla coscia di lui, come a dimostrare una loro intimità. Se Marco percepì qualcosa in quel gesto, non lo diede a vedere.

Al termine del film, Matilde gli propose una passeggiata nel parco del castello e Marco acconsentì.

Da lassù, la vista di Conegliano piena di luci era fantastica, la luna era a tre quarti e molte erano le stelle in cielo. Dopo aver acquistato un gelato, con calma iniziarono a camminare nel parco.

Chiacchierando, si erano presi per mano e Matilde in quel momento realizzò che tutto stava andando per il verso giusto.

Risaliti sulla Ford, si fece coraggio e – Baciami! – gli disse, guardandolo dritto negli occhi. Marco, nonostante la mancanza di esperienza con le donne, aveva capito che quella sera Matilde non si sarebbe accontentata di un bacio sulla guancia. Le sorrise e avvicinò il suo viso a quello di lei, poi le sfiorò le labbra con un bacio, cui seguirono altri tenui baci, che divennero via via sempre più appassionati.

Continuarono a baciarsi e, se per Marco la cosa era solo piacevole, Matilde sentiva salire dentro di sé l'eccitazione. Si distese comoda sul grande sedile della Ford e circondò con le braccia il collo di Marco, tirandolo verso di sé. I baci continuarono, Matilde prese la mano destra di Marco e se la posò sul seno. Lui non si sarebbe spinto fino a tanto, almeno per quella sera! Era la prima volta che toccava il seno di una donna e iniziò ad accarezzarlo con dolcezza e lentamente, come pensava si dovesse fare.

Matilde non aveva mai avuto un rapporto completo con un uomo, qualche volta si era accarezzata da sola e in alcuni casi si era spinta fino a raggiungere l'apice del godimento.

Marco continuava a baciarla e ad accarezzarle dolcemente il seno, ma lei era talmente eccitata che la presenza di Marco era passata in secondo piano.

Portò la sua mano destra all'interno dello spacco della gonna, facendola salire lungo la coscia fino all'inguine, e iniziò ad accarezzarsi. Marco nel frattempo aveva scostato il viso e la osservava, mentre continuava a sfiorarle dolcemente il seno.

Matilde teneva gli occhi chiusi, il suo respiro diventava via via più accelerato, fino a che Marco non la vide spalancare la bocca, in un gemito.

In quel momento il viso di Matilde era così bello e luminoso che Marco, commosso, cominciò a tempestarla di baci.

Marco aveva ripreso i sensi e si stava lamentando per i forti dolori al torace. In quell'istante, Anna avvertì il rumore dell'elicottero:
– Finalmente stanno arrivando! – disse.

Uscì di corsa dal margine del bosco e vide il giallo velivolo volare a cerchi concentrici sopra la piana del Cansiglio. Si diresse verso una collinetta, tolse il maglione e cominciò a rotearlo in alto. Dopo una trentina di secondi, dall'elicottero la notarono e iniziarono la discesa.

Quando il velivolo fu atterrato, due uomini e una donna scesero veloci dal portellone, portandosi dietro una barella e una borsa medica. Il pilota rimase al suo posto, mantenendo le eliche in rotazione. Anna accompagnò i soccorritori fino al punto dove era disteso Marco.

Quando Sergio aveva chiamato d'urgenza il pronto soccorso dell'ospedale di Conegliano, il più vicino alla zona dotato dell'elisoccorso, aveva istruito il medico di turno, con le indicazioni sullo stato del ferito, che Anna gli aveva frettolosamente riassunto.

Uno dei soccorritori si chinò sull'uomo a terra, per un rapido controllo. Dopo qualche domanda, alla quale Marco rispose con fatica, gli iniettò un forte sedativo. Ne attesero l'effetto, gli bloccarono la testa con un collare e, sotto lo sguardo vigile di Anna, lo sollevarono per le spalle e le ginocchia, per trasferirlo sulla barella, dove venne rigidamente legato. Tornarono poi all'elicottero e, con qualche difficoltà, riuscirono ad adagiarlo in cabina.

Anna avrebbe voluto accompagnarlo, ma quel tipo di velivolo non prevedeva l'ospitalità a bordo di una quinta persona. Così, gli diede un bacio e gli ripeté di stare tranquillo, anche se lui, sotto sedativo, non poteva sentirla. Suo marito era un bravo medico e lo stava già aspettando al pronto soccorso dell'ospedale di Padova.

Lei avrebbe cercato di raggiungerlo il prima possibile.

Per Marco l'ora di volo fino a Padova si trasformò in un dormiveglia senza tempo. Quando, in parte tornato alla realtà, vide aprirsi davanti a sé le porte del reparto di traumatologia, gli sembrò che fossero passati sì e no una decina di minuti. Su un lettino, spinto da una giovane infermiera, entrò in una stanza ampia e luminosa, vide alcune luci ruotargli intorno, poi gli sembrò di vedere una figura in camice bianco e la sua testa bionda chinarsi su di lui. Vedeva le labbra dell'uomo muoversi, ma non percepiva alcun suono e, alla fine, le sue palpebre si chiusero e cadde in un sonno profondo.

Anna, dopo aver chiuso in fretta le imposte del rifugio, salì sulla Panda e ne avviò il motore. La discesa dalla montagna non era da prendersi con leggerezza. Il primo pezzo di strada era tortuoso, con curve strette. Guidò con prudenza, evitando di farsi prendere dalla fretta che, tra l'altro, non aveva alcun senso logico, dato che lei non avrebbe potuto fare nulla di concreto per Marco, in quel momento.

Giunta in pianura, avrebbe attraversato il centro di Vittorio Veneto, per fortuna non molto affollato di domenica mattina, poi, avrebbe parcheggiato la sua auto vicino alla casa della sua amica, a Conegliano. A quel punto, si sarebbe recata in stazione, sperando che il treno per Padova non fosse già partito, perché, in quel caso, avrebbe dovuto aspettare il successivo per più di un'ora.

Per fortuna tutto andò bene e Anna poté salire sul treno, che l'avrebbe portata a Padova alle 11.45. La carrozza era quasi vuota e lei si sedette accanto al finestrino. Guardava la campagna veneta fuggire via e ripensava all'incidente: in attesa dei soccorsi, Marco aveva perso molto sangue dalla ferita alla gamba.

Nella telefonata di richiesta d'aiuto a Sergio, aveva accennato ad un amico che, durante la passeggiata con lei nel bosco, era stato investito, probabilmente da un animale;

dalle ferite, lei aveva pensato che potesse essersi trattato di un capriolo.

Sergio non sapeva nulla di Marco e del rapporto che si era creato tra lui e sua moglie.

Anna non gli aveva mai raccontato di questo suo amico, di come l'avesse salvata, quando era scivolata nel dirupo, e di come, in quell'anno e mezzo trascorso da allora, si fosse innamorata di lui. Il lunedì successivo al suo salvataggio in montagna, salutato Marco, lei era rientrata a casa, ma non aveva detto né a Sergio né a suo figlio, quello che le era accaduto, un po' perché ancora scossa dall'incidente, un po' perché temeva che suo marito, venuto a sapere del rischio che aveva corso, le avrebbe proibito di andare ancora da sola in montagna.

La mattina dell'incidente capitato a Marco, Sergio aveva accompagnato il figlio a scuola, poi si era recato all'ospedale. Verso le 9 e 15 gli era arrivata la telefonata di Anna e, dopo meno di due ore, l'elicottero, con a bordo Marco, era atterrato sul piazzale dell'Ospedale.

La prima cosa che fece Anna, una volta arrivata a casa a Padova, fu di telefonare in reparto, per avere notizie del ferito.

Sergio la rassicurò: il ferito era stabile, gli stavano dando una soluzione in flebo, perché recuperasse la perdita di sangue. Inoltre, con una siringa, gli avevano aspirato del liquido dal polmone destro.

Aveva una costola incrinata ma, una volta scomparso l'ematoma, che col tempo si sarebbe assorbito, non avrebbe dovuto procurargli particolare fastidio, anche se alcuni sforzi fisici, che comportavano il movimento del torace, non avrebbe più potuto farli.

Per ora era fuori pericolo, però molto sofferente per le contusioni e, quindi, gli aveva prescritto una terapia a base di antidolorifici e antibiotici.

Non rimaneva che attendere.

Anna lo ringraziò e gli chiese se quella sera potevano uscire a cena, da soli, perché doveva assolutamente parlargli. Sergio fu sorpreso da quella richiesta, ma le disse comunque che andava bene. Avrebbe prenotato lui in una trattoria in centro: un posto tranquillo dove si mangiava bene. Salvo urgenze dell'ultimo minuto, verso le venti, sarebbe rientrato a casa.

Sergio

Quando Andrea rientrò da scuola, Anna, dopo averlo abbracciato, si sedette a tavola con lui.

Aveva preparato in fretta della verdura con mozzarella e tonno. Durante il pasto gli raccontò della mattinata e lo avvisò anche che, quella sera, lei e papà sarebbero usciti a cena.

– Mamma non ti preoccupare per me, – disse Andrea, – telefono a Carlo e ci facciamo portare una pizza.

– A proposito di Carlo, – continuò – volevo avvisarti che stiamo pensando di fare il test per l'ammissione alla facoltà di economia e commercio a Venezia.

Anna lo guardò sorpresa – Ma perché a Venezia? Non c'è anche a Padova la stessa facoltà?

– Io e Carlo vogliamo il meglio, mamma, e sembra che, per Economia, il meglio sia Venezia.

– Va bene, ma ne parleremo con tuo padre e sentiremo che ne pensa. – rispose Anna.

Nel pomeriggio cercò di riposare, ma non fu facile.

Se ora era un po' più tranquilla per Marco, man mano che si avvicinava il momento dell'incontro con Sergio saliva la tensione.

Prima che lui arrivasse, si mise a riflettere su quali parole usare per dirgli che il loro matrimonio, dopo vent'anni, non esisteva più. Le venivano in mente tante frasi, ma nessuna le sembrava adatta per iniziare.

Fece un bagno profumato per rilassarsi, lavò i capelli, mise un filo di trucco e indossò un vestito non troppo appariscente, che arricchì con un filo di perle.

Le parole giuste le sarebbero venute al ristorante, si disse, guardandosi allo specchio, mentre le tornavano in mente i bei momenti passati con Marco, su al rifugio.

Quando Sergio entrò in casa, Anna gli andò incontro con un sorriso, cercando di essere più serena possibile.

Sergio, per prima cosa, la aggiornò sullo stato di Marco, poi si fece la doccia e in meno di venti minuti era pronto per uscire.

Dopo aver raccomandato ad Andrea di non fare tardi con Carlo, salirono in auto e Sergio guidò fino alla trattoria.

Il giorno dopo, alle sei e trenta, le infermiere accendevano le luci del reparto; una entrò nella stanza di Marco e, auguratogli il buon giorno, alzò le tapparelle. Marco strizzò gli occhi, a causa della luce, e gli uscì un buon giorno che pareva quasi un grugnito. Entrò un'altra infermiera e insieme si presero cura del paziente: gli tolsero con cautela il camicione bianco e, con un asciugamano umido, gli pulirono prima il viso, poi il collo e tutto il corpo, facendo molta attenzione al torace e alla gamba destra.

Marco si sentiva meno intorpidito. I sedativi però avevano perso il loro effetto e ora sentiva pulsare il dolore, sia al torace che alla gamba. Per un buon quarto d'ora cercò di resistere, poi suonò il campanello e chiese un antidolorifico all'infermiera, prontamente accorsa. Questa, purtroppo, non poté esaudire il suo desiderio, perché bisognava attendere le otto, quando il primario sarebbe passato a visitarlo, per prescrivergli la terapia.

Sergio quella mattina era arrivato in anticipo in reparto, crucciato come mai gli era accaduto, e l'ultimo paziente che avrebbe voluto visitare era proprio Marco.

Le infermiere e l'altro medico, la dottoressa Gabriella, una donna bionda sui trentotto anni, assegnata da poche settimane in quel reparto, si accorsero subito del suo umore nero e preferirono lasciarlo da solo nel suo ufficio, senza disturbarlo.

Sergio apriva e richiudeva le schede dei pazienti, lasciando sul tavolo quella di Marco.

La sera prima, durante la cena, Anna, prima un po' imbarazzata, poi sempre più sicura, gli aveva comunicato cosa le era successo, in quell'anno e mezzo, su in montagna. Gli aveva raccontato di come Marco l'aveva salvata e di come, nei mesi successivi, la loro amicizia fosse cambiata, fino a diventare un sentimento così profondo, così forte, che ora si vedeva costretta non solo a dirgli la verità, ma a chiedergli di lasciarla libera di vivere la sua vita.

Sergio fu talmente sorpreso dal racconto, che non riusciva a parlare, si agitava sulla sedia, indeciso se alzarsi, camminare attorno al tavolo o urlarle qualcosa contro.

Era un uomo moderno, intelligente, in quel locale molti lo conoscevano, lo avevano visto spesso accompagnarsi con donne giovani e carine.

A Sergio le donne non erano mai mancate. Aveva sposato Anna perché gli piaceva, logico, ma anche perché gli era sembrata tranquilla, la meno esigente, fra le altre. Medico anche lei, era in grado di seguirlo quando arrivava a casa stanco dall'ospedale e le raccontava della sua giornata lavorativa.

Ovviamente ometteva di dirle che era arrivata una nuova infermiera molto graziosa, alla quale aveva già cominciato a fare il filo.

Anna poi era rimasta incinta, questo li aveva legati un po' di più ed insieme avevano cresciuto Andrea. C'erano stati momenti belli e momenti meno belli, tuttavia il loro rapporto era continuato, nonostante i tradimenti di Sergio, ai quali lei non aveva mai voluto dare troppo peso.

La cosa che Sergio non riusciva a perdonarle, in quel momento, era il fatto che lei non gli avesse parlato subito di quanto le era accaduto.

Anna, dunque, durante la settimana poteva aver fatto sesso con lui e il fine settimana con Marco. Da non crederci! Dalla dolce Anna questo non se lo sarebbe proprio aspettato.

E ora si diceva persino innamorata!

Capì che sua moglie aveva parlato seriamente, non era da lei essere così sicura; per aver trovato il coraggio di dirgli tutto, non poteva che essere veramente innamorata di Marco.

Anna continuava a ribadire a Sergio che gli voleva bene, che gliene avrebbe sempre voluto, che avevano fatto un figlio stupendo, da tutti e due amato profondamente, e ora sperava che tutti quegli anni, tutte le cose che avevano vissuto insieme, non finissero nel dimenticatoio, non venissero rovinati.

Sergio infine si era calmato. Nessuno dei due aveva mangiato un gran che: Anna emozionata a raccontare, lui con lo stomaco chiuso dalla sorpresa. Per la prima volta in vita sua veniva scaricato da una donna, proprio da quella alla quale era più legato.

Mentre guidava la BMW verso casa, si sentiva meno rabbioso, ma invaso da una grande tristezza. Anna, seduta al suo fianco, taceva. Si era tolta un peso, che da mesi la opprimeva. Volse lo sguardo verso quell'uomo, che ancora per poco sarebbe stato suo marito.

Lo aveva visto sempre pieno di vita, sempre pronto alle battute, un po' goliardico, ed ora, vederlo così abbattuto, le procurava una profonda tristezza. Allungò la mano e gli accarezzò il viso, Sergio le baciò la mano.

A casa, coricati nel letto, si abbracciarono. Sergio le chiese se poteva essere ancora sua ed Anna, con gli occhi umidi, dolce ma decisa, gli rispose di sì, ma aggiunse che quella sarebbe stata l'ultima volta.

Quando alzò lo sguardo, dalle cartelle cliniche, Sergio vide le due infermiere e la dottoressa fissarlo, tentò una battuta sulle donne, ma non gli riuscì molto bene. Si alzò e si avviò, con il seguito, per la visita ai pazienti ma, con sorpresa di tutte, non entrò nella camera di Marco.

Questi era in attesa, desideroso di chiedere dei sedativi, e cercava di non pensare al dolore che lo faceva soffrire. La prima immagine che cercò di focalizzare fu la piana del Cansiglio, che in primavera celebra il verde dell'erba dei prati, poi quello più tenero delle giovani foglie di faggio e quello scuro scuro dell'abete rosso. Infine, rivide la roccia con il suo tripudio di colori, cangianti nella luce del giorno.

Il sabato mattina si recava presto in quella piana, perché gli piaceva osservare la nebbia uscire dal bosco, mentre piano piano saliva sul sentiero, accompagnato dalle grida del gallo cedrone. Quando poi la foschia scompariva, si svelava, a sinistra della valle, il villaggio cimbro, con i suoi balconi rossi. Solo verso mezzogiorno, arrivava il sole, ad asciugare i prati e ad illuminare l'intera valle. Nel pomeriggio, spesso amava sdraiarsi sull'erba, ad osservare l'ombra del monte Pizzoc avanzare veloce sulla valle. Quando poi la luce del tramonto incontrava il monte Millifret, del gruppo del Cavallo, le vette si coloravano di rosa.

Nonostante la sua mente cercasse di immergersi in queste immagini, che lui amava, il dolore non dava segno di diminuire e, alla fine, con uno sforzo ed un lamento in più, suonò il campanello.

La dottoressa arrivò subito e Marco chiese di nuovo che gli fosse dato un calmante, non sopportava più il dolore.

– Torno subito! – disse la dottoressa e, dopo poco, riapparve con delle pillole e un bicchiere.

Gli sollevò la testa, per aiutarlo ad ingoiarle e, finalmente, dopo qualche minuto, il dolore diminuì e Marco sentì le proprie membra distendersi.

Fu proprio nel momento del riposo che gli apparve nella mente l'immagine di un grande occhio liquido e spaventato. Lui stava scendendo sempre più veloce per il sentiero, gli occhi fissi a terra, attento a non scivolare sui sassi, quando il forte rumore di un ramo spezzato gli fece alzare lo sguardo: per un secondo i sui occhi si specchiarono dentro l'occhio di un grande cervo. Poi ci furono buio e dolore.

Quando aveva ripreso conoscenza, aveva visto le nuvole spostarsi in cielo e... il viso di Anna.

Anna che lo accarezzava, Anna che piangeva, Anna che sosteneva la barella, su cui era stato adagiato, Anna che gli sussurrava di stare tranquillo. – Tranquillo, amore, all'ospedale già ti aspettano!

Poi il rumore infernale delle pale dell'elicottero e di nuovo il buio, il nulla.

Marco si riaddormentò, cedendo all'anestetico.

Convalescenza

Matilde era seduta alla cattedra. Per i primi venti minuti era andata avanti con il programma di storia, poi era passata alle interrogazioni. I due ragazzi e la ragazza, che aveva chiamato, erano risultati ben preparati e Matilde era soddisfatta della loro preparazione. Mancavano pochi minuti alla fine della sua ora, la classe era tranquilla.

I pensieri di Matilde si spostarono sulle figlie, le gemelle che fra pochi giorni avrebbero compiuto diciassette anni. Come d'accordo con le ragazze, aveva prenotato, per la sera del loro compleanno, una sala in un bar, lungo la Statale 13, dove, anche se lo spazio non era eccessivo, si poteva ballare.

Alessia ed Alessandra avevano invitato i loro rispettivi compagni di scuola, una ventina aveva dato la propria adesione e le gemelle, entro due giorni, avrebbero avuto la loro festa.

In concomitanza con il suono della campanella, Matilde vide entrare in classe, senza nemmeno bussare, la bidella, che le si rivolse in tono poco formale:

– Matilde! Vieni, presto, abbiamo al telefono un medico dell'ospedale di Padova, tuo marito ha avuto un incidente in montagna ed ora è ricoverato lì!

Matilde si alzò di scatto dalla sedia, anche i ragazzi avevano sentito la voce allarmata della bidella e rallentarono la loro corsa verso l'uscita della classe, lasciando passare la loro insegnante.

Solo in quel momento, Matilde si rese conto di non avere notizie del marito da sabato mattina. Marco era partito presto, aveva sentito il rumore della sua Golf arrancare sulla rampa del garage, ma poi si era riaddormentata.

Quando ebbe raggiunto il telefono in segreteria, la voce della dottoressa la mise al corrente dello stato di salute di Marco.

Il paziente era ormai fuori pericolo, le disse, ma sottoposto a una forte terapia di antibiotici e antidolorifici.

– Suo marito – continuò la dottoressa – mi ha chiesto di avvisarla, dandomi il numero di casa e quello della scuola.

Matilde la ascoltò in silenzio, alla fine le chiese gli orari di visita. La telefonata fu trasferita alla capo infermiera, che le comunicò gli orari, assicurandole comunque che il reparto non era poi così fiscale e che, dopo il passaggio del primario al mattino, avrebbe potuto far visita al marito quando voleva.

Matilde guardò l'ora, erano le tredici e cinque minuti.

All'una e mezza circa sarebbero arrivate a casa da scuola anche le gemelle, pensò che avrebbe pranzato con loro, le avrebbe messe al corrente dell'accaduto e poi avrebbe preso il primo treno per Padova.

Alle quattordici Matilde telefonò alla ditta dove lavorava Marco, avvisò dell'incidente accaduto al marito e aggiunse che avrebbe avuto cura, la mattina successiva, di aggiornarli sulla gravità dell'infortunio.

Più tardi, dopo aver messo al corrente le figlie, Matilde uscì di casa con la sua Lancia Y color crema, che parcheggiò nel parcheggio sotterraneo vicino alla stazione dei treni di Conegliano.

Fortunatamente, dopo una decina di minuti, era già in arrivo un treno, diretto a Padova.

Osservando dal finestrino la campagna veneta scorrerle davanti agli occhi, si rese conto che l'autunno era ormai alle porte. I prossimi mesi sarebbero stati, come gli altri anni, piovosi e freddi, scomodi, in ogni caso, con giornate corte, scarpe infangate e guida in auto col cappotto. Ben presto avrebbe dovuto sostituire il suo guardaroba e quello delle figlie.

Una serie di incombenze che le avrebbero portato via del tempo, che avrebbe preferito dedicare alla scuola.

Ma ora il problema da gestire era Marco: per quanto tempo sarebbe dovuto rimanere a Padova? Era forse opportuno farlo trasferire all'ospedale di Conegliano, pensò, lì sarebbe stato più agevole seguirlo.

Scesa alla stazione di Padova, prese un taxi fino all'ospedale.

Lì, salì le scale che portavano al reparto dove era ricoverato Marco.

Ma, quando aprì la porta della cameretta, ebbe una sorpresa: una donna dai capelli neri e lunghi fino alle spalle, era seduta sul letto, accanto al paziente.

– Buongiorno! – disse entrando e con un tono tra il frettoloso e il sostenuto.

– Buongiorno! – rispose Anna, con la sua voce calda, dal tono basso e tranquillo, alzandosi.

Le due donne si trovarono perciò una di fronte all'altra. Anna era più bassa di una decina di centimetri; quando alzò i sui occhi verdi e umidi, incrociando lo sguardo di Matilde, nel fissarla, ebbe un attimo di imbarazzo.

Fu sorpresa dalla sua bellezza: gli occhi grandi e nocciola di Matilde erano in perfetta sintonia con i lunghi capelli biondi, che incorniciavano un viso perfetto.

Matilde, in pantaloni e giacca, non aveva certo l'aspetto di una maestrina, ma piuttosto quello di una donna in carriera. Eppure, quando anche lei incrociò lo sguardo di Anna, le sue labbra ebbero un leggero tremito, lasciando trapelare un certo nervosismo.

Anna le tese la mano: – Sono un'amica di Marco, – disse – ci siamo conosciuti in montagna. Stavamo passeggiando o, per meglio dire, correndo assieme nel bosco, quando Marco è stato investito, probabilmente da un animale nascosto, forse un capriolo. Io ero a qualche centinaio di metri e non ho potuto vedere l'impatto; per alcuni minuti l'ho perso di vista, poi l'ho chiamato e cercato, alla fine ho sentito un lamento e finalmente l'ho visto: era disteso sul

ciglio del sentiero, in mezzo all'erba, mi sono resa conto della gravità delle ferite ed ho chiamato subito i soccorsi.
– Grazie! – rispose Matilde, dirigendo ora lo sguardo verso il marito.
Anna si spostò e lasciò che Matilde si sedesse vicino al marito.
Marco, dal canto suo, qualche minuto prima aveva fatto uno sforzo per sostenere la conversazione con Anna ed ora teneva gli occhi chiusi per la stanchezza.
Anna capì che era il momento di lasciarli soli.
Disse di avere un impegno, baciò Marco su una guancia:
– A presto! – gli sussurrò. Marco aprì gli occhi, la guardò e mosse la mano in un cenno di saluto. Anna si congedò da Matilde con un arrivederci e si diresse tranquilla verso l'uscita.
Matilde, accomodatasi vicino al marito, gli chiese come si sentisse.
Marco si sentiva spossato, avrebbe voluto chiudere gli occhi e dormire almeno un po'.
Volgendo lo sguardo verso di lei, con un lieve sorriso e con poche parole cercò di rassicurarla, sarebbe stato solo questione di tempo, le disse, e si sarebbe ripreso.
La dottoressa gli aveva detto chiaramente di riposarsi, di non alzarsi dal letto per nessun motivo e di continuare a prendere sedativi e antibiotici.
Il primario, che si era mostrato per una breve visita in mattinata, lo aveva rassicurato che non c'era al momento rischio di infezione, ma aveva al contempo ammesso che la degenza sarebbe stata lunga.
Dopo una pausa di qualche minuto, chiese delle figlie e si rese conto che, per la prima volta, non avrebbe festeggiato insieme il loro diciassettesimo compleanno.
Disse inoltre a Matilde di non far preoccupare le ragazze e che, presto, quando sarebbe stato in grado di alzarsi, avrebbe desiderato incontrarle.

Matilde avrebbe voluto parlargli dell'eventuale trasferimento dall'ospedale di Padova a quello di Conegliano, ma si era accorta che il marito non riusciva più a tenere gli occhi aperti e rinunciò.

Prima di andarsene, però, voleva sapere qualcosa a proposito di quella donna che aveva visto seduta accanto a lui.

Si alzò dunque dalla sedia, controllò la biancheria nell'armadietto di Marco, poi gli si avvicinò e, con voce dolce, gli disse che l'indomani pomeriggio sarebbe tornata con della biancheria pulita.

– Ti lascio, – disse, – così potrai riposarti. Vedo che gli occhi ti si chiudono. – ma prima di girarsi verso la porta, con apparente noncuranza, gli chiese: – Ma Anna la conosci da tanto?

Marco non era certamente in grado, in quel momento, di raccontarle il motivo della presenza di Anna e rispose solo, a bassa voce: – È solo un'amica.

Matilde lo baciò sulla fronte e disse – Ci vediamo domani! – e uscì.

Anna, quella mattina, si era alzata ben sapendo cosa doveva fare. Dopo un anno e mezzo di bugie si sentiva leggera, aveva preso la sua decisione e non restava che dirlo a Marco. Per lei la strada era segnata, avrebbe chiesto il divorzio da Sergio e, se anche Marco avesse deciso di separarsi dalla moglie, finalmente ci sarebbe stato un futuro per loro.

Nell'ultima notte in cui si era concessa al marito, aveva capito, se mai avesse avuto qualche dubbio, che non lo amava più e che non poteva più restare con lui, Marco o non Marco. Voleva fortemente una svolta nella sua vita, voleva un uomo da amare, che fosse solo per lei, e desiderava che la cosa fosse reciproca, senza compromessi: o tutto o niente. Pensò dunque che, anche se forse non era quello il momento più adatto, a causa delle condizioni di Marco, avrebbe dovuto assolutamente parlargli.

Per non rischiare di incontrare Sergio, decise di recarsi in ospedale dopo l'una, quando il marito era in pausa pranzo.

Si preparò con cura e una leggera tensione le illuminava il viso.

Era certa che Marco le volesse bene, ma che fosse in grado di lasciare la moglie per lei, non era del tutto sicura: di questo non avevano mai parlato.

Quando l'infermiera l'accompagnò nella stanza del malato, lui era sveglio e sembrò contento di vederla. Anna lo baciò e gli si sedette accanto.

– Come stai? – gli chiese.

– Bene, ora che ci sei tu.

– Ti amo.

– Anch'io ti amo. – rispose Marco.

Anna gli raccontò tutto della sera prima con Sergio, della discussione durante la cena e anche di quello che era accaduto dopo.

Mentre raccontava, i suoi occhi sembravano pronti alle lacrime.

Lui le strinse le mani e le disse:

– Ascolta, questo incidente ha cambiato la mia vita, ha cambiato il mio modo di pensare. Prima credevo che ci sarebbe stato tempo per tutto, mentre ora ho capito che la vita è imprevedibile, che è appesa ad un filo che noi neppure vediamo. Ti amo, Anna, d'ora in poi voglio vivere con te, fino a quando anche tu lo vorrai. Dammi solo un po' di tempo per riprendermi e, poi, lo dirò a Matilde.

In quel preciso momento, Matilde aveva fatto la sua comparsa, entrando nella camera dell'ospedale.

Erano trascorse due settimane e, lentamente, le condizioni di Marco miglioravano. Alla mattina prendeva ancora gli antidolorifici, ma nel pomeriggio cercava di non usarli, per essere più lucido, mentre per la notte gli veniva somministrato un buon sonnifero. Anna passava da lui in tarda mattinata, sperando di non incontrare Sergio. Le voci che lei e Sergio si erano separati erano ormai di dominio pubblico in ospedale e le visite continue di Anna a Marco avevano chiarito a tutto il personale come stavano le cose.

Matilde, invece, non sapeva ancora nulla. Arrivava da Conegliano in ospedale due pomeriggi alla settimana. Quando entrava in reparto, aveva l'impressione che le infermiere le puntassero gli occhi addosso, un po' più del normale, ma per il momento non riusciva a coglierne il motivo.

Marco non le aveva ancora accennato della sua relazione con Anna e lei era ben lontana dal sospettare che lui volesse lasciarla, dopo quasi vent'anni vissuti assieme. Tuttavia, non si sentiva tranquilla e più di una volta le era sembrato che lui fosse in qualche modo più distaccato.

Un pomeriggio, chiese di parlare con il responsabile del reparto e fu accompagnata nell'ufficio del primario.

In quel momento, Sergio era chino a leggere proprio la cartella clinica di Marco. Per sua scelta, aveva delegato Gabriella, il nuovo medico che da qualche mese lo affiancava, a seguire quel paziente.

– Buon giorno, dottore! – disse Matilde, aprendo la porta.

La sua voce decisa distolse Sergio dalla lettura e, alzando lo sguardo, questi fu sorpreso di trovarsi di fronte una donna alta quasi come lui, bionda e dagli occhi grandi e scuri.

– Prego, si accomodi! – le disse, tendendole la mano e presentandosi.

Matilde si sedette e accavallò le gambe, lasciando che il vestito le scoprisse le ginocchia; pensava forse di ottenere maggiore attenzione dall'uomo che aveva di fronte.

Per prima cosa, si informò sulle condizioni cliniche del marito e su questo Sergio la rassicurò: Marco era stabile, il peggio era passato, aveva solo bisogno di tempo; con ogni probabilità, sarebbe stato necessario ancora un mese di degenza.

E Matilde, fissandolo negli occhi, proseguì con quello che era il vero motivo della sua visita:

– Vorrei che mio marito terminasse la degenza presso l'Ospedale di Conegliano Veneto. Lei capisce che per me sarebbe più comodo fargli visita, sono sicura che qui è stato seguito al meglio, ma ora, come lei mi ha appena confermato, è stabile e preferirei averlo più vicino.

Sergio, sostenendo tranquillamente lo sguardo di Matilde, le rispose:

– È vero, suo marito è fuori pericolo e si può pensare ad un suo trasferimento, ma non subito, per il momento mi sembra un po' prematuro. Comunque ne parlerò con la dottoressa Gabriella, che lo segue fin dall'inizio, e le farò sapere.

Così dicendo, senza distogliere lo sguardo da quello di Matilde, si alzò e le porse la mano, facendole capire che il colloquio era finito.

A Matilde non restò che alzarsi e porgere a sua volta la mano, con un sorriso di circostanza.

Se ne andò stizzita. La settimana successiva sarebbe tornata alla carica. Ma intanto rifletté, con una punta di orgoglio ferito, sull'evidente calo del suo fascino, visto che non aveva avuto l'effetto sperato sul primario.

Sergio avrebbe potuto dare il benestare al trasferimento, ma un po' di prudenza con i pazienti non guastava mai. Inoltre, era curioso di vedere di persona gli sviluppi della storia tra il paziente e sua moglie, non se li sarebbe persi per niente al mondo! Da una parte c'era Anna, che lui conosceva bene, dolce e innamorata, ma dall'altra la bella ed agguerrita moglie di Marco.

Ragionò che Anna era andata a cacciarsi proprio in un bel guaio e un sorriso un po' maligno comparve sulle sue labbra.

In quanto a lui, dopo che per due settimane aveva sperato che Anna tornasse sulla sua decisione, pensò che era arrivato il momento di prendere in mano la sua agenda e di procurarsi una dolce compagnia per il fine settimana. Anna rimaneva comunque una ferita aperta, l'aveva colpito nel suo orgoglio maschile: lui, lasciato da una donna, che fino ad allora aveva considerato insicura, pur essendo, però, l'unica per la quale avesse provato dei veri sentimenti.

Decise che in qualche modo si sarebbe vendicato, ma non con Anna, che lo aveva amato per tanto tempo, ne era certo. Se tra loro andava cercato un colpevole, questo era lui stesso, che l'aveva tradita già subito dopo il matrimonio: lei aveva sopportato anche troppo la sua indole di dongiovanni.

Tanti anni passati a dividersi fra Anna e le altre ed ora lei se ne andava, lo lasciava, e per quella perdita qualcun'altro avrebbe pagato.

Anna trascorreva tutte le mattine accanto a Marco; i loro sguardi erano limpidi e sereni e le loro mani si intrecciavano e si stringevano con amore.

Questo la rendeva sempre più sicura della scelta fatta.

Una sera, Anna prese per mano suo figlio Andrea e lo invitò a sedersi vicino a lei, sul divano del salotto. Aveva deciso di raccontargli tutto e lo fece con coraggio. Gli parlò di come Marco l'aveva salvata dal dirupo, di come si erano subito intesi e di come, a poco a poco, tra loro era nato un forte sentimento, che l'aveva portata alla decisione di lasciare il marito.

Dalla notte del chiarimento, Sergio non aveva più dormito in casa.

Inizialmente, Anna aveva detto al figlio che il padre era fuori per motivi di lavoro, ma la sua assenza prolungata l'aveva convinta che fosse giusto e obbligatorio dirgli come stavano veramente le cose.

Andrea aveva intuito da tempo che le assenze del padre, nei fine settimana, non erano sempre per impegni di lavoro, ma la vera sorpresa per lui fu la scoperta che la madre si era innamorata di un altro uomo.

Tutto sommato il ragazzo la prese bene: era legato ad entrambi i genitori e, quando capì che sarebbero comunque rimasti in buoni rapporti, abbracciò la madre e le augurò di essere felice.

Nei giorni che seguirono i due si parlarono spesso. Anna lo mise al corrente che, con l'aiuto di un'amica, conosciuta ai tempi dell'università, aveva deciso di cercare lavoro e alloggio a Conegliano.

Andrea, invece, le comunicò che avrebbe cercato un mini appartamento a Mestre, insieme al suo amico Carlo, prima che iniziassero i corsi all'Università Ca' Foscari di Venezia.

Quando Anna arrivava in ospedale da Marco, lui subito le sorrideva e le prendeva la mano.

Lei, allora, gli parlava dei suoi progetti:
– Questa per me è l'occasione di cambiare la mia vita, voglio essere indipendente, anche dal lato economico, voglio lavorare, dare seguito ai miei studi. Non voglio essere solo una donna, che attende il ritorno del suo uomo.

Non ho rimpianti e non mi pento né di essere stata la moglie di Sergio né di aver avuto e cresciuto un figlio, che amo molto, con lui.

Ora però, desidero fare le mie scelte, in piena autonomia.

Sembrava che Anna parlasse quasi più a se stessa che a Marco.

E proseguiva, per metterlo al corrente dei suoi impegni:
– Sappi che non potrò più essere tutte le mattine qui, vicino a te: sto cercando lavoro presso ospedali, cliniche private, ambulatori di ogni tipo, dentistici, veterinari, qualsiasi luogo nel quale una laureata in chirurgia possa

essere utile. Un'amica mi sta aiutando a cercare un appartamentino a Conegliano per noi, così, una volta dimesso, potremo andarci ad abitare insieme.

Marco l'ascoltava e assentiva, la sua voce pian piano stava tornando, ma la sensazione che aveva era che Anna fosse aldilà di un vetro, per lui ancora insormontabile. Tuttavia, man mano che trascorrevano i giorni, l'impressione di essere all'interno di una sfera di vetro diminuì, insieme alla riduzione delle dosi dei farmaci, e si sentiva sempre più presente. Presto, dunque, avrebbe dovuto parlare a Matilde.

Alcune mattine Anna saliva sul treno, per scendere a Conegliano, alla ricerca di lavoro, e qualche volta, fino alla stazione di Mestre, aveva la compagnia di suo figlio e del suo amico, che si recavano lì anch'essi in cerca di una sistemazione.

Andrea aveva preso atto della situazione che andava creandosi in casa, con la madre che voleva trasferirsi il prima possibile ed il padre che, tuttavia, non si capiva ancora bene cosa volesse fare. Pertanto, un po' a disagio, cercava di anticipare il suo trasferimento a Mestre di qualche settimana, rispetto all'inizio dei corsi universitari.

Il passato

Marco rimuginava sulla necessità della separazione da Matilde, ma il suo pensiero andava continuamente alle gemelle Alessia e Alessandra.

Riandava col pensiero al momento della loro nascita e alla sorpresa vissuta, nove mesi prima, quando Matilde lo aveva abbracciato raggiante, dicendogli di essere in dolce attesa.

Marco ricordava che, a quella notizia, non aveva reagito con salti di gioia, bensì con autentico stupore, che aveva poi lasciato posto ad una sensazione di insicurezza.

Ma la felicità di Matilde e di entrambe le coppie dei loro genitori fu contagiosa, quindi anche a Marco l'idea di avere un figlio iniziò a piacere e, superata l'iniziale sorpresa, ne fu felice.

Le sue perplessità, allora, erano dipese soprattutto dalla velocità con cui le cose erano accadute.

Non erano trascorsi molti mesi, da quando lui e Matilde avevano consumato il loro primo rapporto completo, Marco se lo ricordava molto bene, dato che si era trattato per lui della prima volta.

Era un sabato sera estivo. Dopo cena, lui e Matilde avevano parcheggiato la sua vecchia Ford su una strada che si snodava sui colli di Valdobbiadene. Il tramonto tra i filari dei vigneti, che si arrampicavano sui colli, era da cartolina. Avevano cominciato ad abbracciarsi in auto, mentre anche l'aria intorno sembrava avvertire la loro eccitazione. Fu Matilde a prendere l'iniziativa e a chiedergli di cercare un posto più tranquillo. – Ho voglia di baciarti. – gli aveva detto.

Quando la Ford fu messa al riparo dagli sguardi altrui, Matilde, come ormai accadeva da qualche loro incontro, si era sistemata alla meglio sul sedile, tirandolo indietro e abbassando lo schienale.

Marco ricordava ancora il tubino verde che indossava e che le arrivava sopra le ginocchia e i quattro bottoncini di perla sul petto.

Guardando Marco negli occhi, lei se li era slacciati e un reggiseno di pizzo nero aveva fatto la sua comparsa. Aveva poi fatto uscire le braccia dal vestito, mettendo bene in vista il suo seno pieno, mentre le pupille di Marco erano diventate piccole e scure. Aveva poi sollevato la gonna sui fianchi e le dita della sua mano erano passate veloci dal nero del pizzo al nero del pube.

Quando Marco aveva iniziato a baciarla, prima con delicatezza sul viso, poi sul collo e giù sulle spalle, Matilde, con naturalezza tutta femminile, lo aveva accompagnato sopra di sé e per Marco si era aperto un mondo nuovo, tutto da esplorare.

Nelle settimane e nei mesi successivi, i due avevano continuato le loro intimità, spostandole dal più scomodo sedile dell'auto al più comodo divano della famiglia Zanardo.

Marco, preso com'era in quel periodo da continue novità, in primis Matilde, ma anche il lavoro, non ricorreva all'uso di contraccettivi, forse perché pensava che se ne occupasse lei.

Matilde, invece, non aveva mai parlato del fatto di poter rimanere incinta: per lei, una volta deciso che Marco era il suo uomo, era naturale che diventasse suo marito e che lei potesse diventare madre. E fu proprio quello che accadde.

Le Gemelle

Non era trascorso, dunque, neppure un anno, da quando Matilde aveva invitato Marco a bere il primo caffè, quando si era accorta di essere in dolce attesa.

La sorpresa nella sorpresa avvenne quando il ginecologo le comunicò che attendeva due bambini e non uno, precisamente due femmine, due gemelle identiche, omozigote. Alessandra ed Alessia crescevano fisicamente molto simili alla madre, stessi capelli biondi e medesimi lineamenti del viso, di diverso avevano il colore degli occhi, celesti come quelli di Marco. Inoltre avevano vita e gambe più snelle, grazie anche ai diversi anni di nuoto, a cui le aveva obbligate la madre, dalle elementari fino al terzo anno di scuola superiore, quando lo sport divenne incompatibile con gli altri obblighi. Gli allenamenti, infatti, erano diventati giornalieri e, per non pregiudicare il loro rendimento scolastico, Marco aveva suggerito a Matilde di liberare le gemelle dall'impegno sportivo.

Le ragazze erano così uguali fisicamente da essere a volte confuse anche dai propri genitori, solo una macchia scura sulla pelle, appena sotto l'attaccatura dei capelli di Alessandra, permetteva di distinguerle l'una dall'altra. Dimostrarono comunque, ben presto, di avere un carattere completamente diverso.

Fin dalla culla, Alessia si mostrò subito vivace e allegra, di una allegria contagiosa. Era sempre al centro dell'attenzione; quando lei entrava, a Matilde e a Marco sembrava che la stanza divenisse più luminosa.

A scuola poi, aveva sempre la compagnia di un gruppetto di compagni, presi dal vortice della sua spontanea gioia di vivere. Alessia era sempre pronta a trascinare, ma anche a difendere la sorella, in caso di necessità.

Crescendo, dimostrava inoltre di aver acquisito anche le capacità organizzative della madre.

Spesso i compagni di scuola, gli amici, qualche volta anche gli insegnanti, la cercavano, per coinvolgerla nell'organizzazione di qualche evento. Era dotata di una brillante intelligenza, sapeva coinvolgere, delegare e, quando serviva, era pronta a consolare. Se poi qualcosa non andava per il verso giusto, non ne faceva un dramma.

La personalità di Alessandra, invece, fin dagli inizi, fu di tutt'altro genere.

Quando aprì gli occhi, grandi come quelli della madre, ma azzurri come il mare della Puglia, sembrò guardare stupefatta le prime luci e le prime ombre del mondo.

Le ci volle un po' di tempo per capire in quale pianeta si trovasse e per lei furono fondamentali gli sguardi di sicurezza della madre e gli abbracci dolci del padre.

Sembrava girasse per casa, cercando di capire se era quello il suo mondo e, quando incrociava lo sguardo dei genitori, un sorriso la illuminava. Ma la cosa più importante, che interiorizzò da subito, era di avere un centro di gravità, al quale per il momento era meglio non sottrarsi, e quel centro era Alessia, sua sorella.

Alessandra viveva un po' all'ombra della sorella e le lasciava volentieri la scena. Erano sì identiche fisicamente, ma bastava conoscerle un po', per capire chi era l'una e chi era l'altra: Alessia ti veniva incontro sorridendo e guardandoti dritto negli occhi, Alessandra invece ti guardava da lontano e, quando qualcuno si avvicinava, abbassava lo sguardo.

Fino al termine della terza media, le ragazze frequentarono la stessa classe. Il rendimento scolastico di Alessia era sempre ottimo sia nell'orale che nello scritto.

Ma se nell'orale la timidezza di Alessandra le faceva perdere qualche punto, negli scritti, soprattutto in letteratura e in lingue, riusciva ad avere la meglio sulla pur brava sorella.

Le ragazze erano molto legate tra loro e non era mai trapelato alcun segno d'invidia dell'una nei confronti dell'altra. Quando una di loro, per qualche motivo: il mangiare, il vestire, lo studio, gli allenamenti di nuoto, eccetera, si poneva in contrasto con la madre, l'altra subito la sosteneva, diventando con lei una cosa sola.

Con Marco non avevano mai un atteggiamento di sfida, la dolcezza del suo sguardo azzurro e i suoi abbracci le avevano conquistate fin da piccole, come avevano a suo tempo conquistato Matilde.

All'inizio delle superiori, però, scelsero studi diversi. Alessia decise di iscriversi all'Istituto Tecnico Marco Fanno di Conegliano, con l'idea di trovarsi subito un lavoro che la rendesse indipendente.

Per Alessandra il percorso era molto meno chiaro e alla fine, chiesto consiglio al padre, decise di iscriversi al liceo classico.

Il presente

Il giorno in cui Marco avrebbe dovuto parlare alle ragazze, per comunicare loro la sua decisione di andare a vivere con Anna, si stava avvicinando.

Marco era indeciso se parlare della cosa prima con Matilde o prima con le figlie, perché temeva che Matilde reagisse in malo modo all'idea della separazione e potesse fare di tutto per allontanare da lui le gemelle.

Avrebbe preferito che le figlie fossero maggiorenni, ma purtroppo mancava ancora un anno alla loro maggiore età.

Pensò anche che nelle settimane seguenti avrebbe avuto bisogno di tutto il sostegno di Anna, per affrontare la situazione.

Una mattina, verso le dieci, Anna entrò nella camera di Marco, mentre lui ancora dormiva. Gli si sedette accanto e, quasi parlando a se stessa, disse: – Recupera presto le forze, amore mio!

Poi si accomodò sulla sedia accanto al letto ed iniziò a sfogliare una rivista, in attesa che lui si svegliasse e aprisse gli occhi.

Quella mattina aveva una nuova notizia per lui: grazie all'aiuto della sua amica, aveva trovato un bell'appartamento in affitto, in centro, a Conegliano. Una vera occasione!

Girava lentamente le pagine di Marie Claire, ma se qualcuno le avesse chiesto cosa stava leggendo o guardando nella rivista, non avrebbe saputo rispondere: ripensava, tenendo gli occhi fissi sulle pagine, senza vederle, a come fosse cambiata la sua vita, da quando aveva conosciuto Marco.

2011, Anna e Marco.

Tre settimane dopo il suo salvataggio, Anna era risalita in Cansiglio ad aprire la casa della nonna. Era aprile e al mattino l'aria era ancora fresca.

Pulì e sistemò l'interno del casolare, poi, prima di mezzogiorno, si mise a tagliare un po' d'erba attorno alla casa. Alle dodici circa, decise di rientrare, sistemò sedia e tavolino nella veranda di legno ed accese il vecchio giradischi della nonna.

Non le mancavano di certo i dischi in vinile! Suo marito era un appassionato degli LP anni settanta e quel giorno lei era salita in montagna portandone con sé alcuni, esattamente *Time fades away* di Neil Young e *4 Way street* di Crosby, Stills, Nash e Young. Aveva anche impacchettato una bella porzione di Tiramisù, dolce che le riusciva alla perfezione e che Sergio e Andrea spazzolavano di solito velocemente.

Ora, seduta nella veranda, sbocconcellava un panino con verdura e formaggio, davanti a un calice di rosso, con la voce graffiante di Young che le arrivava dolce alle orecchie, mentre qualche nube passava sopra la piana.

Chiuse gli occhi e inspirò profondamente: – Che bella la vita! – pensò in quel momento di rilassamento.

Quando riaprì gli occhi, Marco era là.

In piedi, appena fuori dalla veranda, aveva appoggiato lo zaino sull'erba e la stava osservando.

Quella mattina era partito presto e, alle otto precise, aveva già parcheggiato l'auto, nel solito posteggio del vecchio hotel abbandonato.

Scarponi e zaino in spalla, aveva attraversato la piana, per poi salire a destra del bosco per un'ora circa, arrivando al punto prestabilito. Da lì si era lanciato nella sua folle corsa, giù, in mezzo ai sentieri, arrivando in breve al termine del bosco.

Dopo aver ripreso fiato, era risalito con calma, attraverso i prati verdi, che portavano alla casa di Anna.

Non sapeva se Anna quel sabato fosse salita in Cansiglio, non si erano dati alcun appuntamento, ma, in cuor suo, sperava di vederla.

I due si fissarono, sorridendosi, e alla fine parlarono contemporaneamente:

– Come stai? – chiese Marco.

– Come va? – chiese Anna, ed entrambi si misero a ridere.

– Vieni qui vicino a me! – disse Anna e si alzò, andando a prendere un'altra sedia in cucina.

Marco era ancora sudato per la corsa, comunque le si sedette vicino. Un insolito stato di felicità lo aveva pervaso da quando l'aveva vista e, dopo aver bevuto un po' d'acqua e sorseggiato il bicchiere di rosso, offertogli dalla sua nuova amica, si sentiva piuttosto bene, mentre gli occhi verdi e profondi di Anna non lo lasciavano un attimo.

Marco non capiva bene il perché, ma si sentiva emozionato e aveva difficoltà a cercare parole per una coerente conversazione.

Anna gli chiese se voleva del Tiramisù e, non avendo risposta, andò in cucina ed estrasse dal frigo due porzioni del suo famoso dolce. Tornata in veranda, lasciò una porzione vicino a Marco.

– Grazie! – disse Marco, che nel frattempo si era ripreso.

Quel giorno, ricordava Anna, si erano goduti il bel sole e il tramonto sulla veranda. Quando il sole era scomparso oltre le cime delle montagne, decisero di farsi una doccia assieme, risparmiando così l'acqua della cisterna. Sotto la doccia avevano scherzato e riso, fino a quando l'acqua non aveva rallentato la sua uscita.

Anna non aveva niente per cena, aveva pensato di rientrare a Padova quella sera stessa, così lui la invitò a cenare nella solita pensione, dove era solito alloggiare.

Telefonò alla coppia di anziani che la gestivano e li avvisò che sarebbe arrivato a cena con un'amica.

Quelli si dichiararono felici di avere la loro compagnia. La cena fu gradevole: minestra di verdure fatta in casa, con assaggio di formaggi dell'altopiano, il tutto accompagnato da un fresco chardonnay friulano.

Dopo cena, Marco e Anna ripresero la strada del ritorno. Il cielo non era sereno e solo qualche stella spuntava qua e là.

Anche il vento si era alzato e scuoteva le chiome delle betulle e dei faggi, rumori arrivavano dal bosco, mentre la piana era buia e silenziosa.

Camminavano fianco a fianco, mano nella mano, poche parole uscivano dalle loro labbra e, a metà percorso, Marco l'aveva teneramente baciata sulla guancia. Arrivati davanti alla porta di casa, l'aveva abbracciata, con l'intento di congedarsi, ma Anna, prendendogli la mano, l'aveva trattenuto.

– Entra! – gli aveva detto – Perché non rimani qui a dormire, come la volta scorsa?

Così, era rimasto, si era coricato vicino a lei e i loro corpi si erano poi abbracciati nel sonno.

La mattina dopo, Anna lo aveva accompagnato, con la sua auto, alla pensione e i due si erano promessi di ritrovarsi nel secondo fine settimana successivo.

Era il loro primo vero appuntamento. Nei dieci giorni successivi a quel casuale secondo incontro, non si erano più sentiti, neppure un messaggio.

Anna, in quel fine settimana, era libera da impegni. Sergio era partito per non si sa quale convegno di medicina chirurgica e Andrea era in gita scolastica a Pisa, entrambi sarebbero rientrati lunedì.

Decise quindi di raggiungere il rifugio e, quando vi arrivò, verso le nove di mattina, Marco era già lì, forse da più di un'ora, non era partito per nessuna escursione, l'aspettava, aveva per lei una sorpresa.

Il bacio

Arrivando con la Panda al casale, già da lontano l'aveva visto seduto in veranda, accanto all'immancabile zaino.
Marco era sceso dai gradini in legno e le era andato subito incontro, l'aveva abbracciata e le aveva detto: – Ho un programma per la giornata.
– Ah, sì? – aveva risposto lei – dimmelo!
– Ti offro il pranzo a "Malga Coro", ma... dovrai guadagnartelo! Da qui sono due ore di cammino, quasi tutto in salita, pensi di potercela fare?
– Se è una sfida mi sta bene, – aveva risposto lei, pronta, – dammi solo il tempo di indossare gli scarponi e vedrai.
Con la macchina avevano raggiunto località Crocetta.
Era uno spiazzo attrezzato con panche e tavole di legno, dotato di parcheggio, dove le famiglie potevano tranquillamente sostare, prima di iniziare le escursioni, oppure per riposarsi, al ritorno.
Da lì partivano due sentieri: quello a destra saliva dietro la casa cantoniera, per inoltrarsi subito nel bosco in mezzo agli abeti; l'altro partiva da sopra il parcheggio e all'inizio saliva ripido, poi, con tornanti sempre meno pesanti, attraversava un fitto bosco di betulle e faggi e, più su, di pini e di abeti, infine terminava in vetta, dove il bosco finiva, lasciando una grande depressione nel terreno.
Si apriva così un'enorme valle, con prati verdi e buche colme d'acqua, dove si trovavano delle vecchie malghe.
C'erano ancora alcuni uomini e donne coraggiosi, che lavoravano il latte e lo trasformavano con passione in prelibato formaggio.
Proprio lì, al confine tra il bosco e i pascoli, sorgeva Malga Coro, una taverna tutta in legno di pino, dove si potevano gustare i prodotti locali, crostate fatte in casa con marmellata di lamponi, oppure torte di yogurt e ricotta o di pinoli e pasta di mandorle.

Ad Anna era venuto in mente quando, da piccola, con i nonni andava a passeggiare nei pascoli di Col Indes o a trovare i parenti che avevano nella zona di Valmanera un piccolo caseificio.

Quel giorno dunque, parcheggiata la macchina, erano saliti per il sentiero di destra. Il primo tratto era stato difficile, tutto in salita.

Ben presto il respiro si era accelerato e anche i battiti del cuore erano aumentati. Nei tratti resi più scivolosi dalle ultime piogge, Marco le tendeva la mano e l'aiutava a non perdere l'equilibrio. Finito il primo pezzo, il sentiero si allargava, la pendenza diminuiva e anche il respiro tornava regolare.

Era una giornata splendida, nessuna nube in cielo e il sole filtrava fra il verde degli alberi. Dopo che il sentiero si era allargato, si erano presi per mano ed Anna aveva indicato a Marco le piante e i fiori presenti, precisando il loro nome, che aveva appreso dalla nonna, quando era piccola.

Nell'erba vicino al bosco spuntavano dei fiori dal colore arancio, chiamati gigli di San Giovanni, sulle rocce invece era più facile vedere i colori bianchi e gialli delle sassifraghe oppure qualche campanula viola.

Dopo due ore di buon passo, erano arrivati e si diressero subito verso la trattoria, che sorgeva a circa duecento metri dal bosco. Raggiunsero così un cortile sassoso, delimitato da una robusta staccionata in legno, che lo separava da una rovinosa scarpata, sotto la quale partiva un'altra vallata erbosa, in cui si vedevano numerose mucche al pascolo.

Si erano seduti ad una tavola in legno, su una panca, e per un po' avevano assaporato il cibo nostrano e goduto del panorama montano.

La discesa era stata più gradevole, lungo il sentiero all'ombra del bosco.

Marco le raccontava alcune storie dei dipendenti della sua azienda, di cui era venuto a conoscenza, grazie al suo lavoro di psicologo, storie a volte incredibili.

Ad un certo punto, mentre uscivano dal bosco per entrare in uno spiazzo dall'erba alta, lei era incespicata ed era rotolata per terra e Marco le era stato subito accanto.

– Tutto bene? – le aveva chiesto con tono preoccupato.

– Non so, forse ho un problema alla caviglia. – gli aveva risposto.

Marco si era tolto lo zaino, le aveva sfilato lo scarpone dal piede dolorante e aveva iniziato a massaggiare con forza prima la caviglia e poi tutto il piede.

– Che bello! – aveva esclamato lei sorridendo – non potresti massaggiarmi anche l'altro?

Marco allora le aveva tolto anche l'altro scarpone e aveva continuato a massaggiarle entrambi i piedi.

La caviglia non aveva problemi e Anna, distesa sull'erba, guardava l'azzurro del cielo.

Terminato il massaggio, lui le si era sdraiato accanto poggiato su un gomito, la testa sul palmo della mano. L'aveva osservata, poi si era chinato a baciarla lievemente sulle labbra e, qualche secondo dopo, ancora, sempre con delicatezza.

– Tutto qua? – Lo aveva provocato lei, distogliendo lo sguardo dal cielo e guardandolo direttamente negli occhi.

Marco, allora, si era chinato di nuovo a baciarla, ma questa volta più deciso, le loro lingue si erano incontrate e il bacio fu dolce e poi lungo, lungo, infinito.

Così Anna lo ricordava.

Dopo essersi abbracciati e ribaciati, rotolandosi nell'erba fra le margherite, lui le aveva accarezzato dolcemente il seno sopra il pile. Anna era ben consapevole dell'eccitazione di Marco: – Non qui! – gli aveva sussurrato, spostandogli la mano.

I pochi chilometri che rimanevano per arrivare allo spiazzo dove avevano lasciato l'auto, li fecero tenendosi per mano e correndo con attenzione sul sentiero e, dopo una ventina di minuti, erano all'interno del rifugio.

Già sotto la doccia iniziarono a baciarsi e ed accarezzarsi, per trasferirsi poi nel letto, dove le loro effusioni continuarono a lungo.

La mattina dopo, Anna fu la prima a svegliarsi, al grido degli urogalli e dei corvi che proveniva dal bosco.

Indossando solo le mutandine e una canottiera colorata, aveva aperto la porta che dava sulla piccola terrazza di legno, la luce del mattino era stupenda, il bosco e l'erba erano ancora bagnati dalla rugiada e un'aria fresca arrivava dal sottobosco.

Aveva preparato il caffè e si era seduta in veranda a goderselo, mentre osservava il sole alzarsi sulla valle.

Marco l'aveva raggiunta dopo una decina di minuti e le si era seduto di fronte, con la tazza in mano. Centellinava il suo caffè, mentre la guardava.

Fu Anna a rompere per prima il silenzio.

– Cosa vorresti fare questa mattina? – gli aveva chiesto.

Marco le aveva sorriso e, accarezzandole il viso, le aveva detto: – Se dipendesse da me, tornerei a letto a fare l'amore.

– Perché no! – Si era alzata dalla sedia e lo aveva preso per mano, accompagnandolo di nuovo fra le lenzuola.

Nei mesi successivi, salivano in Cansiglio quasi regolarmente ogni quindici giorni.

Anna non sempre era libera dagli impegni famigliari, ma riuscivano a incontrarsi una o due volte al mese, nei fine settimana.

Se arrivavano di sabato mattina, dopo una robusta colazione, preparavano lo zaino e andavano a camminare lungo i sentieri. Marco aveva le mappe di tutto il Cansiglio e delle montagne limitrofe, dal Monte Cavallo alle Pianezze.

Al calar del sole tornavano al rifugio e di notte dormivano abbracciati. La domenica mattina era dedicata alle coccole e al riposo, nel pomeriggio il rifugio veniva messo in ordine e, poi, ognuno scendeva con la sua auto verso la propria abitazione.

Qualche volta capitava che avessero per loro solo la domenica. In quel caso Marco andava da solo, alla mattina, a fare la sua spericolata corsa nel bosco, mentre il pomeriggio lo trascorrevano facendo l'amore o passeggiando a ridosso della valle.

Se Sergio era stato per Anna l'uomo con il quale aveva imparato tutto sul sesso, fare l'amore con Marco era per lei una cosa profondamente nuova. La dolcezza e la passione di lui erano coinvolgenti, lei ne veniva pienamente investita, tanto da sentirsi, tra le sue braccia, una donna diversa.

Tutto questo era accaduto prima, prima cioè che Marco la convincesse a scendere con lui a rotta di collo giù per il sentiero, prima che venisse travolto dal capriolo, prima che entrasse in ospedale.

Ora dormiva in quel lettino, mentre il loro amore sarebbe stato presto messo alla prova finale.

Quando Marco si svegliò, apri lentamente gli occhi, vide Anna seduta sulla sedia con in mano una rivista e restò ad osservarla: i suoi capelli neri scendevano fino alle spalle, il viso era bellissimo, il vestito a fiori estivo le copriva appena le ginocchia, i suoi sandali verdi addirittura si intonavano col colore degli occhi.

Anna era assorta nei pensieri, tanto che la rivista era rimasta aperta sulla stessa pagina; passò qualche minuto e si sentì addosso lo sguardo di Marco, alzò il viso e gli sorrise.

L'appartamento

– Buongiorno amore, ben svegliato! – lo accolse Anna, alzandosi dalla sedia.
Lo baciò lievemente sulle labbra e gli si mise seduta accanto.
Quindi, iniziò a raccontare come, grazie alla sua amica Lea, fosse riuscita a trovare un appartamento in affitto, ristrutturato da poco e proprio nel centro storico di Conegliano.
Lea era amica di Anna dei tempi dell'università. Era stata presente al suo matrimonio e, già ai tempi del fidanzamento con Sergio, l'aveva avvertita che se l'avesse sposato avrebbe dovuto mettere in conto anche i suoi tradimenti.
Quando Anna l'aveva informata di aver deciso per la separazione e della sua volontà di trovare lavoro e casa a Conegliano, per iniziare una nuova vita con Marco, si era subito attivata fra le sue amicizie per aiutarla.
Per l'appartamento, Lea era andata quasi a colpo sicuro. Conosceva una coppia di una certa età che due anni prima ne aveva restaurato uno in Via del Teatro Vecchio, una via del centro storico parallela alla stupenda e centralissima Via XX Settembre, con i suoi palazzi del 1500.
La via era piastrellata con cubetti di porfido e saliva da Porta Leone, una delle più belle porte di Conegliano, col leone in bassorilievo sopra l'arco e la torre in muratura a destra, fino ad arrivare al teatro Accademia, nella storica piazza Gian Battista Cima. Il borgo poi proseguiva sulla via Cima fino alla casa dello storico pittore del '400.
La dimora del pittore, restaurata qualche anno prima, era aperta al pubblico e Anna aveva potuto ammirare, in diverse occasioni, le copie dei suoi capolavori. I dipinti autentici erano infatti sparsi in numerosi musei del mondo.
La ristrutturazione dell'appartamento era stata eseguita, nella parte esterna, nel rispetto delle norme delle Belle

Arti di Venezia; all'interno si era cercato di dare il più possibile spazio alla luce. L'alloggio era composto da un ampio reparto giorno, con il soffitto dalle travature in legno dipinte di bianco, da due camere e due bagni ampi, tinteggiati di tenui colori pastello. L'arredamento ricorreva a mobili moderni e di qualità.

L'anziana coppia aveva investito molto in quell'appartamento, sperando che il loro unico figlio si spostasse un giorno da Londra, dove viveva con la giovane moglie, a Conegliano. Ma dopo diversi tentativi di persuaderla a trasferirsi, fu chiaro che la giovane coppia preferiva rimanere dov'era.

L'appartamento era quindi chiuso, già da un anno, quando Lea, con pazienza e determinazione, riuscì a convincere i proprietari a cederlo in affitto.

Alla coppia non interessavano tanto i soldi, essendo già benestante, quanto che esso fosse in buone mani.

Anna perciò, tramite Lea, ottenne un vero e proprio gioiello di casa ad un prezzo contenuto.

Quando lo visitò con l'amica, se ne innamorò a prima vista e ora lo descriveva a Marco, con molti particolari e gli occhi lucidi dall'emozione.

Separazione

Matilde, quel pomeriggio, era in riunione a scuola per l'imminente inizio dell'anno scolastico, non andò quindi a trovare Marco. La visita di Anna al mattino ed il suo entusiasmo avevano lasciato a Marco poco spazio ai ripensamenti: era sempre più deciso a chiudere con Matilde ed aspettava il momento più indicato per affrontarla.

Il punto dolente erano le figlie: come avrebbero reagito? Le gemelle gli erano molto legate, ma, in una situazione così eccezionale, la loro reazione era tutt'altro che scontata.

La mattina successiva, erano ormai passate tre settimane dall'incidente, Matilde era scura in volto, guidava nervosa l'auto verso la stazione, le linee del suo viso erano marcate, segno che aveva dormito poco durante la notte. Le gemelle, sedute sul sedile posteriore, erano anch'esse silenziose e ogni tanto sbirciavano nello specchietto retrovisore, per vedere il viso della madre, che rimaneva rigido. La sera prima fra le tre donne vi era stata una più che vivace discussione: le gemelle da una parte, che volevano ad ogni costo far visita al padre, in ospedale, prima che iniziassero le lezioni scolastiche, dall'altra Matilde, che sapeva quanto anche Marco tenesse a vederle, ma avrebbe preferito che l'incontro avvenisse dopo la dimissione di Marco dall'ospedale.

Dopo l'ultima visita al marito, Matilde era in allerta: lui le era parso un po' vago, meno interessato del solito a lei, al suo lavoro; aveva chiesto solo delle gemelle e di come era andata la festa del loro diciassettesimo compleanno.

Lei non aveva percepito, nell'ora trascorsa in visita, la solita intimità che si instaurava fra loro, anzi, a pensarci bene, già da diverso tempo il loro rapporto le sembrava mutato.

Marco era, ultimamente, più cortese del solito, ma meno affettuoso, forse anche meno interessato alla vita famigliare in generale, sempre attento alle esigenze delle figlie sì, ma spesso distratto. Alessia e Alessandra, la sera prima, nel chiedere di far visita al padre si erano spalleggiate e alla fine la madre aveva dovuto acconsentire. Matilde non aveva una vera motivazione nel proibire alle ragazze di vedere il padre, solo aleggiava in lei una spiacevole sensazione in merito al suo rapporto con lui e, forse inconsciamente, voleva punirlo.

Quando le ragazze scesero dall'auto, Matilde le baciò entrambe sulle guance e le guardò salire velocemente sul treno, che era in perfetto orario.

Poi tornò velocemente al parcheggio e, ripartitane, cercò di concentrarsi sulla guida verso il plesso scolastico, dove molto lavoro l'aspettava.

Le gemelle constatarono che il loro vagone era quasi vuoto, mancava ancora qualche giorno all'inizio dell'anno scolastico, quando il treno sarebbe risultato pieno di voci, di risate, di grida e sospiri, di odori e sudore.

Si sedettero al finestrino, una di fronte all'altra. Alessia indossava jeans, camicia bianca sotto un leggero cardigan celeste aperto e aveva annodato i biondi capelli a coda di cavallo. Alessandra, invece, era vestita con una gonna a fiori leggera, lunga fino alle caviglie, ed una maglia di un colore fra l'arancio e il marrone, aperta su una camicetta bianca a fiori; i capelli lunghi e biondi le scendevano delicatamente sulle spalle.

Un uomo sulla cinquantina, seduto su una delle poltroncine di destra, guardava la campagna veneta dal finestrino. Cercava con lo sguardo i cambiamenti che si erano verificati da quando, studente al primo anno di università a Venezia, saliva su quel treno tutte le mattine: cambiamenti rilevanti non ne notava, solo il traffico sulle strade sembrava aumentato. Si volse poi verso le ragazze, osservò il bel viso di una di loro e notò che avevano un profilo più che simile, identico: probabilmente erano gemelle, pensò. Le due ragazze parlavano a bassa voce e l'uomo percepiva solo ogni tanto la parola mamma.

Alessia lo guardò e gli sorrise, come le era naturale; anche Alessandra volse lo sguardo, ma non sorrise, era concentrata sul discorso con la sorella.

Alessandra non era tranquilla, non capiva il comportamento della madre, che le era sembrata inquieta all'idea della loro visita al padre, quando invece avrebbe dovuto esserne contenta.

Alessia non capiva l'agitazione della sorella e preferiva godersi il viaggio: era infatti la prima volta che si recavano in treno fino a Padova da sole.

La distanza fra la stazione di Padova e l'ospedale Sant'Antonio era di circa quattro chilometri e decisero di prendere l'autobus.

Quella stessa mattina, Anna si era alzata di buon umore. Il pomeriggio del giorno prima aveva ricevuto un'e-mail dal Centro di medicina di Conegliano, con la quale si dichiaravano disponibili ad assumerla, almeno per un periodo di prova, a partire dai primi giorni di ottobre.

Voleva comunicare subito la buona notizia a Marco, avrebbe potuto lasciare la casa del marito e stabilirsi in breve nel nuovo appartamento di Conegliano, tanto più che Andrea, già da alcuni giorni, si era trasferito a Mestre per seguire l'avvio dei corsi universitari.

Anna quindi entrò raggiante nella camera di Marco, sventolando il foglio, dove aveva stampato l'e-mail, con l'offerta di lavoro.

Marco era seduto da qualche ora sulla sedia a rotelle quando la sentì entrare, girò la sedia verso di lei, che si chinò a baciarlo.

– Mi hanno assunta! – disse – o meglio, mi hanno assunta almeno per sei mesi, in prova.

Era felice: la loro futura vita insieme, di giorno in giorno, diventava un fatto sempre più concreto.

Anche Marco aveva una novità. Finalmente, dopo tre settimane di letto forzato, poteva alzarsi e camminare, anche se solo per pochi minuti.

Per darne la dimostrazione, mise i freni alla carrozzina e si alzò con fatica in piedi.

– Vedi, – le disse – riesco ad alzarmi e anche a fare qualche passo.

Rimessosi a sedere continuò: – Questa mattina la dottoressa, dopo la visita, mi ha detto che, nei prossimi giorni, mi toccheranno almeno due ore fra massaggi ed esercizi di riabilitazione per il movimento delle gambe, in special modo per la destra. Se tutto dovesse procedere bene, non esclude che fra una decina di giorni potrei anche essere dimesso.

– Oh cavolo! Finalmente! Ma che bello! – esclamò felice Anna.

Lo abbracciò e i due si baciarono con passione.

Ed erano ancora abbracciati quando le gemelle aprirono la porta della cameretta.

Fu per loro una sorpresa eclatante vedere il padre abbracciato ad una sconosciuta. Alessandra rallentò subito il passo, mentre Alessia, quasi incurante del fatto, urlò: – Papà! – e gli corse incontro per abbracciarlo. Marco, sorpreso dalla loro presenza, si scostò da Anna e si apprestò ad accogliere le figlie.

Alessia non si trattenne: era un fiume in piena e raccontò al padre gli ultimi avvenimenti che le riguardavano, festa di compleanno compresa.

Alessandra lo osservava, ma non parlava, ogni tanto annuiva alle parole della sorella. Se per Alessia la presenza di Anna si era rivelata solo un dettaglio e non ne era per nulla intimidita, né aveva raffreddato la sua felicità nell'incontrare il padre, Alessandra osservava invece la donna senza scortesia, ma con la gioia della visita al padre attenuata proprio da quella presenza.

Quando l'irruenza di Alessia ebbe finalmente una pausa, Marco presentò Anna alle figlie: Alessia le strinse subito la mano, mentre la sorella, avvicinandosi lentamente, quasi con sospetto, per stringerle la mano a sua volta, la guardò intensamente. In quel momento, avrebbe voluto che i suoi occhi le parlassero per dirle: – Ho capito chi sei! Sei quella che farà molto male alla mia mamma.

Questo era il pensiero di Alessandra mentre, senza quasi rendersene conto, stringeva con forza la mano di Anna.

Questa sentì la stretta, guardò la ragazza e, non riuscendo a liberarsi, mosse la mano sinistra verso Marco, come a chiedere aiuto. Lui allora, restando seduto sul letto, allungò il braccio e gliela strinse. A quel contatto Anna sorrise e, nello stesso istante, finalmente Alessandra le lasciò andare la mano.

Anna allora le si avvicinò, le due donne si abbracciarono e in quell'abbraccio c'era tutto l'amore della figlia per il padre e l'amore di Anna per Marco. "Non fargli del male!" sembravano sussurrare gli occhi azzurri di Alessandra, durante l'abbraccio. "Tranquilla, ne avrò cura." sembravano dire gli occhi verdi di Anna, accogliendola tra le sue braccia. In realtà le due donne non si erano scambiate una parola.

Anche Alessia, dopo aver osservato la mano di Marco stringere quella della donna, capì che Anna non era una presenza casuale, da trascurare.

E con quella freschezza, simpatia e sincerità che la contraddistinguevano, passò subito ad incalzare il padre con delle domande.

Voleva sapere chi era Anna, come l'aveva conosciuta e, soprattutto, cosa ci faceva lì.

– Un attimo! – prese tempo Marco, alle pressanti domande che gli venivano riversate dalla figlia e fece segno alle gemelle di avvicinarsi e di accomodarsi.

Le ragazze si sedettero ai lati del letto, Marco prese dal comodino mezzo bicchiere d'acqua e ne sorseggiò un po'; aveva la gola secca, ma si fece coraggio.

– Ora vi racconto tutto. – disse.

Sempre tenendo la mano di Anna, che, anche per la tensione, preferiva rimanere in piedi, iniziò a raccontare la loro storia, nei minimi dettagli, a partire dall'incidente accaduto ad Anna, su in montagna, in quell'aprile del 2011. Il racconto andò avanti per diversi minuti.

La marea era salita lentamente e Marco non aveva potuto fermare il mare, questo pensava Alessandra, mentre lui stava per terminare il racconto.

Alla fine, le figlie lo ringraziarono per la sincerità e lo abbracciarono. Marco le pregò di non dire niente alla madre. Sarebbe venuta a trovarlo la mattina successiva e voleva essere lui a parlargliene per primo. Le ragazze capirono e annuirono.

Alessandra baciò Anna sulla guancia, mentre Alessia le porse la mano: una disse ciao, l'altra arrivederci, l'imbarazzo fra le tre donne era palpabile. Le sorelle salutarono il padre e gli augurarono di ristabilirsi velocemente.

Appena furono uscite dalla stanza, Anna sciolse lentamente la tensione e sorrise.

– Hai due figlie meravigliose! – disse.

– Lo so. – rispose lui e, dopo una pausa, continuò: – Anche tu hai un figlio. Quando pensi di presentarmi Andrea?

– Prima possibile – rispose Anna. – Comunque sa già tutto, di te, di noi, ne abbiamo discusso spesso insieme in questi giorni, ho voluto essere sincera con lui, da subito, dopo averne parlato prima con Sergio.

– Bene, – affermò Marco, – non rimane che dirlo a Matilde.

Le gemelle erano ora una di fronte all'altra sul treno. Si scambiavano le loro impressioni su Anna e sul padre, sul fatto che la loro famiglia non sarebbe stata più la stessa nella quale avevano vissuto fino ad allora, che tutto sarebbe cambiato. Alessandra ne ragionava con la sorella, ancora emozionata e trattenendo a stento una lacrima.

Alla fine degli sfoghi e delle riflessioni, concordarono che ora più che mai era importante stare vicine alla madre. Matilde, quel pomeriggio, rientrò piuttosto affaticata dal lavoro. Mancavano pochi giorni all'inizio delle lezioni e si era impegnata, affinché tutto fosse pronto, al meglio, almeno per quello che le competeva.

Quella sera le ragazze si occuparono della cena. Matilde, dopo una doccia, le raggiunse a tavola e, a quel punto, chiese loro del padre.

Alessandra abbassò gli occhi e a rispondere fu Alessia:

– Papà sta molto meglio, le prossime settimane dovrà fare delle ore di riabilitazione, soprattutto per il movimento della gamba destra. Per il resto, spera di essere presto dimesso.

– Ah, bene! – rispose Matilde assaggiando il pesto con il cucchiaino.

Le figlie preferirono cambiare subito argomento e presero a conversare sull'ormai imminente inizio dell'anno scolastico.

Come promesso al padre, non accennarono alla presenza di Anna all'ospedale.

Quando Matilde entrò nella loro stanza per la buona notte, Alessandra l'abbracciò.

– Lo sai che ti vogliamo bene.

– Certo che lo so. – rispose, un po' sorpresa da quell'improvviso abbraccio.

– Mamma, – aggiunse Alessia – credo che papà abbia urgenza di parlarti.

– Anche questo lo so. – rispose.

Infatti Marco l'aveva chiamata al telefono, dicendole che aveva bisogno di vederla e si erano accordati per trovarsi la mattina successiva.

Matilde si avvicinò alle gemelle e, osservandole sospettosa, chiese: – C'è qualcosa che dovrei sapere?

– No – risposero in coro, – solo che papà desidera vederti.
– Va bene, state tranquille, domani sarò da lui.

Le ragazze a quel punto le augurarono ad una voce la buona notte e Matilde, sempre più perplessa, lasciò la loro stanza.

Erano state più affettuose e misteriose del solito, pensò. Non vedeva l'ora di parlare con Marco, per capire cosa le avesse turbate, anche se, dentro di sé, provava per la prima volta un certo timore, per l'imminente incontro con il marito.

La mattina dopo, verso le otto, entrò in cucina in sottoveste verde bottiglia, si preparò il caffè e mise il latte a bollire per le figlie. In quei primi giorni di settembre, nelle prime ore della giornata, la temperatura tendeva ad abbassarsi e lei ebbe un leggero brivido.

Si sfregò le braccia con forza, quindi andò in camera ed indossò un pullover giallo sopra la sottoveste, poi spalancò la porta della camera delle ragazze e le incitò ad alzarsi, perché la colazione era pronta.

Tornò in cucina, imburrò alcune fette biscottate e mise sul tavolo la marmellata di ciliegie, quella preferita da Marco.

Quando le gemelle entrarono in cucina, Matilde aveva già terminato la sua colazione. Alessia e Alessandra, prima di sedersi, la baciarono sulle guance, un gesto che di solito riservavano al padre.

– Vado sotto la doccia! – disse la madre – e mi raccomando, lasciate tutto pulito!

Sotto la doccia, Matilde cercava di sciogliere la tensione. Quella notte non era stata delle migliori, non era riuscita a dormire, per la prima volta in vita sua si sentiva insicura e in agitazione, per l'imminente incontro col marito.

Nel dormiveglia aveva rivissuto tanti momenti del suo matrimonio, da quando aveva conosciuto Marco, alla nascita delle gemelle. Lui le era sempre stato accanto, sempre disponibile e pronto a sostenerla, padre affettuoso e vicino alle figlie, che adorava.

Che ora potesse mettere in discussione il loro matrimonio le sembrava alquanto improbabile.

Così, uscì dalla doccia più sicura di sé.

Indossò jeans e camicetta bianca, raccolse i capelli a coda di cavallo ed infilò la giacca jeans, pronta per uscire e andare alla stazione.

Entrò in cucina a salutare la ragazze, che la guardarono, si scambiarono un'occhiata e Alessia si rivolse alla madre.

– Non vorrai andare da papà vestita così...

E Alessandra: – Non potresti vestirti con un po' più di femminilità?

Matilde le guardò stupita: – Ma... vado solo a trovare vostro padre!

A quel 'solo vostro padre', le gemelle si guardarono e poi la fissarono.

In quel momento, sotto il loro sguardo, Matilde perse di nuovo la sua sicurezza. Quella frase appena pronunciata non era stata delle migliori, inoltre era forse la prima volta che le gemelle criticavano apertamente il suo modo di vestire.

Alessia continuò: – Fossi in te... insomma, mi vestirei diversamente, se fosse il mio uomo ad aspettarmi.

Matilde le guardò sempre più attonita, stanno crescendo in fretta, pensò, oppure sanno qualcosa che io non so. Alla fine accettò il consiglio delle ragazze, tornò in camera, tolse i jeans ed indossò un vestito giallo pastello, senza maniche. Andò in bagno, si mise un filo di rossetto rosso, truccò con l'ombretto verde gli occhi e le ciglia con il mascara nero, sciolse i lunghi capelli, calzò i sandali bianchi con mezzo tacco, prese dall'armadio un golfino bianco di lana e, alla fine, si presentò in cucina dalle figlie.

Le quali, mentre ripulivano il tavolo della colazione, stavano commentando la frase della madre 'è solo vostro padre', cercando di capire se quella frase avesse un significato più profondo e se avesse a che fare con il fatto che il padre si era innamorato di un'altra donna.

Quando tornò al cospetto delle ragazze, queste approvarono il suo nuovo abbigliamento. Lei le salutò e si affrettò a salire in auto, dato che nel cambiarsi e truccarsi aveva fatto tardi, rendendosi conto che, per la prima volta, avrebbe perso il treno. Decisa a rientrare per le tredici, per rispettare i suoi programmi scolastici del pomeriggio, pensò allora di arrivare a Padova direttamente in auto. Accostò in uno spazio libero e inserì l'indirizzo dell'ospedale sul navigatore.

Attraversato lentamente il centro di Conegliano, entrò nella Statale 13, svoltò a destra verso lo svincolo per l'autostrada e oltrepassò il casello dell'A27. Accelerò fino al limite consentito di 130 Km all'ora e, dopo una cinquantina di minuti, giunse all'uscita di Padova est.

Lasciò a destra i grandi magazzini dell'Ikea e salì in tangenziale, imboccò infine l'uscita 12 e, dopo una decina di minuti, fermò l'auto nel parcheggio dell'ospedale. In poco più di un'ora aveva recuperato la perdita del treno. Soddisfatta, salì veloce al terzo piano ed entrò con sicurezza in camera di Marco.

Il letto però era vuoto. Si rivolse allora ad una delle infermiere, che le rispose che il paziente stava terminando la sua ora di esercizi in sala di riabilitazione e che, entro qualche minuto, sarebbe arrivato.

Matilde appoggiò la borsa sul letto, respirò profondamente e, in attesa del marito, guardò fuori dalla finestra.

Quando, dopo alcuni minuti, Marco entrò, lei era ancora alla finestra, la luce del mattino illuminava i suoi capelli biondi sciolti sulle spalle e lui pensò che sua moglie era proprio una bella donna.

Deglutì e si fece coraggio. Non sarà facile, pensò.

– Ciao Matilde.

– Ciao Marco! – rispose lei avvicinandoglisi.

Ma questi non la baciò sulla guancia, né la strinse a sé come lei si aspettava.

– Sediamoci sul letto – la invitò, abbastanza serio, – devo parlarti.

Era seduto quasi di fronte alla moglie. Aveva già preso da giorni la sua decisione, da tempo aveva fatto la sua scelta ed ora doveva solo mantenere la calma.

Prese la mano destra della moglie, che, sempre più sorpresa, lo fissava dritto negli occhi.

Così si apprestò a raccontarle lentamente quello di cui già aveva informato precedentemente le figlie. Iniziò sempre dal giorno in cui aveva salvato Anna dal precipizio e continuò raccontandole tutto, fino alla fine, terminando con la decisione che aveva preso qualche giorno prima, di andare a vivere con Anna, una volta dimesso.

Man mano che il marito andava avanti con il racconto, Matilde si sentiva sempre più accaldata e stringeva la mano di Marco sempre con più forza, ma nessuno dei due provava dolore fisico in quel momento.

Gli occhi le si erano ingranditi per lo stupore, poi, mentre lui continuava a parlare, aveva abbassato lo sguardo e le si erano velati di pianto: non vedeva neppure più il letto dove era seduta, non vedeva più Marco, non vedeva più la stanza. Alla fine pianse per qualche minuto, sciogliendo la tensione.

Lasciò andare la mano di Marco, per prendere un fazzoletto dalla borsa.

Si alzò in piedi e, senza rivolgergli neppure uno sguardo, uscì lentamente dalla camera.

Scese le scale, quasi senza rendersene conto, attraversò il parcheggio, entrò in auto e, seduta al volante, lasciò di nuovo libero sfogo alle lacrime.

Marco si era trattenuto dal seguirla, avrebbe in qualche modo voluto consolarla, ma era lei che doveva metabolizzare la novità e non le sarebbe stato facile.

Si ripromise di chiamarla al telefono verso sera, sperando di poterle parlare a lungo.

Andò alla finestra, la macchina della moglie era ancora ferma nel parcheggio, la vide scendere dall'auto e camminare verso la strada principale. Si coricò sotto le lenzuola e chiuse gli occhi. Matilde era scesa dall'auto, perché non le sembrava prudente mettersi alla guida in quello stato d'animo. L'aria sul viso le dava sollievo, non sapeva che fare, camminava senza una meta precisa, poi decise che era necessario chiamare la preside dell'istituto scolastico per disdire tutti gli appuntamenti del pomeriggio.

Passò mezzora e chiamò le figlie, comunicando loro, molto telegraficamente, che sarebbe rientrata a casa nel tardo pomeriggio, senza accennare al colloquio avuto con il padre. Aveva solo bisogno di un po' di tempo, prima di rientrare.

Avrebbe ritardato, disse alle ragazze, perché, trovandosi a Padova, ne avrebbe approfittato per fare due passi nel centro storico.

La vita continua

Matilde camminò a lungo senza avere un'idea chiara di cosa fare. Sorpresa e arrabbiata per quello che Marco le aveva raccontato, doveva comunque restare calma, avrebbe avuto tutto il tempo per riflettere, ora sentiva il bisogno di pensare ad altro.

Decise di concentrarsi sul luogo dove si trovava.

Padova era una città meravigliosa, ricca d'arte e di storia, che poteva offrire molti spunti d'interesse per i suoi alunni, e da tempo l'aveva scelta per organizzare, magari per il tardo autunno, una gita scolastica.

Fra tutte le possibili mete, Matilde ne aveva in mente una in particolare: l'orto botanico. Fondato nel 1500, risultava essere il più antico orto botanico universitario al mondo, ancora situato nella sua collocazione originaria.

Decisa a non pensare al marito, entrò in una tabaccheria e chiese indicazioni per arrivarvi. La commessa la informò che si trovava a venticinque minuti di cammino, in via dell'Orto Botanico, appunto, ma, se preferiva, poteva prendere l'autobus n.16.

Matilde decise di andarvi a piedi. Trascorse lì tutto il pomeriggio, a riflettere sulla situazione, fra i molteplici tipi di piante e le serre dal clima tropicale.

La mattina dopo Matilde si alzò meno confusa, ma comunque molto arrabbiata con Marco. Soprattutto non gli perdonava il fatto di avergli tenuta nascosta tutta la storia fin dall'inizio: se le avesse raccontato subito cosa gli stava succedendo, con molta probabilità la loro relazione non sarebbe terminata così.

Nei giorni successivi non volle nemmeno rispondere alle sue telefonate e proibì anche alle gemelle di rispondergli o, peggio, di chiamarlo.

Ma dopo qualche giorno, a sua insaputa, le figlie cedettero e si sentirono spesso con il padre per telefono. Tutti e tre furono d'accordo di attendere pazientemente che la situazione si calmasse un po'. La settimana successiva, di fronte ad una tazza di tè, Matilde riuscì a parlare ai propri genitori e a raccontare loro come stavano le cose tra lei e il marito. Da quel momento, cominciò a sentirsi più tranquilla e si sforzò di pensare alla scuola e a nuove iniziative per stimolare lo studio dei suoi alunni.

Un nuovo inizio

Quando arrivarono per la prima volta nell'appartamento di Conegliano, Anna, al settimo cielo, lo mostrò a Marco con orgoglio.
La casa, arredata in stile moderno, aveva pareti dipinte di chiaro.
Al piano terra vi era un ampio spazio, dove una grande libreria, laccata di bianco, divideva la zona cucina dall'area soggiorno; c'era poi un bagno spazioso, con piastrelle di un verde tenue.
Dal soggiorno partiva una larga e comoda scala a chiocciola coi gradini in legno, che portava al piano superiore, dove si trovavano due camere matrimoniali con annesso terrazzino, un piccolo studio con travature in legno, già arredato con mobili in stile antico, e un altro bagno più piccolo, ma con la vasca idromassaggio.
A Marco l'appartamento piacque moltissimo, anche se, come precisò Anna, mancavano ancora i tendaggi, qualche lampadario, i copri divani e qualche oggetto come soprammobile.
Anna, inoltre, aveva un'idea che voleva condividere con lui: desiderava portare il bosco in casa, gli alberi del Cansiglio, con i colori dell'autunno, il bianco dell'inverno, il verde della primavera e il sole dell'estate.
Insomma, voleva mettere alle pareti di ogni stanza una foto ingrandita, un metro per uno e venti circa, del bosco di faggi e betulle, nelle varie stagioni. Inoltre, aveva pensato a delle tende chiare o bianche, con disegnate foglie volteggianti, e infine avrebbe cercato delle piccole sculture, in legno o in ferro, che rappresentassero comunque degli alberi.
Trascorsa dunque una prima settimana nella nuova casa, quasi in totale riposo, Marco riprese il lavoro.

Quando poi si fu del tutto ristabilito, nei fine settimana di quel tiepido autunno, lui ed Anna ripresero a salire su al rifugio.

Facevano le loro camminate in mezzo al bosco e Anna portava la macchina fotografica, per fotografare gli alberi da immortalare nei poster, destinati alle varie stanze.

Un venerdì sera, mentre passeggiavano a Conegliano, lungo via XX Settembre, Anna guardava attenta le vetrine.

I lampioni in ferro battuto emanavano una calda luce gialla, l'aria non era ancora umida e l'autunno pareva avanzare lentamente.

Fu Marco a notarla: Matilde era un po' più avanti di loro, ferma davanti ad una vetrina, le si vedevano solo i lunghi capelli biondi che scendevano liberi sulla giacca blu.

Le si avvicinarono: – Ciao Matilde! – le sussurrò Marco.

Lei si girò lentamente, come se lo sguardo non volesse staccarsi dai vestiti in vetrina, ricambiò il saluto, poi si accorse della presenza di Anna. Le due donne si guardarono: – Buonasera! – disse Anna porgendole la mano.

Matilde guardò la mano tesa, poi guardò Marco, poi di nuovo Anna, e alla fine gliela strinse.

Marco le osservò, la diffidenza tra loro era palpabile. Allora, le prese entrambe sottobraccio, stemperando la tensione e iniziarono a camminare tutti e tre nella medesima direzione.

Marco ruppe il ghiaccio e chiese a Matilde se stava cercando qualcosa per le gemelle, visto che era così attenta nell'osservare i capi esposti.

Averla presa sottobraccio era stata la mossa giusta, Matilde sembrava tranquilla. Lui continuò a chiederle delle ragazze, di come stavano e di come andavano a scuola. La ex moglie all'inizio rispose a monosillabi, poi si rilassò e si mise a conversare, più serena.

Anche Anna camminava sotto braccio a Marco, era contenta che i due si parlassero e, nel frattempo, pensava a come fossero cambiate le cose in poco più di due mesi. L'idea di organizzare una cena, per tutti quanti insieme, le venne quando stavano per congedarsi.

Al momento dei saluti, si fece coraggio e disse: – Ascolta, Matilde, forse la cosa è prematura, ma mi farebbe piacere avervi una sera a cena, te e le gemelle, che cosa ne pensi?

Matilde ebbe un attimo di esitazione, poi rispose:

– Dammi ancora un po' di tempo, Anna, ma presumo che alle ragazze farebbe molto piacere.

– Allora ti telefono fra una decina di giorni.

– Va bene! – rispose, salutandoli e stringendo la mano ad entrambi.

Matilde pian piano si stava riprendendo, il rapporto con le gemelle migliorava di giorno in giorno, le ragazze ora erano sempre più affettuose e anche lei stava cambiando il suo comportamento: sempre più spesso le abbracciava, come aveva visto fare dal marito per anni. Non si era aperta solo con loro, l'ultima volta che aveva visitato i suoi genitori, nel lasciarli li aveva stretti a sé, più affettuosa che mai.

Era sicura che Marco ci sarebbe stato sempre per le figlie, e anche per lei, se ne avesse avuto bisogno, e questa convinzione in quelle settimane l'aveva aiutata molto.

Anna nei giorni successivi continuò a pensare alla cena: oltre a Matilde e alle gemelle, avrebbe voluto che ci fossero suo figlio Andrea e magari anche Sergio.

Con Sergio doveva affrontare, prima o poi, il tema della separazione legale e, se fosse venuto a cena, sarebbe riuscita a capire quando sarebbe stato il momento opportuno per parlargliene.

Pensava poi di invitare anche Lea, l'amica che l'aveva sempre sostenuta nei momenti più difficili.

Nei giorni successivi, con l'aiuto di Marco, era riuscita a terminare finalmente l'arredamento.

Nel soggiorno e in cucina, nella loro camera e in quella degli ospiti, quattro foto enormi ritraevano il bosco del Cansiglio, nelle quattro stagioni: l'autunno, con i suoi caldi colori, era sopra il loro letto, dove lenzuola, federe e coperte, avevano disegni a foglia, che richiamavano gli stessi colori degli alberi. Marco era riuscito a scovare due abat-jour a foglia e anche il lampadario aveva delle foglie in ferro battuto.

In cucina Anna aveva voluto la foto del bosco in estate: un forte sole filtrava tra il verde del bosco e sembrava illuminare l'intera stanza; in soggiorno avevano deciso per la foto invernale, con gli abeti imbiancati, dato che il bianco si intonava bene ai mobili in laccato bianco a intarsi di legno e quella foto contribuiva a dare eleganza e sobrietà alla stanza, dove nessuno si sarebbe sognato di alzare la voce.

La primavera fu scelta per la camera degli ospiti: i suoi colori trasmettevano felicità e ottimismo e sarebbe stato bello, per chi ci avesse dormito, svegliarsi con pensieri positivi.

La cena

Quella settimana, Anna telefonò prima di tutto a Matilde e invitò lei e le gemelle a cena per sabato alle venti.

Matilde lo comunicò la sera stessa alle figlie, che ne furono entusiaste, tanto più quando seppero che a cena ci sarebbe stato anche Andrea, il figlio di Anna. Non sapevano quasi nulla del ragazzo. Marco aveva accennato, durante una telefonata, che era solo di un anno più vecchio di loro e che aveva appena iniziato l'università a Venezia.

Anna poi chiamò Lea, che le disse che non si sarebbe persa quella cena per niente al mondo, visto che ci sarebbero stati due uomini così belli. E poi si sarebbe divertita a guardare la sua migliore amica destreggiarsi fra il suo nuovo amore e il marito. Dopo di che i suoi pensieri si concentrarono su cosa avrebbe indossato per quella serata.

Il pomeriggio successivo provò a contattare Sergio e, dopo diversi tentativi, riuscì a raggiungerlo.

Sergio non si aspettava la sua telefonata, fu molto sorpreso dall'invito a cena e rimase incerto se accettare, ma disse di sì solo quando lei acconsentì alla sua richiesta di farsi accompagnare da un'amica.

Anna non fu particolarmente contenta di aver accettato quella condizione, ma aveva bisogno di parlargli e anche di far capire ad Andrea che stava facendo di tutto per mantenere i migliori rapporti col padre.

Sergio, da quando Anna se n'era andata, non era più lo stesso. Finite le prime settimane di quella libertà che si era spesso auspicato, ora, nei fine settimana, cercava la compagnia del figlio, anche solo per pranzare insieme, ma non sempre Andrea riusciva ad accontentarlo.

L'agendina, con l'elenco delle amichette da chiamare, era aperta sopra il tavolino del salotto, ma lui non si sentiva più dell'umore giusto per passare una serata in compagnia.

Si sentiva sì tradito da Anna, ma in qualche modo riteneva che anche quelle donne fossero colpevoli della fine del suo matrimonio e nutriva quasi un sentimento di vendetta in generale verso il gentil sesso.

Nelle ultime settimane aveva cercato di sedurre anche la nuova dottoressa del suo reparto, ma Gabriella aveva assunto un atteggiamento così professionale nei suoi confronti, che alla fine aveva desistito, anche perché era veramente brava nel suo lavoro ed ormai era diventata indispensabile nel reparto.

Quando gli era arrivata la telefonata di Anna, era rimasto combattuto fra il desiderio di rivederla e il fatto che andare da solo a quell'invito, in qualche modo lo umiliasse. Le aveva perciò detto che sarebbe arrivato in compagnia, ma, dopo qualche giorno, non aveva ancora deciso a quale donna chiedere di accompagnarlo.

Ci pensò spesso e, alla fine, decise di chiedere aiuto proprio a Gabriella.

Le chiese pertanto se alla fine del turno potessero pranzare insieme, anche alla mensa dell'ospedale. Aveva urgente bisogno di un suo parere, le disse, in merito ad una questione privata.

Come stabilito, si incontrarono in mensa e Sergio la fece accomodare di fronte a sé, poi assunse un tono confidenziale e le raccontò della sua complicata situazione sentimentale.

Quando Gabriella gli confermò che sarebbe stata felice di essere amica di un così bravo chirurgo, di cui ammirava le capacità, Sergio le raccontò gli ultimi sviluppi della sua storia con Anna, fino alla sua uscita di casa, per poi terminare con l'imprevisto invito a cena.

Le aveva raccontato tutto con sincerità, con un tono di rammarico nella voce e Gabriella l'aveva ascoltato in silenzio. Sia lei che le infermiere si erano accorte del suo stato d'animo e lui ora lo confessava.

Alla fine gli disse che, se voleva, sarebbe stata felice di accompagnarlo alla cena e, dicendolo, per la prima volta gli sorrise.

La sera della cena

Nella serata di fine ottobre, fissata per la cena, la prima ad arrivare a casa di Anna fu Lea. Durante il giorno il tempo si era mantenuto bello, il sole aveva scaldato l'aria, ma verso sera si percepiva l'aria frizzante dell'autunno in arrivo.

Lea, per l'occasione, aveva preso in prestito un abitino dalla sua boutique. Sapeva quanto fosse importante per Anna quella serata, così aveva indossato un vestito color ruggine, senza maniche, lungo appena sotto le ginocchia e, come ornamento, solo un filo di perle bianche intorno al collo. I capelli le arrivavano corti alle spalle, li aveva da poco tinti in rosso Tiziano e sapeva che il colore del vestito non si abbinava molto con quello dei capelli, ma, quando l'aveva indossato, aveva pensato ad Anna e al suo amore per i colori dell'autunno e voleva sentirsi a suo agio nella nuova casa della sua migliore amica. Perciò, più che con i capelli, l'abito si sarebbe accompagnato bene con l'arredamento e i colori della casa.

Quando suonò alla porta, fu Marco ad accoglierla e lei lo baciò sulla guancia, mentre lui l'aiutava a togliersi il cappotto.

– Ciao Lea! – la salutò Anna dalla cucina, ancora intenta a tagliare le verdure fresche per il pinzimonio.

– Ciao Anna, – rispose – vuoi una mano?

Anna le guardò il vestito: – Nuovo? Che bello il colore!

– Sapevo che ti sarebbe piaciuto, per questo l'ho scelto.

– Allora, visto che il vestito è nuovo, mi arrangio io con le verdure. Tu piuttosto dai una mano a Marco nel preparare la tavola in soggiorno.

– D'accordo chef! – rispose Lea con un sorriso.

Quando, poco prima delle venti, suonò il campanello, fu sempre Marco ad aprire a Matilde e alle gemelle.

Con le figlie l'abbraccio fu lungo e affettuoso, rapido il bacio a Matilde sulle guance.

Le gemelle si dissero subito in cucina a salutare Anna e a ringraziarla per l'invito.

Matilde consegnò il cappotto a Marco, poi entrò in cucina con un: – Buona sera, Anna! – E questa le rispose con un – Ciao Matilde, entra pure! – evitando la solita banale domanda 'Come stai?'.

Cercò invece di coinvolgerla, chiedendole un parere sulla vellutata di zucca, che stava cuocendo, ma Matilde, sebbene si trovasse a suo agio con le ricette di cucina, le rispose di non aver mai preparato una vellutata, ma proprio di nessun tipo.

Anna confessò che neppure lei era una grande esperta di cucina, infatti alcune pietanze della serata, come le tagliatelle fresche e le polpettine vegane, se l'era fatte preparare da una signora che gestiva un negozietto in via Lourdes, dove si potevano trovare sempre pasta fresca, pasticcio di carne o di verdura, gnocchetti di zucca e polpettine a base di miglio.

Rotto il ghiaccio, accompagnò Matilde in soggiorno e le presentò Lea.

Le gemelle intanto scalpitavano perché volevano vedere l'intero appartamento e Marco, felice, le accompagnò.

Fu Anna ad aprire quando arrivò Sergio.

– Grazie dell'invito! – disse lui, baciandola sulle guance, poi si scostò e le presentò Gabriella.

Anna la conosceva già in qualche modo, tutte le infermiere del reparto dov'era ricoverato Marco ne avevano parlato bene, come di una dottoressa brava e competente.

Le strinse dunque la mano, ben contenta e grata all'ex-marito per essersi fatto accompagnare non da una delle infermiere, con le quali magari si era intrattenuto oltre l'orario di lavoro, ma da una collega che tutti stimavano.

Li introdusse in soggiorno e li presentò al resto della compagnia.

Degli invitati mancava solo Andrea, che invero aveva già avvertito la madre del suo ritardo, dato che sarebbe arrivato in stazione non prima delle venti e trenta.

Tutto era pronto in cucina, invitò dunque gli ospiti a prendere posto a tavola e chiese a Marco di servire gli aperitivi, mentre lei sarebbe salita in camera a cambiarsi. Quando rientrò in soggiorno, la compagnia si era animata, l'aperitivo probabilmente aveva sciolto la tensione.

Aveva indossato un vestito bianco a maniche corte, in parte plissettato, lungo giusto fino alle ginocchia, chiuso sul davanti e con la schiena scollata fino alla striscia del reggiseno: l'insieme era semplice, ma fine ed elegante.

I neri capelli, pettinati all'indietro, le accarezzavano le spalle ed i suoi occhi verdi brillavano su quel bianco e nero.

Guardandola entrare, Lea, Matilde, Gabriella e anche le ragazze, per non parlare degli uomini, ne rimasero affascinati.

Lei, noncurante, si trasferì in cucina, accese i fornelli e diede una rimescolata alla vellutata di zucca.

Sergio si alzò allora dalla sedia. – Vado a dare un'occhiata in cucina. – comunicò.

La raggiunse in cucina e, guardandole la scollatura sulla schiena, gli vennero in mente i primi anni di matrimonio, quando, preso dal desiderio, iniziava a baciarla ed accarezzarla proprio mentre lei era alle prese con le pentole e, più di una volta, lei aveva spento il gas e mollato tutto per seguirlo in camera da letto.

Con quei ricordi, le si avvicinò e le posò un bacio lieve sui capelli.

Anna lo guardò accigliata. – È quasi tutto pronto – disse, continuando a girare il mestolo nella pentola. Sergio intanto le aveva appoggiato una mano sulla schiena, per poi man mano scendere ad accarezzarle il fianco. Anna a quel punto si era irrigidita e aveva stretto il cucchiaio ancora più forte, la mano di Sergio però non si era fermata e

aveva continuato a scendere, fino ad accarezzarle il gluteo destro. Per un momento lei non reagì, era incredula, poi però si girò e con tutta la forza gli infilò il cucchiaio di legno fra le costole. Sergio lanciò un urlo di dolore, Gabriella e Marco si alzarono di scatto dalla sedia, precipitandosi in cucina, e fu Anna, a quel punto, ad intervenire prontamente con sangue freddo: non volendo rovinare la serata, prese la mano di Sergio e gliela mise sotto il rubinetto dell'acqua fredda e, girandosi verso Marco, disse:
– È tutto a posto, ha inavvertitamente toccato la pentola, è solo una lieve scottatura, niente di più.

Sergio, ancora un po' piegato dal dolore, con le dita sotto l'acqua, confermò: – Va tutto bene, tutto a posto, sono uno stupido.

Anna si rivolse poi a Marco con tranquillità: – Per cortesia, caro, chiedi alle gemelle se mi danno una mano a portare tutto in tavola.
– Bene. – rispose lui, continuando a fissarla per assicurarsi che tutto andasse davvero bene.

Alessia e Alessandra, felici di poter essere d'aiuto, entrarono in cucina e, man mano che Anna versava la vellutata nei piatti con i crostini abbrustoliti, li portavano in tavola. Alessandra aveva ancora un piatto nella mano destra, quando suonò il campanello. Istintivamente lo spostò sulla sinistra, fece due passi in corridoio e aprì la porta.

Andrea, jeans, camicia bianca e con un Woolrich verde da universitario, teneva nella mano un mazzo di fiori di campo per la madre. I grandi occhi azzurri di Alessandra videro dei capelli neri, mossi, quasi ricci e due occhi verdi come quelli di Anna, in quel momento spalancati dalla sorpresa. Il ragazzo si era aspettato che ad aprire la porta arrivasse la madre, invece si trovava di fronte una ragazza bionda, dai capelli lunghi e lisci, con un vestito verde brillante senza maniche e un paio di occhi grandi, azzurri come il mare.

Stupito, non riusciva ad aprire la bocca, priva di saliva-zione, fece un passo in avanti e si voltò a chiudere la porta per prendere tempo. Ma, quando si girò di nuovo, la sor-presa fu totale: dietro alla prima, era comparsa un'altra ragazza identica, stessi capelli, stessi occhi, stesso model-lo di vestito, anche se di colore rosso.

Non credeva ai suoi occhi e, stupefatto, non riusciva anco-ra a spiccicare una parola.

Alessia fu la prima a reagire, spostò anche lei il piatto sul-la sinistra e gli tese la mano destra, dandogli subito del tu e dicendo: – Tu devi essere Andrea, il figlio di Anna. Piacere, io sono Alessia e questa è la mia sorella gemella Alessandra.

Andrea strinse ad entrambe le mani, mentre Anna, viste le ragazze ferme nel piccolo corridoio, 'È arrivato An-drea', pensò, e gli andò incontro.

Il figlio la vide come un'ancora di salvezza, la strinse a sé, forse un po' più del solito, si baciarono sulle guance e, finalmente, uscì anche la sua voce: – Questi sono per te, mamma. – le disse, porgendole i fiori e ritrovando la parola.

Anna lo ringraziò sorridente, sistemò i fiori in un piccolo vaso di vetro, poi, presolo per mano, lo accompagnò in soggiorno, presentandolo alla compagnia.

Andrea prese posto a tavola vicino a Marco. I due fino ad allora si erano visti solo di sfuggita, ma entrambi sapeva-no l'uno dell'altro molte cose, che Anna aveva raccontato loro.

Quando tutto fu in tavola, anche Anna e le gemelle si ac-comodarono.

La disposizione della compagnia vedeva su un lato, da sinistra a destra, Andrea, Marco, Anna e Lea, nel lato op-posto Alessia, Alessandra, Matilde, Gabriella e, a capo ta-vola, Sergio.

Andrea, che era dunque capitato di fronte alle gemelle, teneva ancora gli occhi ben fissi nel piatto, mentre Anna continuava ad interrogarlo su come stesse andando all'università, informandosi sulla frequenza ai corsi, su come funzionasse la convivenza con gli altri ragazzi nell'appartamento di Mestre e sulle sue eventuali visite per conoscere Venezia.

All'inizio lui rispondeva a monosillabi, poi pian piano si sciolse e iniziò a raccontare come si svolgevano le sue giornate.

Sempre più frequentemente alzava lo sguardo verso le gemelle, ma non era facile sostenerne gli sguardi.

In realtà avrebbe voluto saperne di più su quelle due identiche copie sedute di fronte, era curioso di scoprire se vi fossero seppur piccole differenze fra le due, in modo da distinguerle l'una dall'altra, ma, non avendo confidenza e sovrastato dalla propria timidezza, rinunciò.

Durante la cena, però, ebbe modo di percepire la loro abbastanza palese differenza di carattere.

Quando, tra un boccone e l'altro, posava lo sguardo su Alessandra, lei quasi subito lo distoglieva, mentre quando a fissarlo erano gli occhi di Alessia, lei continuava a guardarlo, quasi in segno di sfida, ed era Andrea ad abbassarli per primo. Terminato il primo piatto, l'imbarazzo fra i giovani era scemato e fu Alessia a porgli le prime domande, chiedendogli come fosse vivere vicino a Venezia e come mai avesse scelto proprio la facoltà di economia.

Pian piano le domande divennero sempre più personali, fino a che Andrea, fissandola un po' infastidito, le rispose: – No, non ho ancora la ragazza. – mentre, sotto quella raffica di domande e con quei quattro occhi che lo scrutavano, gli sembrava di averne addirittura due di ragazze.

Alessia per il momento taceva, mentre lui andava spostando lo sguardo dall'una all'altra delle sorelle, ma alla fine sorrise e il suo sorriso contagiò pure Alessandra, così Andrea ebbe, per un momento, la percezione di sprofondare in un mare azzurro di acqua calda.

Anna stava ora seguendo la conversazione di Matilde, seduta di fronte a lei, con Marco. Questa gli parlava del progetto, che stava portando avanti nelle classi della sua scuola, e si era soffermata sulla pianificazione della gita scolastica a Padova.

Marco cercava di seguirla, sapeva quanto la sua ex moglie tenesse al proprio lavoro, ma la sua mente era occupata dalla presenza fisica di Anna, che non aveva mai visto con un vestito così bello ed elegante e con quella scollatura sexy sulla schiena.

Mentre si sforzava di prestare attenzione alle parole di Matilde, accarezzava con la mano destra, quasi inconsapevolmente, la coscia di Anna, che, contagiata dal suo calore, manteneva un'aria di finta indifferenza.

Spostò infatti l'attenzione verso Lea e Gabriella, chiedendo loro della vellutata di zucca e sia l'una che l'altra si complimentarono per la squisitezza di quel piatto.

Le ringraziò, poi osservò il figlio, che incrociava gli sguardi delle gemelle, e le sembrò in difficoltà.

Tolse allora con dolcezza la mano di Marco dalla gamba, si alzò e chiese alle ragazze di aiutarla a servire il secondo.

Sergio di solito era il centro dell'attenzione, per la sua vivacità e prontezza nelle battute ma, dopo l'incidente con Anna, era rimasto silenzioso e dolorante.

Gabriella cercò di ravvivare la conversazione, chiedendo a Marco come procedeva la riabilitazione della gamba.

La terapia riabilitativa era finita da giorni e, rispose, la gamba sembrava aver ritrovato la normale mobilità; per il momento, comunque, massima cautela e niente più escursioni toste in montagna, rimandate forse alla prossima estate.

Gabriella e Sergio gli consigliarono entrambi di riprendere le passeggiate in montagna un po' alla volta e di affrontare la forzata pausa con filosofia.

Il chirurgo gli suggerì di evitare le corse giù per i sentieri, uno sport da considerare in ogni caso troppo rischioso.

Marco rammentò i giorni passati in ospedale e tornò a ringraziare Gabriella, che lo aveva seguito molto nel suo primo periodo di riabilitazione.

Anna, in cucina con le gemelle, stava preparando la tagliata di manzo: dopo averla distesa su un letto di rucola, vi spargeva sopra scaglie di grana. Quando la pietanza fu finalmente pronta, Alessia e Alessandra l'aiutarono a portarla in tavola.

Lea, che preferiva la cucina vegetariana, rifiutò la carne, ma Anna, conoscendo le sue inclinazioni alimentari, aveva fatto preparare delle polpette a base di miglio, verdure miste e patate.

Sergio, che accusava ancora il dolore al torace, dove Anna aveva premuto con forza il cucchiaio di legno, chiese a Marco di indicargli il bagno.

Qui giunto, apri la camicia, alzò la maglietta di cotone e si guardò allo specchio. L'ematoma aveva già un colore bruno e si estendeva per circa dieci centimetri in larghezza. Premendo piano con le dita si palpò alcune costole. Niente di rotto per fortuna, pensò, e l'ematoma sarebbe scomparso in una decina di giorni. Rinfrancatosi, tornò in soggiorno e riprese posto a tavola.

Lea aveva già conosciuto Sergio durante il breve periodo del fidanzamento di Anna, che si era presto sposata a Padova. Aveva capito da subito che tipo d'uomo fosse e, anche se ormai le occasioni per frequentarsi si erano diradate, tuttavia aveva più volte cercato di mettere in guardia l'amica.

Ma Anna era innamorata e non aveva voluto darle retta. Anche per Lea le cose erano cambiate. Dopo un lungo fidanzamento che non era sfociato nel risultato sperato, i suoi sogni sembravano naufragati e, ora, era diventata sempre più diffidente nei confronti degli uomini ed anche più esigente riguardo all'uomo col quale passare il resto della sua vita. Preferiva vivere alla giornata rapporti brevi e senza troppo coinvolgimento emotivo.

Quella sera Sergio non aveva lo spirito del mattatore. In genere, le sue battute sul rapporto paziente – medico divertivano molto gli amici, ma questa non sembrava essere la sua serata.

Così serio e pensieroso Lea non l'aveva mai visto, avrebbe voluto fargli piedino sotto il tavolo per ravvivarne lo spirito e allentargli la tensione, ma le lunghe gambe di Gabriella seduta fra di loro glielo impedivano.

Matilde intanto cercava di attirare l'attenzione di Marco, raccontando di un giovane maestro, arrivato come supplente all'inizio dell'anno scolastico, di come fosse bravo a tener vivo l'interesse dei ragazzi e prezioso nel supportarla nelle sue nuove iniziative.

Marco annuiva, ma rimaneva distratto, perso nei suoi pensieri, ancora non del tutto convinto dell'opportunità di quella cena, che aveva accettato solo per compiacere Anna.

Questa intanto si alzò da tavola, andò in cucina, tolse il dolce dal frigo, lo appoggiò sul tavolo e si apprestò a coprirlo di cacao e di cioccolato extra-fondente grattugiato. Era sempre stata brava nella preparazione dei dolci, la cosa che le riusciva meglio in cucina, e per quella sera aveva preparato un bel tiramisù.

Intanto Sergio avvertiva il bisogno di una boccata d'aria: si scusò con gli altri commensali, si alzò e, indossata la giacca, passò in cucina per comunicare ad Anna che andava a fare due passi, solo pochi minuti prima del dessert. Tirandosi dietro la porta, uscì.

Non c'erano stelle in cielo, la serata era piuttosto umida e fuori dall'abitato doveva esserci una fitta nebbia. Il pavé di porfido della strada era così bagnato dall'umidità, che sembrava fosse piovuto.

S'incamminò verso piazza Cima, i portici di via XX Settembre erano illuminati dalla luce gialla dei lampioni, mentre la piazza, rischiarata dalla luce bianca dei fari alogeni, sembrava ancora più deserta.

Solo, al centro dello slargo, guardò la facciata del teatro Accademia e restò lì per qualche minuto ad osservarne i particolari. Ne era affascinato, quella superba facciata neoclassica non mostrava alcun difetto, né di progetto né costruttivo.

Anna passò a togliere i piatti da tavola. Sergio nel frattempo non era ancora rientrato, la sua sedia era vuota.

Lea allora la guardò e le disse: – Esco a cercarlo.

Anna annuì con un mezzo sorriso, la sua amica indossò il piumino nero sopra il vestito color ruggine ed uscì.

Inoltratasi in quella scura umidità, si guardò attorno e, non vedendo alcuno, si incamminò verso la piazza.

Infine lo vide, era lì in mezzo e si guardava attorno, sembrava non sapere dove fosse.

– Sergio, Sergio! – lo chiamò alzando la mano per attirarne l'attenzione.

Lui la vide, si girò verso di lei, ma non si mosse. Lea era sotto le luci bianche della piazza, Sergio osservava i suoi capelli rossi ondeggiare, mentre scendeva stando molto attenta a non scivolare, con le scarpe dal tacco alto, sui gradini di fronte al teatro.

In un lampo pensò che Lea gli sarebbe tornata utile. Essendo la miglior amica di Anna, gli avrebbe sempre fornito notizie aggiornate sulla sua vita. In più, visto come Anna lo aveva trattato e quasi ignorato durante la cena, sarebbe stata il suo bersaglio ideale per far soffrire l'ex moglie.

Quando gli fu accanto, Sergio le sorrise e Lea si sentì riscaldare da quell'accoglienza.

– Vieni! – gli disse, prendendolo per mano, – Qui c'è troppa umidità, rientriamo, il dolce è già in tavola, manchiamo solo noi.

Sergio le strinse la mano e la seguì e i due, in silenzio, rientrarono.

Fu Matilde a dare i primi segni di stanchezza quando ormai mancava poco a mezzanotte.

Andrea e le gemelle sembravano non voler più terminare la serata. Adesso era Andrea che, vinta la timidezza, le incalzava con domande insistenti.

Alessia aveva deciso che, terminate le superiori, si sarebbe cercata un lavoro in quanto, la cosa che le interessava di più, era ottenere una sua autonomia, anche economica. Il desiderio di Alessandra era invece di iscriversi all'Accademia delle Belle Arti di Venezia.

Matilde alla fine interruppe i loro discorsi, disse che era ora di rientrare e, a conferma, si alzò da tavola.

Le ragazze, invero non proprio entusiaste, si alzarono a loro volta.

Anche Sergio e Gabriella decisero che era giunto il momento dei saluti.

Matilde e le gemelle abbracciarono Marco, poi, ringraziata Anna per la serata, furono le prime ad andarsene.

Gabriella salutò Anna e Marco con un sorriso e un abbraccio, poi toccò a Sergio, che strinse la mano a lui e salutò lei, ma senza toccarla.

Lea restò ancora per pochi minuti. Voleva dare una mano ad Anna in cucina, ma anche parlare con lei di Sergio.

Lui infatti, prima di rientrare in casa, le aveva chiesto il numero di telefono e lei gliel'aveva dato. Avrebbe voluto parlarne con Anna, ma non si sentiva di farlo in presenza di Marco. Perciò anche lei li salutò e se ne andò: avrebbe trovato, più avanti, un momento per parlarle.

Andrea, dopo il confronto verbale con le gemelle, si sentiva addosso tutta la stanchezza della giornata e, dopo che anche Lea se ne fu andata, baciò la madre sulla guancia e augurò a lei e a Marco la buona notte.

Salì le scale, avrebbe dormito per la prima volta in quella camera a due letti singoli, che era stata preparata per lui o per le gemelle, quando se ne fosse presentata l'occasione.

Anna e Marco terminarono velocemente di rassettare la cucina. L'indomani mattina, domenica, lei avrebbe pulito tutto con calma, ma ora voleva solo riposare. Tolse le scarpe e si distese nel divano del soggiorno.

Marco le si sedette accanto e iniziò a massaggiarle i piedi lentamente, Anna si rilassò e chiuse gli occhi per un momento.

Poi volle commentare con lui la serata. Era un po' dispiaciuta di non aver trovato più tempo per stare con tutti.

Avrebbe voluto essere più vicina a Matilde e alle gemelle e ringraziare la sua amica Lea, per l'aiuto che le aveva assicurato in quelle settimane.

Avrebbe voluto anche fare qualche domanda in più a Gabriella, per capire come Sergio stesse superando la separazione.

Poi aveva sperato di toccare con l'ex marito l'argomento della separazione legale, ma le cose in quel caso non erano andate per il verso giusto.

Infine suo figlio: erano trascorse tre settimane dall'ultima volta che era rientrato dall'università, chissà quante novità aveva da raccontarle. Per fortuna sarebbe ripartito per Venezia lunedì e c'era ancora tempo per parlare con lui.

Chiese a Marco la sua impressione sulla cena e questi la rassicurò che era andata bene e che inoltre lei avrebbe trovato, nei prossimi giorni e settimane, tempo per tutti.

Poi si chinò a baciarle le labbra e le accarezzò il viso. Preso un calice dalla dispensa, vi versò del brandy spagnolo, che divisero, sorseggiandolo lentamente.

Finito il brandy, la prese in braccio, salì con prudenza le scale, l'adagiò sul letto e l'aiutò a togliere il vestito. Poi si spogliò nella penombra e le si coricò accanto.

Intanto Andrea era sotto le coperte già da un po', a luci spente, ma i suoi occhi erano spalancati. Davanti a sé vedeva i volti di Alessia e Alessandra, erano due ma poi si sovrapponevano per diventare uno solo: stesse labbra, stessi occhi azzurri.

Con la mente cercava di rimarcare le differenze, i loro sorrisi, le domande pressanti di Alessia e la profonda timidezza di Alessandra.

Coinvolto, confuso, fu per lui una notte lunga e, solo verso l'alba, si addormentò.

Fu una notte di mezze frasi e qualche sospiro anche per le gemelle, che alla fine ammisero, l'una all'altra, che Andrea era proprio un bel tipo.

Lea e Sergio

Il venerdì successivo alla cena, verso le sette di sera, Lea si apprestava a chiudere il suo negozio di moda, che gestiva ormai da anni in Corte delle Rose.

Premette il pulsante per la chiusura delle serrande e attivò l'allarme. In quel momento squillò il cellulare.

Il nome di Sergio comparve nel display e, per la sorpresa, le caddero la chiavi a terra: – Pronto? – disse, chinandosi a recuperarle.

– Ciao Lea, sono Sergio, tutto bene? Mi sembri un po' affannata.

– Stavo chiudendo il negozio. – rispose.

Sergio allora passò al motivo della sua chiamata, chiedendole se sabato fosse disponibile ad uscire con lui. Le proponeva la visita ad una mostra del noto fotografo Steve Mc Curry, che lui amava molto. L'evento si intitolava "Senza confini" e si teneva alla Galleria Harry Bertoia, a Pordenone.

A Lea piacevano le mostre fotografiche e fu lieta di accettare l'invito. Sergio le propose di incontrarsi a metà mattinata, per poi pranzare assieme, ma lei gli ricordò che il sabato mattina teneva il negozio aperto, così si accordarono per le quindici e trenta.

Venerdì sera, Lea chiuse il negozio con una certa premura, sperava di trovare Anna in casa, magari da sola, per parlarle della telefonata di Sergio.

Si incamminò verso casa dell'amica: uscì fuori dalla galleria, sul viale della stazione girò le spalle all'orologio, attraversò quasi correndo Corso Vittorio Emanuele II, salì la scalinata degli Alpini con un po' di affanno e si fermò un attimo a normalizzare il respiro. Infine attraversò a passo lesto piazza Cima e, dopo appena una decina di minuti dalla chiusura del negozio, suonava alla porta di Anna.

Non vide alcuna luce accendersi all'interno, riprovò, sembrava che nessuno fosse in casa. Rassegnata, si girò verso la parte bassa della via del Teatro Vecchio e iniziò a camminare.

Proprio in quel momento la vecchia Panda rosso sbiadito di Anna arrivava, arrancando con una certa fatica.

Anna e Marco parcheggiarono ed uscirono dall'auto ancora con le scarpe da trekking e l'abbigliamento da montagna.

Lea nel frattempo era tornata sui suoi passi e, vistili, andò loro incontro e, dopo averli abbracciati, si informò su dove fossero stati.

– Abbiamo pulito il rifugio su in Cansiglio e poi abbiamo attraversato a piedi l'intera piana. C'era un sole splendido e ne abbiamo approfittato. – rispose Anna. – Vieni, entra in casa, preparo un tè.

Ma Lea declinò: avrebbe voluto parlare da sola con l'amica, senza la presenza di Marco. Pertanto rispose: – Meglio di no, voi siete sicuramente stanchi e... dal profumo che emanate, avete sicuramente bisogno di un bel bagno caldo.

– Hai proprio ragione a proposito del bagno! – disse Marco annusando scherzosamente Anna sul collo.

Lea li salutò e, mentre i due, ancora scherzando, varcavano la soglia di casa, non le rimase che incamminarsi verso la sua di casa, riproponendosi di parlare con l'amica il lunedì successivo, dopo aver trascorso il sabato con Sergio, le cui intenzioni avrebbe fra l'altro capito meglio.

Sergio, sabato, arrivò puntuale e parcheggiò la BMW nel parcheggio di fronte alla villetta di proprietà di Lea.

Questa aprì la porta, nascondendo con un sorriso un po' di tensione.

Indossava un vestitino, anche questo preso in prestito dal suo negozio, dallo stile semplice, appena elegante, chiuso sul petto, di color grigio chiaro, con una collana a doppio giro che alternava perle colorate rosse e arancioni, di dimensioni variabili. I capelli rossi, lunghi fino alle spalle, le conferivano una bella luce in viso. Sulle labbra aveva passato un tenue rossetto, anch'esso rosso.

Lo abbracciò velocemente, ancora sulla porta: – Sono pronta! – gli disse, mise la borsetta a tracolla, chiuse a doppia mandata, poi entrambi salirono sull'auto.

La BMW, con cambio automatico, di Sergio attraversò lentamente il centro di Conegliano, si diresse verso il casello dell'A27, entrò in autostrada e, acquistando sempre più velocità, si mosse in direzione di Pordenone.

Sergio era tranquillo, non aveva aspettative particolari nei confronti di Lea, per quel pomeriggio: trascorrere alcune ore in piacevole compagnia e conoscere meglio l'amica di Anna era al momento il suo obiettivo.

Lea, al contrario, era un po' tesa, non sapeva bene cosa aspettarsi da un uomo come Sergio.

Questi si voltò verso di lei e, vedendola rigida sul sedile, le sorrise, allungò la mano destra, le prese la sua ed iniziò a raccontare di Steve Mc Curry.

Era un giornalista americano, ma soprattutto fotografo. Aveva realizzato diversi reportage fotografici dalle guerre che, purtroppo, non mancavano sul nostro bellicoso pianeta: Iran contro Iraq, l'Afghanistan, la Guerra del Golfo, la Cambogia, le Filippine e l'India. Le sue foto a colori ritraevano per lo più persone del luogo e riuscivano a mostrare l'orrore della guerra. Aveva ricevuto numerosi premi, sia per la bellezza delle foto che per il suo coraggio. Il ritratto più famoso, che aveva spopolato in tutte le riviste, era quello della ragazza afgana dagli occhi azzurri, scattato in un campo profughi vicino a Peshawar, in Pakistan.

– Me la ricordo – disse Lea – la foto di quella ragazza giovane dallo sguardo profondo, magnetico.

– Proprio quella! – confermò Sergio – Sicuramente ne vedremo una copia alla mostra.

Sergio lasciò la mano di Lea e la portò al volante, lei si sistemò meglio sul sedile e smise di essere tesa.

Dopo un decina di minuti uscirono dall'autostrada, svoltarono a sinistra, passarono davanti alla Fiera di Pordenone in Via della Santissima, poi in Via San Marco e da lì, in un attimo, il navigatore li condusse al ristorante "Al Gallo", dove lui aveva prenotato.

Mario, il gestore, sentì la macchina avanzare sul ghiaino del cortile, scostò le tende della sala da pranzo e vide Sergio scendere dall'auto. Sorrise e uscì in fretta.

I due si conoscevano dai tempi del liceo, si scambiarono una vigorosa stretta di mano e una pacca amichevole sulle spalle. Erano trascorsi due anni dall'ultima volta che Sergio era stato alla trattoria.

Gli presentò Lea, Mario le strinse cordialmente la mano e i tre si incamminarono verso l'entrata del locale.

– È tutto a posto per la cena di questa sera? – chiese Sergio.

– Tutto a posto, tranquillo. – E poi, in disparte: – La rossa ti mancava dalla collezione, eh? – scherzò, facendogli l'occhiolino.

– È un'appassionata di foto e un'amica. – replicò Sergio senza raccogliere lo scherzo. – Allora, io e Lea andiamo a visitare la mostra fotografica, poi faremo due passi sotto i portici di Corso Vittorio Emanuele e potremmo essere qui verso le venti.

– Arriva quando vuoi, il tavolo è riservato. Ti devo preparare anche una camera?

– No, Mario, come ti ho detto è un'amica, siamo qui per la mostra e per un'ottima cena.

– Non dubitare, la cena sarà ottima.

– Ci conto, Mario, e grazie. Ci vediamo più tardi. – concluse stringendogli la mano.

Uscendo dal parcheggio a piedi, Lea si teneva al braccio di Sergio, stando attenta a non scivolare sul ghiaino con le scarpe con i tacchi alti.

Girarono quindi a destra e si trovarono nella lastricata piazza San Marco; terminata la piazza, passarono il portico della trattoria "Mezza Libbra" ed ecco comparire davanti a loro Palazzo Spelladi, dove si trovava la galleria Harry Bertoia.

La mostra era affollata, le foto, grandi e colorate, richiedevano diversi minuti di concentrazione, per mettere per così dire tutti i soggetti ritratti a fuoco. Una coda ordinata era in fila davanti alla foto clou, quella del volto della ragazza afgana, i cui occhi risaltavano veramente con il loro colore magnetico.

Impiegarono quasi due ore a vedere l'intera mostra, ma alla fine conclusero che ne era valsa la pena.

Uscirono, il sole era al tramonto e l'aria si era rinfrescata. Sergio prese per mano Lea e si incamminarono in direzione di Palazzo Ricchieri.

I lampioni di Corso Vittorio erano accesi. Si trovavano nella parte storica più bella del centro di Pordenone, dove negozi alla moda si alternavano a ristoranti tipici e piccoli caffè, sotto vecchi portici di palazzi dalla facciata spesso in stile veneziano, con terrazzini in ferro battuto e finestre ad arco.

Scambiandosi le impressioni sulla mostra, transitarono davanti a Palazzo Gregoris, per terminare in piazza Cavour, dove entrarono in una pasticceria, un locale arredato in legno massiccio, noto per la vastissima gamma di tè che vi si poteva gustare.

Seduta sulla poltrona in cuoio, Lea era di nuovo inquieta e osservava Sergio, quasi di nascosto.

Dopo qualche chiacchiera banale, lui le chiese cosa ne pensasse del rapporto di Anna e Marco. Lea ritrasse la mano dal tavolo, abbassò gli occhi e non rispose. Portò la tazza di tè alle labbra, ne bevette un sorso e, sempre tenendo gli occhi bassi, alla fine disse:

– A dir la verità, li vedo molto bene, da tempo non vedevo Anna così felice. – e terminò la frase portando lo sguardo su Sergio, nei cui occhi sembrò passare un'ombra.

– Credo che tu sia ancora innamorato della tua ex – gli disse allora.

– Ma no! – replicò lui con fastidio – desidero solo che stia bene.

E finì il suo caffè in silenzio.

Quando anche Lea ebbe bevuto il suo tè: – Vieni, andiamo! – le disse alzandosi – Mario ci aspetta, è quasi ora di cena.

Usciti dal locale fecero la strada a ritroso, scambiandosi poche battute.

La buona cucina di Mario e la sua simpatia rinfrancarono il buonumore di Sergio, che si mise a raccontare le cose più assurde che gli erano capitate nei convegni medici di mezzo mondo.

Anche Lea si rasserenò, grazie anche al buon vino, e la serata riprese una piega piacevole. Quando infine Mario, lasciati gli impegni di cucina, si sedette in loro compagnia raccontando alcune storie piccanti, la serata riuscì proprio divertente.

Fabrizio

Matilde era sempre più decisa a concretizzare il suo progetto di portare alcune classi in visita al giardino botanico di Padova. Quando però ne parlò in consiglio di classe, solo un insegnante diede la sua disponibilità ad aiutarla: Fabrizio.

Era più giovane di lei di diversi anni ed era arrivato nel plesso scolastico a settembre come supplente. Appassionato ed entusiasta del suo lavoro come Matilde, era entrato subito in sintonia con i suoi alunni.

Grazie alla sua disponibilità, Matilde si accorse presto di avere un alleato per i suoi progetti e lo coinvolse quasi subito per la visita all'Orto Botanico.

Iniziarono così a vedersi spesso in sala insegnanti, per sviluppare l'iniziativa, scendendo man mano nei dettagli fino a quando l'idea prese una sua forma ben definita, per diventare concreta e pronta per essere realizzata.

Due volte alla settimana, Francesca, la compagna di Fabrizio, una ragazza giovane sui ventisei anni, capelli lunghi e scuri sciolti sulle spalle, passava a prenderlo.

A Matilde capitava di vederla appoggiata al cancello del cortile della scuola, spesso in jeans e giaccone, come chi frequenta ancora l'università.

Quello che ignorava, era che i rapporti fra i due stavano di giorno in giorno peggiorando e quello che non avrebbe mai immaginato allora, era che la causa principale del deterioramento fosse proprio lei.

Infatti, già nei primi giorni di insegnamento nella nuova scuola, Fabrizio aveva notato quella donna dai capelli biondi e dai grandi occhi scuri che, nei giorni e nelle settimane che seguirono, divenne per lui sempre più importante.

Gli piaceva tutto di lei: i suoi capelli, i suoi occhi, la bocca perfetta, il sorriso solare; e poi il suo modo di vestire, professionale e femminile nello stesso tempo, la sua camminata, la sicurezza che dimostrava con gli alunni, la vivacità che metteva nel fare la cose. Così, nel giro di un mese, Matilde divenne per Fabrizio una vera ossessione. Gli risultò perciò naturale appoggiarla nei sui progetti scolastici ed aiutarla nel concretizzarli.

Anche Matilde, nei primi tempi, fu contenta di avere finalmente un collega che condivideva i suoi sforzi, per rendere le ore scolastiche più interessanti ed attraenti per gli studenti.

Alla fine, le visite all'Orto Botanico di Padova furono fissate.

A metà dicembre per le classi prime, la settimana successiva per le seconde e, per le terze, era stato deciso un giorno della seconda settimana di gennaio. In totale, si sarebbe trattato di tre gite, alle quali avrebbero partecipato: due prime, due seconde e, infine, due classi di terza media.

Per le prime classi, Matilde aveva previsto la visita alle serre chiuse, con i diversi climi e per le seconde un itinerario fra le piante più belle e significative. Per le terze, invece, molto del lavoro sarebbe stato fatto prima in aula, con lo studio approfondito della storia dell'Orto Botanico, della sua utilità e delle caratteristiche e proprietà specifiche delle piante; nella visita vera e propria gli alunni sarebbero stati liberi di scegliere a gruppi un loro personale percorso.

A condurre i gruppi in gita sarebbero stati due insegnanti per volta, che, considerato lo scarso interesse degli altri, non sarebbero potuti essere che Matilde e Fabrizio.

Il programma fu finalmente approvato dal Consiglio d'Istituto, per la gioia di entrambi che, su quel progetto, si erano e si stavano spendendo molto.

Nel frattempo, Fabrizio era venuto a sapere, da alcune chiacchiere di corridoio, della separazione di Matilde dal marito.

Il compleanno di Marco

Quel sabato mattina di novembre già inoltrato, Marco compiva quarantacinque anni.

Lui ed Anna avevano fatto l'amore, alle prime luci dell'alba, poi si erano di nuovo assopiti. Quando la donna riaprì gli occhi, la sveglia segnava ormai le nove. Si alzò, aprì la tapparella per una decina di centimetri ed una bella luce mattutina fece capolino all'interno della camera.

In cucina, Anna preparò un forte caffè con la moka e diverse fette biscottate con burro e marmellata di fichi biologici, la preferita di Marco.

Tornò in camera e lo baciò più volte sulle labbra.

– Buon compleanno, amore! – gli disse. Lui sorrise e aprì lentamente gli occhi, non ancora completamente sveglio.

– Buongiorno amore. – rispose.

E Anna: – Ti aspetto in cucina, la colazione è pronta.

Terminata la colazione, Marco fece con tranquillità una bella doccia e alle undici, come concordato preventivamente, Matilde e le gemelle arrivarono per augurargli buon compleanno.

Alessia e Alessandra abbracciarono il padre, scherzando sulla sua età ormai… avanzata!

Anna, per festeggiare, aveva invitato solo Andrea a pranzo.

Nel pomeriggio poi sarebbero saliti in Cansiglio, per una passeggiata, per poi terminare la serata con la cena presso l'agriturismo Casera Le Rotte, una piacevole struttura lì in zona.

Andrea arrivò in stazione a mezzogiorno meno un quarto e Anna chiese alle due ragazze di andargli incontro.

Alessia e Alessandra uscirono, ben felici dell'incombenza, attraversarono quasi saltellando piazza Cima, con la luce del sole che illuminava il loro bel viso.

Andrea, già dalla telefonata della madre la settimana prima, che lo voleva a casa per pranzo, nel giorno del compleanno di Marco, aveva pensato all'opportunità di rivedere le gemelle ed ora affrettava il passo nella speranza di incontrarle. Indossava i soliti jeans con il giaccone, ma i suoi capelli scuri erano più lunghi e più arricciati del solito.

Attraversato il parcheggio della stazione, si incamminò a destra lungo il marciapiede, senza guardare le vetrine, e con passo veloce risalì il viale.

Giunto a metà, alzò lo sguardo verso la scalinata ed era impossibile non notare quelle due capigliature bionde, illuminate dal sole, ondeggiare mentre le ragazze scendevano la scalinata principale. Si fermò a guardarle scendere affiancate, lo stesso passo, le gambe lunghe che uscivano per più della metà dai loro paltò color pastello. Ad un certo punto le loro mani si alzarono in segno di saluto ed anche lui alzò la sua in risposta.

Le sorelle si fermarono alla base della scalinata, Andrea attese il verde e poi attraversò il viale che li separava.

Provò ad abbracciarle insieme, ma Alessia fu più veloce a sporgersi e lo abbracciò per prima.

– Ben tornato! – gli disse, baciandolo sulla guancia. Andrea sentì il suo abbraccio stretto e poi quello più leggero di Alessandra. Subito dopo, parlando quasi contemporaneamente, iniziarono a risalire la scalinata, riscaldati da un bel sole.

Alessia fu sempre la prima a porgli le domande sulle novità dei suoi studi.

Lui spiegò che sarebbe stato molto impegnato, nelle prossime settimane, perché avrebbe dovuto dare tre esami, l'ultimo qualche giorno prima di Natale.

Poi i corsi non sarebbero ripresi prima del 15 di gennaio e si prospettava una pausa dallo studio, nei giorni delle feste di fine anno.

Gli chiesero allora se avesse già programmato qualcosa per quei giorni.

Lui non sapeva ancora cosa avrebbe fatto, dato che, per il momento, nessuno dei genitori lo aveva invitato a passare qualche giorno insieme, probabilmente perché era ancora troppo presto.

Se in quei giorni fosse stato a Conegliano, le avrebbe comunque cercate.

– Bene! – disse Alessia, propongo allora di scambiarci i numeri dei cellulari.

I numeri delle gemelle erano, manco a dirlo, quasi uguali. Marco aveva regalato loro i cellulari nello stesso giorno e variava solo l'ultima cifra: quello di Alessia terminava con il numero uno, quello di Alessandra con il nove.

Arrivati a casa, Andrea fece gli auguri di compleanno a Marco. Per Matilde e le figlie era giunto il momento di rientrare alla propria abitazione, non dopo aver rinnovato gli auguri, salutato Anna e ricordato ad Andrea di farsi sentire, quando fosse stato nei paraggi.

Il giovane assentì e rispose che lo avrebbe fatto senz'altro.

Quando infine loro tre ebbero preso posto a tavola, Anna chiese al figlio di raccontare dei suoi studi.

Andrea ripeté il discorso fatto alle gemelle su esami e vacanze e, mentre si apprestavano a bere il caffè, voleva sapere dalla madre se avessero già deciso come trascorrere le festività natalizie.

Anna rispose di non avere grandi programmi, anche perché, a dirla tutta, contava di risparmiare qualcosa nei prossimi mesi, per poter terminare il pagamento dei mobili acquistati per la casa.

– Passeremo il Natale a Conegliano, poi andremo forse qualche giorno nel casolare in montagna. Potresti venire con noi, a Marco farebbe sicuramente piacere la tua compagnia.

– Ci penserò. – rispose Andrea – Non so ancora che programmi abbiano i miei amici di corso.

Partito il figlio, Anna e Marco caricarono zaini e coperte sulla Panda, per salire con calma all'agriturismo a cenare e poi a fermarsi a dormire nel rifugio. La mattina successiva avrebbero fatto una camminata sul monte Pizzoc, rientrando poi nel tardo pomeriggio.

Anna aveva lasciato guidare la macchina a Marco. Sui primi tornanti del Cansiglio, la 4x4 rossa iniziò a salire piano. Anna era pensierosa, il tempo stava cambiando e più la macchina saliva, più la luce del sole si affievoliva, lasciando la strada e il bosco sempre oltremodo immersi in una nebbiolina umida.
Le nuvole stavano risalendo la montagna, pensò Marco, guardando Anna ancora persa nei pensieri.
Alla fine le chiese: – Anna, cosa c'è?
– Troveremo pioggia sulla piana.
– Sì, lo penso anch'io, ma sarà una pioggia lieve. Non credo però sia questo che ti preoccupi.
Le appoggiò una mano sulla coscia ed Anna si girò, sorridendo.
– Non è nulla.
– Ormai ti conosco e conosco le donne: quando dicono che non c'è nulla, è meglio che l'uomo si prepari.
Anna abbassò lo sguardo, gli accarezzò la mano e lo guardò.
– Sì, è vero, ho una cosa da chiederti, ma te la chiederò solo quando saremo seduti a tavola. – e, sorridendo, lo baciò sulla guancia.
Mentre la Panda arrancava sui tornanti, nel bosco era scesa la nebbia, Anna appoggiò la testa sulla spalla di Marco e chiuse gli occhi.
Nella piana la pioggia cadeva ormai fitta, la nebbia era più rarefatta e il sole del tutto scomparso.
Arrivati al rifugio, parcheggiarono l'auto il più vicino possibile alla scaletta di legno della veranda.

Anna scese veloce sotto la pioggia e aprì la porta, Marco scaricò gli zaini, poi, con l'aiuto di lei che lo copriva con l'ombrello, scaricò alcune scatole e le coperte.

Prepararono il letto per la notte, per il resto il rifugio era in ordine. Non accesero per il momento la cucina a legna e decisero di salire subito alla malga per la cena.

Risalirono quindi in auto. Il ristorante era a circa due chilometri, la Panda girò a destra verso il villaggio dei Cimbri, poi a sinistra su per una salita ripida, che alla fine li portò proprio di fronte al parcheggio dell'agriturismo "Casera Le Rotte".

Il parcheggio era mezzo vuoto, Marco spense il motore ed indossò il berretto di lana con la bandiera norvegese, per proteggersi dalla pioggia.

– Su, scendiamo, amore! Non siamo qui per mangiare in auto.

Anna sorrise, aprì la portiera, alzò il cappuccio viola della giacca a vento e si mise a correre verso la casa.

L'agriturismo era tutto in pietra e legno, l'entrata era stretta e scura, poi un bel tepore li accolse. La sala, arredata con mobili in prevalenza di un chiaro e nodoso legno di pino, era molto accogliente, le luci erano accese e le fiamme brillavano nel caminetto, tanto che, dopo qualche minuto, Anna tolse la giacca.

Una giovane cameriera li accolse, li accompagnò per una scala di legno al piano mansardato. La sala da pranzo era più piccola, anche qui il pavimento e le pareti erano in legno di pino, come le travature, il tutto creava una calda ed intima atmosfera.

La giovane lasciò loro il menù e accese la candela sul tavolo, lasciandoli soli.

– Allora, Anna, qual è la novità?

Lei allungò le mani sul tavolo e le unì a quelle di Marco.

– Ti voglio bene.

– Anch'io. – rispose lui.

– Ascolta, ci conosciamo quasi da due anni, ci amiamo, siamo molto uniti.

– Vero.

– Mio figlio Andrea va ormai all'università e le gemelle il prossimo anno saranno maggiorenni.

– E?

– Io fra qualche mese compirò quarantatré anni...

– Lo so! Anna, per favore, vieni al punto!

– Bene, io... vorrei... vorrei... Beh, insomma, in queste settimane ci ho pensato molto, mi piacerebbe... naturalmente se tu sei d'accordo... vorrei avere un bambino! Un figlio, mio e tuo.

Marco la fissò con i suoi occhi azzurri, poi spalancò la bocca, richiudendola lentamente. Era a dir poco sorpreso, la salivazione si era interrotta ed anche le labbra sembravano essersi seccate all'improvviso.

La cameriera arrivò al tavolo proprio in quel momento e Marco la guardò spaesato. – Per cortesia, ci dia altri cinque minuti. – le disse.

Rivolse lo sguardo verso Anna, fissandola, le strinse le mani. – Mi cogli di sorpresa, non ho mai pensato ad un altro figlio, oltre alle gemelle. – disse in un sussurro.

– A dire il vero, è da tempo che ci penso, ma non avevo mai trovato il coraggio per parlartene, ma ora sentivo che non potevo più aspettare.

– Ascolta Anna, devi darmi almeno qualche giorno, devo riflettere, avere un figlio è una bella responsabilità.

– Non sarebbe, comunque, una cosa nuova per noi, entrambi abbiamo figli.

– Lo so, non è quello che mi spaventa, dammi un po' di tempo per abituarmi all'idea... ti amo, Anna, e voglio la tua felicità.

Entrambi abbassarono lo sguardo, mentre il tempo e lo spazio sembravano in pausa.

Poi Marco disse: – Credo che anzitutto dovresti fare tutti i test possibili, non voglio che tu corra dei rischi.

– Sono medico, sarò scrupolosa, se dovesse presentarsi qualche rischio, per me o per il bambino, rinuncerò, te lo prometto. – Precisò, fissandolo.

Le loro mani erano così strette che, quando le staccarono, Anna aveva le dita doloranti.

Si sfregò le mani sulle ginocchia, mentre la giovane cameriera era di ritorno e chiedeva loro le ordinazioni.

La prima uscita all'Orto Botanico

Il bus era fermo nel parcheggio della scuola. Alle otto i ragazzi della prima erano pronti, eccitati per la gita, con i loro zaini in spalla. La portiera della corriera sì aprì ed in un attimo l'autobus fu pieno delle loro voci.

Matilde e Fabrizio salirono per ultimi e, dopo una veloce conta, si sedettero uno accanto all'altra, dietro all'autista. Le porte si chiusero e il bus partì lentamente, svoltando subito a sinistra.

Matilde, contenta, sorrise a Fabrizio, poi si alzò, tolse la giacca a vento e la sistemò nello scomparto in alto. Alzando le braccia, la giacca di lana arancione si alzò, lasciando a Fabrizio la vista del suo bel fondo schiena. Era turbato dall'averla vicina, seduta al suo fianco.

Sin dal primo incontro ne era rimasto colpito, ma aveva sempre finto, facendole credere di essere solo interessato ai suoi programmi per i ragazzi. Gli piaceva insegnare, l'ambiente scolastico con i suoi giovani studenti lo motivava, ma Matilde risultò da subito un polo di attrazione, un buco nero dove giorno dopo giorno si sentiva precipitare.

Il suo rapporto con la fidanzata stava peggiorando, le discussioni non si contavano più, ma la cosa lo lasciava del tutto indifferente. I suoi pensieri ormai da tempo erano tutti per lei, la brava e bella collega, tanto perfetta che spesso, durante i dormiveglia confusi delle sue notti, non capiva più se fosse una donna in carne ed ossa o piuttosto un frutto della sua fantasia.

La prima uscita alle serre del giardino botanico andò bene, gli alunni ne furono entusiasti, la bella giornata di sole, nonostante il freddo, aveva reso tutti ben disposti, compreso l'austero guidatore del bus.

L'affiatamento dei due insegnanti con gli alunni e fra loro era stato totale.

Era già sceso il buio quando il pullman arrivò al parcheggio della scuola. I ragazzi scesero chiassosi e Matilde li controllò un'ultima volta, prima che salissero nelle auto dei rispettivi genitori.

Rimasta sola con Fabrizio, lo ringraziò per esserle stato d'aiuto, il suo progetto iniziale si stava realizzando e lei ne era soddisfatta.

Fabrizio le prese la mano: – Sono io che ringrazio te, – disse, – sai quanto anch'io tenga alle attività scolastiche.

Sentiva la mano calda nella sua e avrebbe voluto non lasciarla più.

Matilde sorrise e, lasciando la sua mano: – Bene, le gemelle mi aspettano, devo proprio andare, ci vediamo domani.

– A domani! – rispose, cercando di sorriderle, senza riuscirci.

Marco e Anna

Il lunedì successivo fu diverso dal solito per Marco. Nei colloqui con i suoi pazienti, non riusciva a concentrarsi sulla persona seduta davanti a lui. Nel pomeriggio la situazione non migliorò, anzi, perse del tutto di vista le loro esigenze, arrivando a chiedere ad alcuni di loro, non importava se maschi o femmine, cosa pensassero in merito al fatto di avere un figlio.

I maschi erano per lo più negativi ed elencavano una serie di difficoltà, partendo da quella economica ed aggiungendone altre ad un elenco che sembrava infinito.

Le donne, pur riconoscendo alcune difficoltà, erano più favorevoli.

Alla sera, tornò stanco e senza un'idea chiara sul da farsi.

Anche Anna rientrò dal lavoro; entrata in casa si tolse le scarpe lanciandole a casaccio, lasciò il cappotto sul divano ed entrò scalza in cucina. Marco aveva acceso il caminetto e si stava asciugando le mani, dopo averle lavate con l'acqua del lavello, ma non ebbe neppure il tempo di girarsi completamente che lei era fra le sua braccia. Ne sentì il profumo, il suo viso affondò nella morbidezza dei suoi capelli e la strinse a sé.

– Sei una meraviglia! – le disse, prima di baciarla.

Dopo cena Anna era seduta sul divano con le ginocchia al petto e le mani intrecciate alle caviglie e Marco la guardava, mentre sorseggiava il caffè con la schiena appoggiata alla porta del frigo. Vestita con la tuta di cotone chiara ed i calzettoni di lana, gli sembrava ancora più dolce e fragile.

– Penso di partire con gli esami del sangue già dalla prossima settimana. – disse lei.

Marco mise la tazzina sul lavello, tornò a fissarla e se la immaginò già col pancione.

– Dovrò farli anch'io, alcuni esami.

Lo guardò e, a voce bassa: – Allora, hai deciso? Lo vuoi anche tu il bambino?

– Ti voglio bene, voglio il massimo per te, per noi, sono sempre più convinto che la tua sia una buona idea. Ti chiedo solo di non mettere a rischio la tua salute. Per il resto, ti sarò sempre accanto, qualsiasi cosa tu decida.

– Grazie.

– Niente grazie. – Si avvicinò al divano e si chinò a baciarle le labbra.

Francesca

Le sette di sera di quel mercoledì, Francesca sentì la coinquilina uscire dalla porta del mini locale, che condividevano da quando frequentavano l'università: Mara avrebbe raggiunto gli altri compagni di corso, per cenare in compagnia.

Francesca si sedette sul letto; nervosa, prese il cellulare e chiamò Fabrizio, decisa a chiarire con lui alcune cose. Da qualche mese le cose tra loro non andavano bene e nelle ultime settimane le liti non si contavano.

Dopo alcuni squilli, lui rispose:

– Pronto.

– Ciao.

– Ciao Francesca... Dimmi, cosa c'è?

– Sembra... che le cose fra noi non vadano bene ultimamente, credo che dobbiamo chiarire qualcosa, subito.

– Al telefono?

– No, prendo il treno e in quarantacinque minuti sono a Conegliano.

– Francesca, ti prego, non questa sera. Sono stanco e ho ancora del lavoro da sbrigare.

– Non voglio aspettare ancora! – continuò lei.

– Dai, vediamoci venerdì pomeriggio come al solito.

– No, vengo adesso!

– Non venire: come ti ho detto, ho del lavoro da finire, ci vediamo venerdì.

Concluse perentoriamente, chiudendo così la comunicazione.

Francesca si alzò dal letto, più arrabbiata e ancora più decisa, indossò velocemente i jeans sdruciti, un maglione ampio, le scarpe da ginnastica, poi mise la giacca pesante con il cappuccio e, con a tracolla la borsa di cuoio, uscì.

Sbatté con fragore la porta del miniappartamento e si diresse a passi veloci alla stazione.

Erano appena passate le venti, quando il treno si fermò alla stazione di Conegliano.

Uscì dalla biglietteria e sentì il vento freddo sulla faccia; il tempo era peggiorato e, alla luce dei lampioni del parcheggio, si vedeva scendere una leggera pioggia.

Si schiacciò il cappuccio in testa, attraversò correndo il parcheggio e cercò riparo sotto i portici di corso Mazzini. Alla fine dei portici la pioggia era aumentata. Francesca attraversò il ponte sul Monticano e tagliò per il parco correndo, rallentò un po' ed entrò a destra in via Nazario Sauro. Per fortuna era quasi arrivata, superò le due case popolari alla sua destra ed entrò nella strada privata dello stabile dove abitava Fabrizio. Saliti i tre scalini di marmo, spinse il portone, che fortunatamente era semiaperto, entrò nel corridoio, si tolse il cappuccio gocciolante e si fermò un attimo respirando profondamente, per rallentare i battiti del cuore.

Fabrizio abitava al primo piano, in un trilocale non molto grande, l'appartamento era stato da poco ridipinto e arredato con mobili nuovi. Era un peccato che le due finestre e il terrazzino fossero posti a nord, da dove la luce del sole arrivava solo nelle lunghe sere estive.

Salì con lentezza le scale, riprendendo la normale respirazione e, giunta davanti alla porta, suonò il campanello.

Al primo squillo, Fabrizio era intento a sciacquarsi e quasi non lo sentì, il secondo lo udì bene e imprecò, al terzo chiuse il rubinetto dell'acqua con forza.

Mentre indossava ciabatte e accappatoio, si chiedeva chi fosse alla porta, era in quell'appartamento solo da alcuni mesi e non aveva dato a nessuno il nuovo indirizzo, per il momento solo Francesca era stata lì qualche volta.

– Non potevi che essere tu! – l'accolse, aprendo la porta e stringendosi di più l'accappatoio addosso, per ripararsi dall'aria fredda che arrivava dall'esterno.

– Scusa. – rispose lei, vedendolo così conciato e contrariato.

Lui notò la giacca bagnata di Francesca e: – Dai, entra, vai in cucina e togliti la giacca; dammi dieci minuti, mi vesto e arrivo.

Francesca appese la giacca, si tolse le scarpe e si sdraiò sul divano della cucina pensierosa, in attesa.

Dopo qualche minuto arrivò Fabrizio; indossava pantaloni scuri e una camicia chiara con le maniche arrotolate. Francesca lo guardò, era bello, coi capelli pettinati ancora umidi.

Sul tavolo erano sparpagliati i temi degli alunni di prima, Fabrizio li raccolse e li posò sulla mensola vicino alla finestra.

– Allora? – disse osservandola. Poi, con più calma: – Spaghetti, aglio olio e peperoncino, ti va?

– Certo. – rispose Francesca, che solo ora realizzava di non aver mangiato nulla per tutto il pomeriggio.

Mise a bollire l'acqua, preparò la tavola, tolse la bottiglia di vino bianco dal frigo e pesò la pasta, due etti abbondanti. Tutto fu fatto in silenzio. Francesca lo osservava e aspettava.

Quando la pasta fu pronta, si sedettero uno di fronte all'altra. – Prima mangiamo, poi parliamo. – disse Fabrizio, guardandola direttamente negli occhi.

– Va bene, va bene. – rispose lei impaziente.

Terminata la pasta, Fabrizio si alzò – Preparo i caffè. – le disse

– Non per me, sono già agitata di mio.

– Allora facciamola breve, dimmi quello che hai in testa, ho ancora dei compiti da correggere, ti avevo detto di non venire.

Francesca iniziò a parlare. Prima nervosa, poi man mano calmandosi, disse che il loro rapporto aveva subito un cambiamento, da quando lui si era trasferito a Conegliano. Ultimamente si era sentita trascurata, era sempre lei che lo cercava, da parte sua non aveva notato neppure un gesto di affetto nelle ultime settimane.

– Credo che tu abbia ragione, – rispose lui, dopo qualche secondo – da quando sono qui tutto mi sembra diverso. Che ne dici? Se ci prendessimo una pausa?
– Una pausa??? – lo fissò sorpresa. – Vuoi lasciarmi? – disse, alzandosi in piedi irritata.
– Solo una pausa di qualche settimana e poi ne riparliamo.
– Mi stai lasciando… – ripeté, gli occhi ormai lucidi.
Fabrizio abbassò il capo.
– Devo correggere dei compiti, perché non ti riposi e ne parliamo con più calma domani?
– Domani? Domani! …E va bene, va bene. – disse, spostandosi i capelli dal viso.
Ci fu un lungo silenzio, poi chiese di poter fare una doccia, si sentiva sudata e a disagio.
– Fai pure! – le disse Fabrizio. Terminò di bere il suo caffè, mise tutto nel lavello, raccolse i temi dei suoi alunni dalla mensola, si riaccomodò al tavolo e ne riprese con calma la correzione.
Francesca sotto la doccia stentava a calmarsi, pensava ai due anni della sua vita trascorsi con Fabrizio, che ora gli apparivano come una perdita di tempo.
Pensa positivo, disse a se stessa, mentre si sciacquava con le mani il viso.
Era all'ultimo anno di università, in ottobre avrebbe ottenuto la laurea e questo le avrebbe sicuramente portato delle novità, magari un impiego, facilmente in qualche paese europeo.
Non avrebbe accettato di essere una precaria come Fabrizio, sei mesi di insegnamento di qua, poi sei di là, ad ogni anno scolastico nuovo, nuovo trasloco, nuova città, nuove scuole.
Questa rottura l'avrebbe lasciata libera di inventarsi un suo futuro, una volta laureata.
Chiuse i rubinetti e si asciugò, con indosso l'accappatoio entrò nella camera di Fabrizio, dove un letto matrimonia-

le e una cassettiera lasciavano ben poco spazio ai movimenti.

Un cassetto era per le sue cose, qualche intimo, due scatole di calze, alcune magliette colorate, un paio di jeans, due camicie felpate per la notte, un saggio, 'Le lingue e il linguaggio' e l'ultimo romanzo di Murakami '1Q84 libro 3'.

Sotto il letto teneva poi un borsone, con dentro una spazzola e un paio di ciabatte: sarebbe stato semplice riempire il borsone delle sue cose e, l'indomani mattina, andarsene via da Fabrizio, probabilmente per sempre.

Gettò l'accappatoio sul letto e apri il cassetto, prese un intimo colorato, ma mentre lo indossava ci ripensò, lo rimise nel cassetto e indossò quello nero, quello preferito da Fabrizio.

Anche questi stentava a tenere i pensieri sui compiti degli alunni. La pioggia ora cadeva più intensamente e la si sentiva battere sui vetri, sulle tegole e scendere lungo la grondaia.

Consapevole della presenza di Francesca in camera, col pensiero che fra due giorni era in programma la seconda uscita al giardino botanico e che ciò avrebbe comportato di trascorrere l'intera giornata accanto a Matilde, non era capace di concentrarsi.

Con Matilde non riusciva più a tenere un comportamento distaccato, di amicizia e stima fra colleghi, la sua vicinanza lo turbava sempre di più e lui si sentiva come uno scoplaretto innamorato della maestra.

Era una donna matura, cosa poteva dirle o fare, lui, per convincerla ad andare oltre l'amicizia, per arrivare ad un rapporto più intimo?

Temeva che, se si fosse dichiarato, lei lo avrebbe trattato con sufficienza, insomma respinto.

La pioggia intanto aveva diminuito la sua intensità, guardò l'ora sul cellulare, era quasi mezzanotte, fece uno sforzo di volontà, chinò di nuovo la testa sui fogli e continuò la correzione.

Alle sette e trenta della mattina successiva, il cellulare sul comodino vibrò. Francesca si alzò, decisa ad essere presente alla lezione delle nove all'università. Andò in cucina e preparò la moka con arabica 100%, almeno sul caffè Fabrizio aveva buon gusto pensò.

Accese il gas, poi tornò in camera e si vestì in fretta: jeans, maglietta e maglione della sera prima. Ritornata in cucina, spalmò burro e marmellata su due fette biscottate e si versò un'abbondante tazza di caffè, poi mise tutto nel lavello, si lavò i denti incurante dei rumori, tornò in camera, si chinò accanto al letto, estrasse la sua borsa da viaggio, aprì il cassetto e vi gettò i pochi indumenti che aveva, i libri e la pochette da bagno, poi con determinazione chiuse la zip, lasciò cadere la borsa in corridoio e tornò in cucina: voleva lasciare un messaggio scritto a Fabrizio.

Prese una matita e appoggiò sul tavolo uno dei temi degli alunni, lo girò sul retro dove la pagina era completamente bianca, con la matita sospesa a mezz'aria, indecisa su cosa scrivere: "Non chiamarmi più!" – "Volevi una pausa? L'avrai lunga una vita" – oppure un bel "Vaffa"?

Alla fine decise di non lasciargli nessun messaggio.

Prese la borsa, premette il tasto per l'apertura del portone centrale, aprì la porta ed uscì, sbattendola.

S'incamminò incurante della pioggia verso la stazione.

Alle otto e un quarto sarebbe partito il suo treno per Venezia e lei vi sarebbe salita sopra.

La lite con Sergio

Dopo una settimana di lavoro, Lea se ne stava beatamente stiracchiata al caldo sotto le coperte, quando sentì il cellulare squillare. Erano le nove e mezza di domenica mattina e sul display comparve il nome di Sergio.

– Oh, buenas dias! – salutò, di buon umore.

– Buongiorno a te! – anche lui con allegria.

– In due settimane neppure una telefonata, devo essere l'ultima nella tua lista. – continuò scherzando.

– Tranquilla sei la penultima.

– Magra consolazione! – E aggiunse: – Che c'è? Le infermiere giovani del San Camillo sono tutte impegnate oggi?

– Esatto! Così volevo invitarti a pranzo. Ti vengo a prendere alle undici e ti porto in un ristorantino favoloso qui nel centro di Padova, ti va?

– Accetto volentieri, ma preferirei non passare troppo tempo in macchina. Oggi sembra finalmente uscito il sole, che ne dici se facciamo due passi nel centro storico di Treviso e pranziamo lì? Ci sono ottimi posti dove mangiare.

– Per me può andare. Dai, preparati allora, alle undici sono sotto casa.

– Perfetto, ti aspetto. – Chiuse la telefonata e si infilò soddisfatta sotto la doccia.

Dopo qualche ora la BMW di Sergio si fermò davanti a casa.

Indossò la giacca, prese la borsa ed uscì. L'uomo, sceso dall'auto, osservava il pallido sole invernale.

Lea uscì e gli sorrise. Lui le andò incontro, dopo averla salutata, la baciò sulla guancia, poi le aprì la portiera e si mise alla guida.

Usciti dal centro cittadino, imboccarono la statale 13 in direzione di Treviso.

Durante il tragitto, si raccontarono a vicenda come avevano trascorso gli ultimi giorni lavorativi della settimana. Sergio era tranquillo e particolarmente loquace, Lea lo ascoltava volentieri, curiosa, mentre raccontava delle sue giornate in reparto.

Dopo neppure mezzora erano a Treviso, alla Porta San Tomaso, svoltarono in Viale Cairoli e Lea gli suggerì di parcheggiare in Piazzale Burchiellati. Da lì avrebbero proseguito a piedi.

Sotto braccio a Sergio, elencava le specialità di alcuni ristorantini che conosceva e, alla fine, la scelta cadde su "Va pensiero", il locale sito in uno stabile di origine medievale, con i classici portici in pietra, tipici dei centri storici, in via Pescheria.

Mentre passeggiavano in viale Alessandro Manzoni, il cielo si era aperto e un tiepido sole sembrava farsi largo.

Sul ponte del mercato del pesce, chiuso nel giorno festivo, si appoggiarono ai parapetti ad osservare l'acqua che fluiva lentamente nel Sile.

Si spostarono poi sotto i portici del ristorante, dove decisero di sedersi all'esterno per un aperitivo.

Con il bicchiere in mano, Sergio le chiese di Anna.

– Anna sta bene, non l'ho mai vista così felice, proprio venerdì sera è passata da me in negozio. – lo informò Lea.

– Questa mattina, mentre salivo in auto per venire da te, mi ha chiamato.

– Gli hai detto che uscivi con me?

– No.

– Vorrei essere io ad informarla, è la mia migliore amica e sto aspettando il momento giusto per dirle della nostra amicizia.

– Mi sta pressando per il divorzio, non capisco tutta questa fretta.

Lea rimase zitta e abbassò lo sguardo.

Sergio la fissò: – C'è qualcosa che non so?

Lea teneva ancora lo sguardo sul bicchiere.

– Probabilmente dovrebbe essere lei a dirtelo.

– Dirmi cosa?

– Venerdì sera, quando è venuta da me, mi ha detto che lei e Marco vogliono avere un bambino.

Sergio fu colto di sorpresa, mise il bicchiere sul tavolo con forza, facendo schizzare l'aperitivo, si alzò in piedi infuriato e, alzando la voce, disse:

– È impazzita? Ha già un figlio.

– Andrea è maggiorenne e sta iniziando a vivere la sua vita – si inserì Lea, a voce bassa.

Sergio la fissò, serio: – Non le darò il divorzio così facilmente, – disse con rabbia.

– Ascolta, – disse lei alzandosi – Anna e Marco sono felici. La conosco da quando era bambina, ha fatto una scelta e non tornerà indietro.

– Questo lo dici tu – le rispose, allontanandosi dal tavolo e dirigendosi verso i parapetti del fiume.

Lea era ancora in piedi vicino al tavolo quando, con un tempismo perfetto, uscì il cameriere per informarla che il tavolo per due era pronto.

– Temo che sarà per un'altra volta. – gli disse, cercando un sorriso e chiedendo il conto per gli aperitivi.

Poi cercò di avvicinarsi a Sergio, ma lui era appoggiato con i gomiti al parapetto, scuro in volto, con gli occhi fissi sull'acqua.

Era impossibile parlargli e Lea decise di andarsene in silenzio: avrebbe preso un taxi per tornare, era del tutto evidente che Sergio teneva ancora molto ad Anna, probabilmente aveva sperato che prima o poi lei tornasse da lui.

S'incamminò a passo veloce verso la stazione, avrebbe potuto prendere il treno, fortunatamente abitava vicino alla stazione.

Non ebbe neppure il tempo di sedersi sul sedile della carrozza, che il cellulare squillò.

Era Sergio, si scusava, le chiedeva dov'era, sarebbe passato a prenderla, ma lei rispose che la giornata era ormai compromessa e poi il treno stava per partire, ci sarebbero state altre occasioni.

– Perdonami! – le disse Sergio, prima che lei chiudesse definitivamente la comunicazione.

Seconda uscita all'Orto Botanico

Quel lunedì, Fabrizio parcheggiò di fronte alla scuola con qualche minuto di ritardo; quando uscì dall'auto gli studenti delle seconde stavano già salendo all'interno della corriera.

Matilde era già lì, per fortuna, mentre salivano li contava uno ad uno. Quando ci sono le gite, non manca mai nessuno, pensava fra sé, sorridendo ai ragazzi.

– Buongiorno, Matilde! – la salutò, fissandola nei suoi occhi grandi e scuri.

– Ciao Fabrizio, sei in ritardo questa mattina! – rispose con tono scherzoso.

– Guarda, sono in ritardo solo di una decina di minuti. – e guardò l'ora sul cellulare.

– Sì e sicuramente è colpa della fidanzata, la colpa è sempre di noi donne...

– Francesca non c'entra. – ribatté abbassando lo sguardo.

– Ti chiedo scusa per il ritardo.

– Ecco, così va bene. – concluse lei, prendendolo sottobraccio ed invitandolo a salire sull'autobus. – Dai, saliamo o l'autista partirà senza di noi.

Nell'ora che trascorse nel tragitto fra Conegliano e Padova, i due illustrarono agli alunni la parte dell'Orto Botanico che avrebbero visitato nell'arco della giornata.

Giunsero a destinazione. La giornata era splendida, Matilde indossava jeans e una giacca a vento blu, che teneva semichiusa, con un foulard colorato al collo. Si sentiva bene, era bello camminare lì, in mezzo a tutte quelle piante. Alcuni ragazzi stavano intorno al laghetto di ninfee rosa e bianche e Fabrizio dava le spiegazioni del caso, sicuro come se fosse stato un esperto botanico.

Matilde lo osservò, era bravo, ci teneva ai ragazzi ed era anche un bell'uomo.

Lui terminò di spiegare le ninfee agli alunni, poi la cercò con lo sguardo.

Era seduta su una panchina, sotto un grande acero siberiano, le sorrise e la raggiunse.

Mentre i ragazzi si sparpagliavano nelle altre zone del parco e le loro voci arrivavano da tutti gli angoli, le si sedette accanto.

– Siamo fortunati, un bel sole, anche per questa uscita, non era poi così scontato! – gli fece notare, volgendo lo sguardo verso il cielo.

– Già – rispose lui, guardandola.

– Che c'è, Fabrizio, giornata storta? Mi sembravi sereno mentre parlavi ai ragazzi, al laghetto.

– No, va tutto bene, i ragazzi, il sole… e poi ci sei tu. – e la guardò direttamente negli occhi.

Lei ricambiò lo sguardo: – C'è qualcosa che vorresti dirmi?

– Sì, sei bellissima.

– Uh, grazie, se è per questo neppure tu sei male! – disse in tono scherzoso.

– Sto parlando seriamente, Matilde: tu mi piaci molto.

– Non prendermi in giro, non sono così vecchia.

Fabrizio distolse lo sguardo e, con voce un po' più bassa, disse: – Ti sembrerebbe proprio così strano se mi fossi innamorato di te?

– Non stai parlando seriamente, spero. – aggiunse lei, guardandolo in viso.

– Perché no? Quando sono con te, tutto mi sembra perfetto: i ragazzi, la scuola.

– È vero, stiamo facendo un buon lavoro, sei il collega che ho sempre desiderato, ma credo che tutto dovrebbe fermarsi qui, ad una bella amicizia fra colleghi.

– Vorrei sperare in qualcosa di più. – precisò Fabrizio, fissandola nuovamente.

– Ti dimentichi che ci sono diversi anni che ci separano, abbiamo storie differenti… tanto per dirne una, ho due figlie che prossimamente diventeranno maggiorenni e poi, esclusa la scuola, cosa abbiamo in comune? Probabilmente abbiamo desideri diversi, altre priorità e poi, scusa... tu non stai già con una ragazza?

– Beh, a dirla tutta, io e Francesca ci siamo lasciati, le cose tra di noi non funzionavano più da mesi.

Le rispose, posando lo sguardo su alcuni alunni che si stavano avvicinando.

Padre e figlio

A metà dicembre, Andrea aveva finalmente dato gli ultimi esami del trimestre, con buoni voti.

Il fine settimana precedente lo aveva trascorso con il padre, il quale non aveva fatto altro che scaricare su di lui la frustrazione per il fatto che Anna avesse espresso il desiderio di avere un figlio con Marco.

– Ma ci pensi! – Sergio non nascondeva la sua rabbia. – Potresti avere un fratellastro con vent'anni di differenza... Non dici niente? Dovresti dire qualcosa a quella matta di tua madre!

E il figlio, con calma: – Avere un fratello, anche se con così tanti anni di differenza, non mi dispiacerebbe affatto. Credo che il problema casomai sia un altro.

– E cioè?

– Beh, la mamma potrebbe non essere in grado di portare avanti una gravidanza, ora che non è più così giovane.

– Già, potrebbe essere pericoloso per lei. Perché non provi a parlarle tu? Forse riesci a farla ragionare.

– Va bene, papà, le parlerò.

Con questa promessa, l'aveva salutato ed era tornato a Venezia, all'università.

La settimana seguente era volata sui libri e fra le aule, a seguire le lezioni.

Decise infine che, quella domenica mattina, avrebbe chiamato la madre, per chiederle se poteva trascorre con loro qualche giorno delle vacanze di Natale.

Avrebbe così potuto sollevare l'argomento sull'opportunità di mettere al mondo un figlio e sulle perplessità del padre, fermo restando che comunque la decisione spettasse a lei sola.

C'era in aggiunta un motivo più personale, per il quale voleva andare dalla madre nei giorni delle feste. Anzi, i motivi erano due: non vedeva l'ora di incontrare le gemelle.

Non che non ci fossero ragazze carine all'ateneo ma, a detta di Andrea, nessuna reggeva il confronto con loro due.

L'amica del cuore

Lea era ancora con la testa interamente sotto le coperte, quando squillò il telefono. A malincuore estrasse il braccio da sotto le lenzuola e prese il cellulare dal comodino.

– Anna, che c'è? Va a fuoco il palazzo?

– Ma... sono le undici.

– Per la precisione, sono solo le dieci e quarantacinque di domenica mattina. – puntualizzò Lea, dando uno sguardo alla sveglia digitale. – Il vantaggio di noi single, tesoro, è che alla domenica mattina possiamo rimanere a letto.

– Il fatto è che, voi single, non vi fate mai gli affari vostri!

– Ribatté Anna, alzando la voce.

Lea si mise a sedere sul letto.

– Mi ha appena chiamato Andrea, – continuò – per chiedermi di stare con me e Marco qualche giorno a Natale.

– E quindi?

– Lo scorso weekend Andrea è stato a Padova dal padre e Sergio non ha fatto altro che parlargli del bambino, insomma del desiderio che io e Marco abbiamo di avere un figlio, ed era molto arrabbiato per questo, e, visto che lo avevo confidato solo a te, ho dedotto che tu ne abbia parlato con lui!

Lea ebbe un sospiro.

– È vero, hai ragione, ho visto Sergio e gliel'ho detto, perdonami Anna, ora ti racconto com'è andata.

Le raccontò quindi dell'invito di Sergio per pranzo la domenica precedente e di come poi avessero litigato per lei.

– È ancora innamorato di te. – concluse.

– Sì, di me e di tutte le altre, altrimenti non ti avrebbe invitata a pranzo... Avrei voluto parlargli del mio desiderio di avere un altro figlio, ma dopo aver sistemato i documenti per il divorzio.

– Mi spiace Anna, non sono riuscita a trattenermi, credo che in ogni caso Sergio non ti avrebbe firmato nessun documento di consensualità, per il momento. Ci vorrà tempo.

– Non mi importa poi molto, io vado per la mia strada.

– rispose Anna decisa, – Era solo per Andrea: volevo che continuasse a sentirsi a suo agio con entrambi.

– Ti chiedo ancora scusa, Anna. Mi sono lasciata andare.

– Va bene, sei perdonata.

– Bene, grazie amica mia. – e, coprendo con la mano uno sbadiglio, – Ora che mi hai perdonato, posso tornare nelle braccia di Morfeo?

– Dovresti alzarti, invece, sei una vera pigrona!

– Perché non mi mandi Marco a prepararmi un caffè? Ne avrei estremo bisogno, ora.

– Vengo io per il caffè e te lo verso in testa – rise l'amica.

– Vieni pure, il letto è ancora caldo e non ho mai baciato una donna. Potrebbe anche piacermi.

– Stai peggiorando, Lea.

– No, sto solo invecchiando.

– Ti voglio bene.

– Ti voglio bene anch'io, ma ora lasciami dormire e vai a fare la tua camminata domenicale.

– Buona domenica, Lea.

– Anche a te.

Marco la stava aspettando per la passeggiata, appoggiato allo stipite della porta d'ingresso, in attesa che terminasse la telefonata.

Sarebbero saliti a piedi, fino al giardino del Castello, e dalla strada, che si arrampicava ripida, avrebbero goduto di un bel panorama sulla città.

Natale, fine anno e tutto il resto

La notte del 22 dicembre nevicò sopra i settecento metri di altezza e la mattina successiva Conegliano e le colline vicine erano immerse in una luce cristallina, mentre le cime delle Prealpi trevigiane dal Monte Grappa al Monte Cavallo erano così bianche, che sembravano splendere di luce propria.

Quando alle sette e mezza il treno si fermò alla stazione e Andrea scese dal vagone, alzandosi il colletto del giaccone, l'aria era pungente. Mise subito una mano in tasca e con l'altra trascinò la valigia; sul marciapiede le rotelle facevano un baccano infernale.

Conegliano dormiva ancora, tutto era fermo, immobile, l'aria impalpabile.

Si fermò per un attimo, guardò le bianche montagne ed immagazzinò il fiato. In quel momento pensò che il mondo era perfetto.

Anna e Marco erano ancora abbracciati nel sonno, quando il suono del campanello svegliò Anna.

Solo al terzo squillo si mise a sedere sul letto, si stropicciò gli occhi, mise le ciabatte da camera e si diresse alla porta. Prima di aprire, chiese: – Andrea, sei tu?

– Sì, mamma, sono io, apri.

– Ciao, amore! – lo accolse, aprendo la porta e abbracciandolo. – Non ti aspettavamo così di buon'ora.

– Scusami, ma mi sono svegliato presto e non vedevo l'ora di arrivare.

– Entra. Facciamo colazione assieme.

– Perfetto! Ho preso solo un caffè veloce alla stazione di Mestre. Hai ancora quella buona marmellata di fichi?

– Certo. Togliti la giacca, che preparo il caffè.

Anche Marco si era nel frattempo svegliato, le sue mani cercavano il corpo di Anna, ma trovò solo le lenzuola ancora calde e sentì delle voci provenire dalla cucina. "È arrivato Andrea." pensò e si girò sul fianco destro. Non si sarebbe alzato subito, avrebbe lasciato che madre e figlio avessero un po' di tempo per loro.

Anche Alessia e Alessandra erano sedute a colazione, una di fronte all'altra, nell'ultimo giorno di scuola prima delle vacanze natalizie. Matilde era già sulla porta, splendida più che mai, si sentiva in piena forma, sarebbe andata a scuola a piedi. Prima di uscire spronò le gemelle, invitandole a sbrigarsi, non voleva che arrivassero in ritardo a scuola.

L'aria era fresca, la mattinata limpida e il sole si stava lentamente alzando.

Matilde camminava in fretta, chiedendosi se quello che provava per l'ex marito fosse ancora amore, oppure gelosia o solo rancore per il fatto che Marco aveva scelto di vivere accanto ad un'altra, dopo tutti gli anni trascorsi insieme. Coltivava la speranza che, magari dopo aver vissuto una piccola storia con Anna, tornasse da lei.

Nello specchio, quella mattina, si era vista bella, si era truccata con più cura del solito, la cera di Cupra le aveva dato un bel colorito al viso, si sentiva bene, dopo che per settimane si era immersa nel lavoro, per non soffrire pensando a Marco.

Ma oggi non si sarebbe rovinata la giornata con quella tristezza.

Quando arrivò in sala insegnanti, anche gli altri professori sembravano avere un sorriso in più, probabilmente per le imminenti feste. Tolse il cappotto e lo appoggiò sulla sedia. Poco dopo entrò anche Fabrizio e subito I suoi occhi furono solo per lei. Quando i loro sguardi si incrociarono, fu Matilde a sorridergli per prima.

Le gemelle giunsero a scuola contemporaneamente al suono della campanella: si erano dilungate a chiedersi quando Andrea sarebbe arrivato a Conegliano e se fosse il caso di sentirlo telefonicamente. Alla fine decisero di passare a trovare il padre nel pomeriggio e lì avrebbero avuto sue notizie.

Finalmente Marco si alzò, raggiunse madre e figlio in cucina e salutò Andrea posandogli la mano sulla spalla.
Ancora in pigiama, si versò il resto del caffè e si sedette accanto ad Anna, mentre questa chiedeva al ragazzo di aiutarla nel pomeriggio, per le compere natalizie.
Tutti e tre poi discussero del menu del pranzo di Natale.
Più tardi, nel tiepido primo pomeriggio, madre e figlio camminavano sotto i portici di via XX Settembre, scambiandosi idee per i regali di Natale.
Dopo aver fatto alcuni acquisti, Anna gli chiese di fermarsi per una pausa.
Così, seduti davanti ad una buona cioccolata calda, lo mise al corrente, non senza una certa apprensione, del suo desiderio di avere un altro figlio.
Andrea andò subito al punto della questione, la informò del totale disappunto del padre e che questo gli aveva chiesto apertamente di intervenire per dissuaderla.
Per quanto lo riguardava, lui non era contrario, anzi l'idea di avere un fratellino non gli dispiaceva. Quello che lo preoccupava molto era se lei si sentiva pronta a portare avanti una gravidanza a quarant'anni.
Anna lo rassicurò, non si era mai sentita così in forma e lui poteva stare tranquillo: avrebbe fatto tutti gli accertamenti possibili e se la gravidanza fosse diventata rischiosa, l'avrebbe interrotta. Questo era quanto aveva promesso anche a Marco.
Al rientro a casa, ebbero la sorpresa di trovarvi le gemelle. Erano sedute sul divano e Alessia stava stuzzicando il padre con qualche battuta. Era bello tornare a sorridere in sua compagnia.
Anna e Andrea entrarono in soggiorno, le ragazze si alzarono per salutarli, ci fu un breve silenzio ed i loro sguardi furono tutti per lui, che si sentì per qualche secondo in

imbarazzo, poi si accomodò sul divano e disse: – Beh, che mi raccontate?

Anche loro sedettero, con lui al centro, e Alessia iniziò subito a raccontare dei suoi propositi per le imminenti feste natalizie, Alessandra cercava invece la posizione giusta per osservarlo meglio.

Marco li vide così presi, che presto si sentì un intruso e decise di raggiungere Anna in cucina.

Alessia cercava di attirare tutta l'attenzione di Andrea su di sé, e ci riusciva, ma lui sentiva anche lo sguardo di Alessandra, così decise di spostarsi dal centro del divano e, cogliendo una pausa di Alessia, si alzò, si stirò le gambe con le braccia e andò a sedersi su una delle poltrone. In quella posizione poteva vederle bene entrambe: erano stupende, i lunghi capelli lisci e biondi scendevano un bel po' sotto l'altezza delle spalle. Osservò che avevano le scarpe nere e i jeans uguali, ma mentre Alessia portava un maglioncino di colore rosso sopra una camicetta che, dal colletto, appariva a piccoli scacchi bianchi e rossi, Alessandra indossava un maglione della stessa fattura, ma di colore azzurro e il colletto della camicia risultava bianco con un leggero pizzo sul bordo.

Dopo averle osservate attentamente, girando lo sguardo più volte dall'una all'altra, disse sorridente:

– Sarò ospite della mamma per qualche giorno, quindi, quali sono i programmi per le prossime festività?

Ad entrambe si illuminarono gli occhi, gli illustrarono cosa avrebbero potuto fare il giorno di Natale e quelli successivi.

Mentre i ragazzi discutevano animatamente sul da farsi, Marco sentì il cellulare squillare.

Era Matilde, che chiedeva se le figlie fossero ancora lì e ne sollecitava il ritorno per cena.

Gli chiese anche se poteva averlo con loro per la cena di Natale e lui rispose che sarebbe stato possibile, ma doveva parlarne con Anna e poi l'avrebbe richiamata.

Rientrato in salotto, disse alle figlie che era ora di rientrare e che la madre le aspettava per la cena.

Alessia e Alessandra salutarono Andrea con un bacio sulla guancia e la promessa di rivedersi il giorno successivo a quello di Natale.

***

La mattina di Natale, Marco fu il primo ad aprire gli occhi: dalle imposte entrava un filo di luce. Ci aspetta una giornata di sole, pensò, si girò sul fianco e, col gomito appoggiato sul letto, la testa sul palmo della mano, osservò Anna che sembrava ancora assopita. Pose le labbra delicatamente su quelle di lei per sentirne il respiro, poi le baciò la fronte.

Anna lentamente si girò dalla sua parte abbracciandolo e lui la strinse a sé.

Iniziò a baciarle con delicatezza le labbra, pian piano i loro respiri accelerarono, così i battiti dei cuori e il sangue iniziò a fluire in loro sempre più veloce.

Anna salì sui suoi fianchi e lentamente iniziò a muoversi sopra di lui.

Marco le osservò prima il viso, poi si concentrò sui suoi grandi occhi verdi, li vide diventare più piccoli e scuri, vedeva i neri capelli e i suoi seni ondeggiargli sopra, chiuse gli occhi e le sue mani si aggrapparono con forza ai glutei di lei. A quel punto sentì un'onda salirgli lungo la spina dorsale, un'onda sempre più grande, più potente, inarrestabile che alla fine sfociò nell'immenso mare.

Poco dopo la stringeva a sé, le sue labbra su quelle di lei.

Andrea quella mattina si era alzato per primo, aprì lentamente le imposte della cucina, spense le luci dell'albero di Natale e preparò la moka. Tagliò una bella fetta della torta di mele, aprì il frigo e si versò un bicchiere dal cartone del succo d'arancia.

Marco entrò in cucina ancora in pigiama, il profumo del caffè gli arrivò alle narici, scambiò gli auguri con Andrea con un abbraccio e si sedette al tavolo, gustandosi anche lui la sua fetta di torta e sorseggiando il caffè.

Poco dopo arrivò pure Anna, baciò entrambi sulla guancia e i due si alzarono per abbracciarla ed augurarle Buon Natale.

Durante la colazione, misero al corrente Andrea che il giorno di santo Stefano si erano organizzati per passarlo nella casetta prossima al bosco del Cansiglio e speravano che lui accettasse di unirsi a loro, mentre nei giorni successivi sarebbe stato libero di organizzarsi come meglio credeva.

Il ragazzo accettò volentieri di trascorrere una giornata a passeggiare in mezzo agli abeti, spruzzati dalla leggera nevicata: dopo settimane trascorse fra Venezia e Mestre era un'occasione da non perdere.

Più tardi, pensò, avrebbe chiamato le gemelle per avvisarle che con loro si sarebbe incontrato il giorno dopo.

Quando le campane del Duomo iniziarono a suonare le dieci, Marco e Andrea uscirono a passeggiare sotto i portici.

Anna si era ben organizzata ed il pranzo di Natale era tutto pronto. L'arrotolato di vitello con le erbe era stato cucinato il giorno prima e, sempre il giorno prima, si era fatta preparare mezza teglia di pasticcio al ragù con aggiunta di piselli dalla cuoca del "Pasta & Basta".

Bastava scaldare tutto al forno al momento giusto e ogni cosa sarebbe stata perfetta, compreso il panettone farcito alla crema, già acquistato, tramite una collega di lavoro, in una rinomata pasticceria di Sacile.

Per il momento poteva godersi una doccia calda e poi si sarebbe fatta bella per i suoi due amori.

Prima però decise di fare alcune telefonate di auguri.

La prima fu per i genitori, la seconda per Lea, la terza per Sergio. Poi chiamò due colleghe che le erano state molto vicine in quei primi mesi di lavoro ed anche alcuni parenti, con i quali sentiva di avere ancora un certo legame. Alla fine si ritenne soddisfatta e si infilò sotto la doccia.

Qualche giorno prima si era fatta accorciare i capelli di qualche centimetro: il suo sogno da adolescente, e non solo, era di tagliarli alla Jacqueline Kennedy. Aveva confessato il suo desiderio alla parrucchiera, che le aveva sorriso divertita, in quanto quella moda era passata da un pezzo. Però aveva capito cosa sarebbe piaciuto alla cliente e le tagliò i capelli lasciandoli appoggiare appena sulle spalle, pettinandoli con una lunga frangetta a destra, che lasciava scoperta la parte sinistra della fronte. Quando si guardò allo specchio Anna ne fu entusiasta, era proprio quello che cercava.

Per il vestito da indossare, come al solito si era affidata a Lea.

Il mercoledì precedente era entrata nel negozio dell'amica. All'interno c'era solo una coppia, che veniva seguita dalla giovane commessa, e le due ebbero tutto il tempo di provare vestiti, scherzandoci anche un po'.

Al termine optò per un vestito in maglia di Missoni, aderente al corpo, dal collo tondo, lungo circa dieci centimetri sotto le ginocchia, composto da righe e quadri che andavano dal colore celeste, al bianco, al rosa e infine al giallo, mentre i bordi delle righe e dei quadri passavano da un nero molto marcato ad un grigio chiaro. Il suo corpo ben proporzionato dava anima all'abito e tutti quei colori le illuminavano il viso.

Mentre si guardava soddisfatta allo specchio, Lea le raccontò la storia di quel vestito.

Ai primi di dicembre dell'anno precedente, una coppia di americani, probabilmente marito e moglie, erano entrati nel suo negozio e, in un italiano quasi perfetto, le dissero che un loro amico italiano, originario di Conegliano, aveva loro consigliato, oltre alla classica visita a Venezia, di trascorrere qualche giorno nei dintorni delle colline del

Prosecco. Fra le cose che aveva suggerito di vedere, c'era pure il negozio di Lea. Che nome avesse l'amico dei due non se lo ricordava, ma sta di fatto che la coppia aveva acquistato tre vestiti.

Quello però che ora stava indossando Anna, Lea aveva consigliato alla signora di farlo stringere un po' sui fianchi, se ne sarebbe occupata personalmente, ma il vestito doveva essere ritirato due giorni dopo. La coppia non pose problemi. Avrebbero trascorso qualche giorno a Venezia e sarebbero tornati a prendere il vestito. Invece l'abito non fu mai più ritirato, né Lea sapeva dove recapitarlo. Per scrupolo l'aveva tenuto da parte per mesi, ma ora, visto che stava così bene all'amica, Lea le disse che lo poteva tenere gratuitamente, dato che era già stato pagato. Doveva però averne cura, non si poteva mai sapere se un giorno qualcuno fosse venuto a reclamarlo.

Anna si pettinò con cura, un leggero trucco verde per gli occhi, due piccole perle di bigiotteria verde come orecchini e una collana dello stesso colore che le arrivava al petto. Si guardò allo specchio, fece qualche smorfia, provò un sorriso, mise un filo di rossetto e... "Perfetto", disse infine a se stessa.

Quando Marco e Andrea, al rientro della passeggiata, suonarono alla porta, Anna andò ad aprire e ricevette i complimenti sinceri di entrambi. Il figlio, scherzando, le disse: – Mamma, sei splendida, ti sposo io, quando vuoi. E lei: – Tesoro, io e te siamo già sposati, da vent'anni. Ora entrate e prendete posto a tavola.

Marco propose subito un brindisi.

Anche in casa di Matilde tutto era pronto.
Chiamò le gemelle in cucina e disse loro:
– Su, ragazze, facciamo un brindisi fra donne!
I bicchieri di cristallo si toccarono: – Buon Natale, mamma!

– Buon Natale a voi.

Matilde sorseggiò... l'aperitivo analcolico.

Era sempre stata una brava cuoca, oltre alla passione per i libri, fin da piccola passava ore in cucina con la nonna, cucinare le era sempre piaciuto.

La nonna aveva lavorato per molti anni nella cantina affiancando il padre. Quando si era sposata, aveva lasciato pian piano la gestione dell'azienda in mano al marito, tenendosi comunque la proprietà e riservandosi sempre la parola decisiva nelle questioni importanti.

Per il resto aveva dedicato il suo tempo alla famiglia, alla gestione della casa, soprattutto alla cucina, e il piacere di cucinare aveva unito particolarmente nonna e nipote. Questa era l'unica che accettava nella sua cucina organizzata, ordinata, pulita. Le ricette le eseguivano sempre alla lettera, qualche volta migliorandole.

Quindi, non era stato difficile per Matilde preparare il pranzo di Natale e organizzarsi per la cena, quando sarebbe stato presente anche Marco.

Proprio alla cena pensava, mentre portava la forchetta alla bocca. Si sarebbe fatta bella e poi voleva assolutamente capire come andavano le cose con Anna. Non sarebbe stata di certo ad aspettare un possibile ritorno del marito in eterno.

A metà mattinata Fabrizio le aveva telefonato per gli auguri, dicendole che avrebbe preferito che non ci fosse il Natale, così l'avrebbe almeno vista a scuola.

– Mi manchi! – le aveva detto prima di chiudere la conversazione e le aveva chiesto se il giorno successivo, anche solo alla mattina, poteva passare da lei per una breve passeggiata e Matilde aveva accettato.

Nel pomeriggio Andrea voleva chiamare le gemelle per gli auguri e per dire loro che avrebbe potuto raggiungerle solo il martedì successivo. Aveva il numero di cellulare di entrambe, ma chi delle due avrebbe dovuto chiamare ora?

Dopo averci pensato un po', decise di fare il numero di Alessia, che gli era sembrata quella più alla mano.

Alle diciannove Marco bussò alla porta, le gemelle corsero ad aprire e le abbracciò, stringendole a sé e scambiando gli auguri natalizi.

Matilde lo attendeva in cucina, più bella che mai. Aveva raccolto i lunghi capelli biondi a coda di cavallo, calzato stivaletti verde scuro con tacco, indossato una gonna di lana color verde bottiglia lunga sotto le ginocchia, una camicia bianca, con il colletto e le maniche che terminavano con un bordino verde e, sopra, un golfino rosso aperto su una fila di bottoni di madreperla.

Marco ne fu sorpreso, negli ultimi anni non gli era sembrato che Matilde tenesse tanto al proprio abbigliamento, era sempre stata così sicura di sé, da non tenere in grande considerazione l'abito da indossare.

L'abbracciò e la baciò sulle guance: – Buon Natale!

– Buon Natale Marco. – gli rispose.

All'inizio della cena, Marco iniziò a raccontare delle sue camminate in solitaria, loro ne erano sempre affascinate. Poi toccò alle ragazze aggiornarlo sulle vicende scolastiche e, da qui, si aprirono discussioni di ogni tipo.

Matilde, che prima della separazione ascoltava un po' infastidita queste chiacchiere fra padre e figlie, quella sera le trovò piacevoli e non di rado intervenne nella discussione.

Le gemelle erano felici ed eccitate dalla presenza del padre, Matilde aveva sorriso più di una volta durante la cena, cosa abbastanza inusuale, e, mentre gli ex coniugi erano in attesa del caffè, le ragazze si spostarono in salotto per aprire i regali.

Marco continuava a notare i cambiamenti positivi in Matilde, da quando si erano lasciati, e ora, seduta lì accanto, gli appariva più seducente, come non gli era più capitato di vederla negli ultimi anni di matrimonio.

– Sei molto bella questa sera.

– Sai essere sempre gentile. – gli rispose.

– Anche la cena era ottima, ti ringrazio per avermi invitato.

– Sai bene che, se non lo avessi fatto, le gemelle mi avrebbero tenuto il broncio per almeno un mese.

Versò poi il caffè nelle due tazzine e, mentre lui lo sorseggiava, gli mise la mano sopra la sua e, guardandolo dritto nei suoi occhi azzurri, gli disse: – Devo chiederti per forza una cosa.

– Va bene, chiedi.

– Con Anna sta andando tutto bene? Io ho bisogno di sapere se stai facendo seriamente, se... sei proprio deciso, dopo tutti gli anni passati assieme. Voglio solo essere certa che tu non mi ami più.

Marco le strinse la mano e, continuando a fissarla nei suoi grandi occhi scuri, rispose:

– Lo sai che ti voglio bene, te ne vorrò sempre e sarò sempre vicino a te e alle gemelle. Ma sono innamorato di Anna, non so ancora bene perché, ma è successo, è accaduto, dobbiamo prenderne atto entrambi.

Dopo una pausa, continuò.

– A tal proposito, ecco... volevo dirti, prima che tu lo venga a sapere da qualcun altro, che abbiamo deciso di avere un nostro figlio. Anna sta facendo tutte le analisi necessarie ed è quello che desideriamo, ora.

Marco vide Matilde abbassare lo sguardo e, poi, togliere la mano dalla sua.

– Questa non me l'aspettavo proprio. – disse sorpresa.

– Preferirei, – continuò lui, – non dire niente alle gemelle, per ora almeno, fino a quando Anna non risulti veramente incinta.

Per qualche minuto prevalse il silenzio.

Fu interrotto da Alessia che, felice, entrò in cucina: – Su, venite, ci sono ancora i vostri regali da aprire.

Fabrizio e Matilde (1)

Alle nove e quaranta della mattina successiva, Fabrizio suonò il campanello a casa di Matilde.

Quando avvertì il suono, questa si trovava a piedi nudi sul pavimento di finto legno del bagno, di fronte allo specchio, con la spazzola dei capelli a mezz'aria. L'appoggiò lentamente sul ripiano della lavatrice, diede un ultimo sguardo ai lunghi capelli biondi, sorrise a se stessa e, con indosso jeans e una candida e calda felpa bianca, andò ad aprire.

– Ciao, Fabrizio. Entra. Prendi un caffè?

– Ciao Matilde, no grazie ho già fatto colazione.

– Bene, ho già fatto colazione anch'io. Prendo la giacca e sono pronta.

Perse un minuto per entrare nella camera delle ragazze: le gemelle erano sveglie, ma indugiavano ancora sotto le coperte. – Io vado. – disse loro e dopo un veloce – Fate colazione e lasciate tutto in ordine – richiuse la porta della stanza.

Nel corridoio mise le scarpe, tolse dall'appendiabiti la giacca e la indossò.

– Eccomi! – disse, andando incontro a Fabrizio, rimasto in attesa all'ingresso.

Questi le sorrise, chiudendole la lampo della giacca con prontezza: – Fa ancora freddo fuori.

Con l'auto di lui, in pochi minuti, uscirono dal centro di Conegliano e, dopo alcuni chilometri, raggiunsero il parcheggio pubblico sito a destra della salita del Castello di San Salvatore.

Per accedere all'entrata del castello, si doveva salire a piedi per una decina di minuti.

I due scesero dall'auto, il sole era ancora nascosto fra alcune nubi, ma sembrava promettere al meglio.

L'inizio era ripido, la strada saliva con una serie di curve, la carreggiata era bella larga, sia a destra che a sinistra le mura medioevali si alzavano di circa un metro, fungendo anche da parapetto, sulla sinistra una fila di alberi secolari si snodava fino alla cima, dove era situata l'entrata principale del castello.

Iniziarono la salita con decisione, ma, dopo qualche minuto di passo spedito, dovettero rallentare e, in prossimità della cima, Matilde si sedette sulle mura per riprendere fiato e anche Fabrizio si fermò, la salita gli aveva accelerato i battiti, respirò profondamente e poi le si accostò.

I due portarono lo sguardo all'orizzonte, dove sembrava che il cielo finisse sulle acque del fiume Piave.

Videro i paesi sottostanti, i loro campanili, le chiese, le cisterne dell'acqua, le fabbriche, le strade tortuose che spesso si incrociavano, la ferrovia. Vicino si stendeva la campagna, la terra scura arata, le verdi siepi che la delimitavano e, ancora più vicini, i vigneti, che si allungavano sulle colline, a destra come a sinistra, mentre proprio sotto di loro un grande uliveto dalla piana saliva fin sotto le mura del castello.

Mentre, sorpresi da tanta bellezza, i loro occhi indugiavano sul panorama, i raggi del sole bucarono le nubi, portando un po' di calore.

Matilde ancora seduta sulle mura, si girò verso Fabrizio.

– Siediti! – lo invitò con la mano accanto a lei – Ti racconto qualcosa di questo castello.

E iniziò. – Appartiene ancora oggi alla famiglia Collalto, di antica origine longobarda, che da Treviso si stabilì qui nel XII secolo, fondando il feudo di San Salvatore. Alla fine del Medioevo, con i suoi trentamila metri quadrati, tra boschi e pianura, era uno dei più estesi del nord Italia. Essendo la famiglia Collalto in buoni rapporti con Venezia, arrivarono all'epoca pittori, scrittori, musicisti. Venne costruita una cappella, poi decorata dagli affreschi del Pordenone, uno dei più grandi pittori della zona. Ed è solo l'inizio: nelle stanze del castello compariranno sempre più opere di grandi maestri veneti, tra questi i celebri dipinti di Cima da Conegliano.

Nel seicento poi fu costruita la chiesa di Santa Croce e, più tardi, il conte Odoardo fece erigere un nuovo palazzo, arrivando così al massimo dello splendore del fabbricato.

Purtroppo, la prima guerra mondiale arriva fino alla linea del Piave e questa costruzione viene pesantemente bombardata e, alla fine del conflitto, San Salvatore si presenta con i palazzi sventrati, le mura e il borgo gravemente danneggiati.

Riprende tuttavia vita con il conte Rambaldo, il quale avvia una appassionata fase di recupero, con un ininterrotto cantiere che arriva fino ai nostri giorni.

Ora, la nuova generazione della famiglia Collalto si sta prendendo cura della dimora e delle proprietà terriere che la circondano.

All'interno si organizzano mostre, si svolgono congressi, si tiene ogni anno la fiera del libro e altre iniziative, il tutto nel rispetto della tradizione.

– Grazie, maestra! – chiosò sorridendo Fabrizio - Veramente qualche storia, anzi qualche leggenda su questo posto la conosco anch'io. Ma ora, che ne dici di riprendere la salita?

Matilde si mise in piedi, di fronte a Fabrizio, mentre due donne molto giovani salivano sulla strada a passo veloce, parlando fra loro.

– Ecco, – disse Matilde guardandole, – quelle fanno per te. Lui la guardò intensamente negli occhi, le prese le mani tirandola a sé.

– Ho chiuso con le studentesse, è te che voglio e lo sai.

E, detto questo, accostò le sue labbra a quelle di lei.

Matilde tenne le labbra chiuse e appoggiò le mani sul torace di Fabrizio.

– Non mi conosci, – gli disse seria, – sono io che decido quando baciare un uomo.

La parole le erano uscite così dure, che dopo averle pronunciate provò un momento di smarrimento. Abbassò lo sguardo, si sentiva colpevole, come le era capitato qualche volta con Marco, quando reagiva così brusca, e non voleva ripetere lo stesso errore.

– Scusami! – gli disse e appoggiò con dolcezza le sue labbra su quelle di Fabrizio.

Lui la strinse di più a sé, cercando di baciarla di nuovo, ma la sua lingua trovò i denti chiusi di Matilde.

– Troppo facile, così. Vuoi baciarmi? – gli disse sorridendo e, fissandolo negli occhi. – Allora devi indovinare il colore della mia biancheria intima.

Fabrizio fu sorpreso da quella richiesta e solo in quel momento si rese conto di non conoscere, come pensava, quella donna.

– Nero, – rispose, senza pensarci troppo.

– Mi spiace, hai perso. – Lo prese per mano: – Andiamo, abbiamo ancora un po' di salita da fare.

Dopo qualche passo si girò a guardarlo:

– E dai, non fare quella faccia, sembri il bambino al quale la mamma non ha comprato il giocattolo, prima di uscire dal negozio.

Fabrizio sorrise a quell'immagine, allungarono il passo e, in breve, arrivarono all'entrata.

La visita era con la guida, a gruppi di dieci persone.

Con loro, il numero salì ad undici, quindi si poté partire per il giro.

Camminando sulla ghiaia per un centinaio di metri, la guida li portò prima a visitare il parco esterno, mentre riassumeva a grandi linee la storia dei Collalto, poi passarono alla visita delle stanze all'interno.

Fabrizio era distratto, non riusciva ad ascoltare le parole della guida, Matilde gli strinse istintivamente la mano, come per dirgli: – Non ti perdere, sono qua.

Terminata la visita, uscirono dalle mura, tenendosi ancora per mano.

Lo sguardo si perdeva nella vallata sottostante, ora il sole era più alto ed i suoi raggi aggiungevano una bella sensazione di benessere.

– Scendiamo, ho detto alle ragazze che sarei rientrata per pranzo.

Ritornarono in poco tempo, la mattinata era volata. Scendendo dall'auto, lo baciò sulla guancia, si sarebbero rivisti a scuola, alla ripresa delle lezioni.

Durante il tragitto, avevano concordato che per il momento non era il caso di far trapelare la loro amicizia, soprattutto all'interno della scuola. Si sarebbero comportati come sempre, avrebbero evitato chiacchiere inutili e sorrisi maliziosi.

Andrea e le gemelle

Il giorno successivo, alle quattordici e trenta, Andrea era lì, puntuale, alla Fontana dei cavalli. Si era alzato il vento e si chiuse con la lampo la giacca. Guardando verso corso Vittorio Emanuele, vide le due bionde chiome agitarsi al vento: sorrise, erano in arrivo. Chiuse nelle loro giacche a vento erano più belle che mai. Quando lo videro seduto sui gradini della fontana, alzarono le mani in segno di saluto, lui si alzò e, a passo veloce, andò loro incontro.

Dopo abbracci e sorrisi, salirono in via XX Settembre, camminando sotto e fuori dai portici.

Le gemelle, vivaci ed inarrestabili, cominciarono a parlare dei propri progetti.

Alessandra era sempre decisa a continuare gli studi e gli chiese un parere se iscriversi alla facoltà di Architettura oppure all'Accademia di Belle Arti.

Le rispose che non aveva idee in proposito, molto dipendeva dai suoi obiettivi futuri, ma che comunque l'avrebbe aiutata, chiedendo pareri a qualche studente che frequentava o aveva frequentato l'una o l'altra delle due facoltà.

Ogni tanto sostavano davanti alle vetrine, commentando la merce in vendita. Ad un certo punto Alessandra rimase indietro, incollata per diversi minuti davanti ad una libreria, dov'erano esposti libri fotografici su Venezia e sui grandi pittori veneti.

Andrea e Alessia avevano proseguito ed erano ormai distanti una ventina di metri.

Alessia si era girata verso Andrea, mostrandogli per scherzo la lingua.

– Sei orribile! – la schernì lui, sorridendo.

Allora Alessia, fatto qualche passo indietro, si fermò per pochi secondi, guardandolo dritto negli occhi, poi corse verso di lui, che la prese di slancio per i fianchi e la sollevò di trenta centimetri da terra. Poi lentamente la fece scendere e i loro corpi scivolarono uno contro l'altro e, quando lei mise le punte dei piedi a terra, le loro labbra si incontrarono e Andrea la strinse più forte a sé.

Tutto si era svolto in un attimo, ma entrambi intuirono che, in quei pochi secondi, qualcosa fra loro era cambiato.

Una di fronte all'altro con le mani ancora unite, udirono la voce di Alessandra:

– Aspettatemi, arrivo.

Liberarono le mani e quando Alessandra fu loro accanto, camminarono affiancati e in silenzio.

Lei prese a parlare dei libri visti in vetrina e, solo dopo qualche minuto, notò lo strano silenzio della sorella,

– Che c'è? – disse – Vi sto annoiando con i miei libri?

– Ma no! – rispose Alessia – È che non mi sento molto bene, che ne dite se rientriamo?

– Per me va bene, – le venne in aiuto Andrea – ho ancora molto da studiare oggi.

Mentre riprendevano la strada del ritorno, la faccia più perplessa era quella di Alessandra.

Sergio indeciso

Il giorno di Natale, Sergio aveva telefonato anche a Lea, per gli auguri, ma nessuna emozione particolare si era palesata fra i due, tanto che aveva rinunciato a chiederle di partire con lui.
Aveva in programma di andare a Boston, un incontro di tre giorni organizzato da alcune case farmaceutiche, per presentare nuovi prodotti per la chirurgia estetica, e avrebbe anche potuto prolungare il viaggio di due giorni. Gabriella infatti aveva accettato di sostituirlo e di prendersi la responsabilità del reparto in sua assenza.
Decise quindi che partire da solo non era poi male, donne carine ne avrebbe trovate anche sull'altra sponda dell'oceano.
Avvisati Andrea e anche Anna della partenza, aveva preparato con cura le valigie e, qualche giorno dopo, era in volo sull'Atlantico. Si lasciò andare ad alcuni pensieri, mentre passava il tempo sfogliando le pagine della rivista del duty-free, oppure guardando dal finestrino le nuvole sotto di lui, questo quando non sbirciava le gambe snelle e nervose delle hostess.
Pensando alla sua situazione, rifletteva che non era poi così vecchio da non poter dare una svolta alla sua vita.
Il suo inglese non era male, contatti con colleghi americani ne aveva avuti spesso negli ultimi anni e, con molta probabilità, lo avrebbero aiutato, se avesse deciso di trasferirsi. Sarebbe potuto andare magari in California, là i bravi chirurghi, soprattutto estetici, erano molto ricercati.
Si sarebbe trattato di tagliare definitivamente i ponti con Anna. E Andrea? Chissà, magari terminata l'università avrebbe potuto raggiungerlo.
Si distese, socchiuse gli occhi, appoggiò meglio la testa e, dopo mezz'ora di volo, la stanchezza prevalse e si addormentò.

Si svegliò dopo alcune ore, quando l'aereo entrò in una forte depressione e lui sentì lo stomaco arrivargli in gola. Per fortuna dopo poco l'aereo si stabilizzò, ma non il suo stomaco.

L'assistente di volo, notandone il malessere, gli porse un sacchettino e gli chiese gentilmente se voleva un caffè, oppure un tè. Sergio le rispose che avrebbe accettato il caffè ben volentieri.

Il volo continuò tranquillo e, quando si chinò per prendere il bicchiere vuoto, i lunghi capelli castani della hostess sfiorarono il suo viso.

– Come va? – gli chiese – Si sente meglio?

Sergio sorrise e rispose che ora stava perfettamente.

– Bene. – e, ricambiando il sorriso, – Ora però si allacci di nuovo la cintura: siamo prossimi all'atterraggio.

Il velivolo atterrò senza particolari scossoni all'aeroporto di Boston.

In attesa per l'apertura del portellone, a Sergio era tornato il buon umore e, passando davanti alla giovane hostess, in buon inglese la ringraziò per il caffè e le porse un bigliettino da visita, dove aveva aggiunto, con la sua bella calligrafia rotonda, l'indirizzo e il numero di telefono dell'hotel dove avrebbe soggiornato nei prossimi giorni. Le disse che sarebbe stato felice di toglierle gratuitamente il neo che aveva sul collo. La giovane fu colta di sorpresa e, mentre rispondeva incerta che non ricordava di aver alcun neo in quella posizione, con la mano istintivamente era andata ad accarezzarsi il collo.

Sergio sorrise e le disse: – Forse non ce l'ha sul collo, ma sicuramente avrà un neo da qualche parte del suo corpo.

La hostess sorrise e, mentre salutava gli altri viaggiatori che scendevano, mise nel taschino della giacca il biglietto da visita.

Fabrizio e Matilde (2)

La mattina era bella fresca. Fabrizio, parcheggiata l'auto vicino alla scuola, era sceso chiudendosi bene il cappotto. Entrato in sala insegnanti, salutò e si guardò attorno, ma Matilde non era ancora arrivata. Decise allora di proseguire verso la sua aula.

Alla fine della quarta ora, scese al piano terra per prendere un caffè dal distributore automatico. Mentre mescolava lo zucchero nel bicchiere di plastica, alzò lo sguardo e la vide: Matilde stava scendendo le scale e, osservandola, pensò che lei fosse il massimo che avrebbe mai potuto desiderare.

Anche lei si diresse verso i distributori di bevande e, avvicinatasi, gli sorrise.

– Buongiorno Matilde, se vuoi un caffè, ti dò il mio. – le disse.

– Buongiorno! – rispose lei e aggiunse – Dipende da quanto zucchero hai messo.

– Solo un cucchiaino.

– Allora va bene.

Fabrizio le passò il bicchierino con il caffè, riprese la chiavetta, la inserì di nuovo ed attese la discesa di un altro caffè.

– Come va questa mattina? – disse lei portandosi il caffè alle labbra.

– Bene, ma non ho dormito molto questa notte.

– E come mai non ha dormito, signor Fabrizio? – gli chiese scherzosamente. Lui si guardò attorno per assicurarsi che nessuno sentisse e poi, a bassa voce: – Non ho fatto altro che pensare al colore dell'intimo di una certa signora.

– Mmm, signor Fabrizio, è sicuro che la signora in questione lo indossasse, in quella occasione, l'intimo?

Lui iniziò a tossire, a quel punto il caffè gli era andato di traverso.

Matilde si allontanò sorridendo, ma lui si riprese velocemente e, a passi lunghi, l'affiancò, le toccò il braccio e, quando lei si voltò verso di lui, le disse:
– Quanto ti diverti a prenderti gioco di me?
– Oh, quanto sei suscettibile! – gli rispose, con aria divertita.
E Fabrizio, più calmo, continuò: – Se non fossimo a scuola ti bacerei.
– Perché non mi inviti in un posto dove possiamo farlo?
Dopo un attimo di esitazione, le chiese:
– Ti andrebbe di uscire venerdì sera? Cena più cinema? Può andare?
– Mah, direi che dipende dal ristorante e dal film.
– Bene, domani ti proporrò il programma dettagliato.
– Perfetto. Ora però scusami, ma devo proprio andare, – concluse Matilde, – ho ancora un'ora di lezione.

Una buona nuova

Marco quel pomeriggio si era chiuso la porta dell'ufficio alle spalle, avendo cura di appendere alla maniglia il cartellino "Non disturbare".
In quei giorni era preso da un caso particolare: un dirigente della società dove lavorava si era da qualche giorno rivolto a lui perché lo aiutasse: due giorni prima gli era accaduto di parcheggiare l'auto nel parcheggio della ditta, ma, una volta sceso con la sua borsa in mano e chiusa la macchina, non si ricordava più il motivo per cui era lì, perché era sceso dall'auto e soprattutto chi era.
Per fortuna la ragazza della reception lo aveva visto, dai vetri dell'entrata, ciondolare, perso, con la borsa in mano.
– Luigi, signor Luigi! – l'aveva chiamato e, non ottenendo risposta, gli si era avvicinata, l'aveva preso per mano e accompagnato all'interno e, fattolo accomodare su una sedia, aveva chiamato subito Marco, che, accorso immediatamente, l'aveva portato nel suo studio.
Dopo aver parlato a lungo con lui, gli aveva diagnosticato una probabile crisi di identità personale. Luigi, come poi venne a sapere, nel giro di pochi mesi era stato demansionato nel suo ruolo lavorativo, la moglie aveva chiesto il divorzio e la figlia se n'era andata per una convivenza.
Tutto questo gli aveva tolto dei ruoli, degli obiettivi, delle responsabilità e delle abitudini che, fino a quel momento, avevano rappresentato la sua vita.
E ora? Chi era Luigi?
Marco si rendeva conto che doveva attribuirgli dei nuovi obiettivi, nuovi desideri, nuove responsabilità e che non sarebbe stato facile.
Il dirigente era stato poi accompagnato a casa, con la raccomandazione che si sarebbe recato nello studio di Marco tutte le mattine, mezz'ora prima di iniziare il suo normale orario di lavoro.

Ora dunque Marco, seduto nel suo ufficio, aveva bisogno di ricaricarsi per prepararsi all'incontro: allungò le gambe sotto la scrivania, portò le braccia sopra la testa e fece degli stiramenti, alternando respiri profondi.

Concentrò poi i suoi pensieri sulla domenica mattina precedente, quando, nonostante il meteo avesse previsto pioggia, era partito presto per salire nel suo bosco preferito. A metà dei tornanti, la strada era già sopra le nubi.

Quando però aveva parcheggiato la Golf in località "Crocetta" per prendere il sentiero, si era accorto che il bosco era bagnato, la pioggia infatti era già arrivata durante la notte a quota più alta.

Ora però non c'erano più nubi minacciose sopra il bosco e l'aria era fresca, in quei primi giorni di aprile.

I cervi del Cansiglio avevano probabilmente già perso le loro corna e negli aceri e nei faggi si vedevano le nuove foglie. Il sottobosco bagnato polarizzava i colori, la terra era più scura, i sassi più bianchi, le rocce a nord ricoperte dal verde intenso del muschio, tutto sembrava splendere di un verde primavera, persino i pini argentati, ammantati di grigio, brillavano.

La concentrazione di Marco si perse allo squillo del telefono, era Anna.

– Marco, Marco! Sono incinta, sono incinta, ho fatto il test, è positivo! – Quasi urlava nel telefono dalla gioia e a lui, per un attimo, sembrò di vederla vestita di bianco, a piedi nudi, ballare sull'erba bagnata del bosco, agitando un foulard colorato.

– Marco, avremo un bambino.

A Marco scese una lacrima, che asciugò con il dorso della mano, prima di rispondere.

– Ti amo, – le disse commosso, quasi sottovoce – vengo subito, dammi solo il tempo di fare la strada, – e, rimandato con una scusa l'appuntamento con il signor Luigi, si fiondò verso casa.

***

La domenica mattina successiva, Anna attese che fosse quasi mezzogiorno per chiamare il figlio.

Il bar adiacente all'università era chiuso e Andrea si era incamminato voltando le spalle alla Ca' Foscari, aveva poi voltato a sinistra in Sestiere Dorsoduro e, a passo veloce, aveva superato, alla sua sinistra, il Campiello di Arras ed era entrato in calle Giustignan, dove stava l'Osteria 1518, che era aperta. Uomini in giacca e cappello affollavano lo spazio davanti al banco, il cicchetto in una mano e, nell'altra, pane e baccalà oppure il moscardino appena lessato. Fuori, gli ombrelloni erano aperti sui tavolini e Andrea sentiva le parole del dialetto veneziano arrivargli in faccia assieme all'aria salmastra che saliva dal mare. Si sedette sulla sedia di plastica e ordinò un cappuccino con molta schiuma e un cornetto alla marmellata.

Aveva appena inzuppato il cornetto e lo stava portando alla bocca quando suonò Il cellulare. Mentre addentava la brioche, assaporando il dolce della marmellata di albicocche, prese il telefono: "mamma" continuava a lampeggiare sul display. A malincuore appoggiò il cornetto e rispose.

– Ciao, mamma.

– Ciao Andrea, come stai?

– Bene, tranquilla, sto bene.

– Ascolta, volevo sapere se per la festa del 25 aprile, vieni da noi qualche giorno, io e Marco ne saremmo felici. E poi... ecco, ho una novità da dirti, ma non per telefono. Allora?

Andrea nel frattempo aveva inghiottito l'ultima parte del cornetto e stava portando alle labbra il cappuccino.

– Andrea, ci sei?

– Ci sono mamma, ci sono, – appoggiò la tazzina, – giovedì pomeriggio alle quindici ho un'ora di Economia, poi non ho altro. Per le cinque e mezza dovrei essere a Conegliano, per poi rientrare lunedì mattina. Dammi solo il tempo di verificare gli orari del treno e ti richiamo.

– Bene, amore, ti aspetto. Buona giornata!

– Buona giornata a te, mamma.

Appoggiò la schiena alla sedia e con il cucchiaino raccolse i residui di schiuma dalla tazza.

Udiva la cantilena del parlar veneto provenire dalla porta del bar, inspirò a pieni polmoni l'aria della laguna e chiuse gli occhi: le labbra di Alessia erano sulle sue, i suoi occhi nei suoi, le teneva i fianchi e non voleva più lasciarla andare, ma per ora era solo un ricordo, un sogno.

Aprì gli occhi guardando verso il cielo azzurro. Il pensiero di Alessia, gli aveva provocato una fitta al petto.

Si alzò lasciando i soldi sul tavolo e s'incamminò con le mani in tasca verso il Ponte di Rialto.

Quando era salito l'ultima volta sul treno per tornare a Venezia, le aveva inviato un messaggio: "Non sono ancora partito e già mi mancate, mi manchi tu e le tue labbra".

Alessia aveva subito risposto: "Anche tu ci manchi, a me moltissimo".

Nei giorni successivi si erano scambiati altri messaggi e più passavano i giorni, più se ne mandavano.

Ancora qualche giorno e sarebbe tornato.

Il Ponte di Rialto era affollato. Salì gli scalini fino in cima, si sporse sul parapetto e osservò l'acqua scorrere lentamente, mentre, in lontananza, si udiva la sirena di una nave da crociera.

Con calma sarebbe rientrato a Mestre e nel pomeriggio l'avrebbe chiamata. Non vedeva l'ora di sentirne la voce.

Marco si svegliò presto quella mattina. Indossò la tuta da ginnastica, scese le scale di casa ed entrò nello studio; scostò le tende, guardò verso l'alto, osservando le scure mura del castello.

Una fragile pioggia scendeva di traverso e il vento scuoteva le nuove foglie dei platani.

Immaginò i suoi scarponi sprofondare nelle pozze d'acqua del sentiero e quasi percepiva il profumo dell'erba bagnata, ma per oggi nessuna camminata era prevista. Aveva del lavoro arretrato da fare.

Prima di sedersi alla scrivania, si diresse verso il mobile basso di legno di pino, l'unico che arredava la stanza, scelse il CD "Le Onde" di Ludovico Einaudi e mise il volume al minimo, per non disturbare Anna al piano di sopra.

Il suono del pianoforte si diffuse per la stanza, leggero come la nebbia. Accese il computer e si concentrò sulle schede dei pazienti, molte delle quali erano da aggiornare, e vi si accinse di buona lena.

Più tardi anche Anna si alzò. Indossata la giacchina bianca in cotone sopra la vestaglia di seta, passò in bagno dove si lavò, spalmò con cura la crema sul viso e spazzolò i capelli neri. Si guardò allo specchio e portò la mano sulla pancia, accarezzandola. La sentì piatta: troppo presto, pensò.

A piedi nudi scese di sotto dove le note del piano la condussero nello studio di Marco.

Gli sedette in grembo e lui la baciò sulla guancia,

Ascoltavano la musica senza parlare, improvvisamente lei disse:

– Faremo qui la cameretta per il bambino.

Marco sorrise, aveva pensato la stessa cosa quella mattina, entrando nello studio.

La camera che avevano preparato per gli ospiti, quella che usava Andrea quando passava a trovarli, quella con due letti singoli pronti anche per le gemelle, in caso di necessità, sarebbe rimasta tale.

Marco avrebbe diviso il suo studio con il piccolo e, con il tempo, sarebbe diventato la sua stanzetta.

Per lui bastava il tavolo della cucina, dove appoggiare il computer per qualche ora. Non esistevano cartelle cartacee da sistemare: tutto quello che serviva era nel portatile.

Anna gli accarezzò il viso e, alzandosi, disse: – Vado a preparare il caffè.

– Ti amo – le disse lui.
– Ti amo anch'io – rispose Anna.

Andrea e Alessia – Fabrizio e Matilde

Giovedì, nel primo pomeriggio, Andrea entrò nella carrozza diretta a Conegliano. Per fortuna, il vagone non era molto affollato, quindi mise la valigia al suo fianco, si sedette vicino al finestrino e guardò il treno allontanarsi dalla stazione. Alessia l'avrebbe atteso all'arrivo. Volse lo sguardo al vetro e gli sembrò di vedere il viso di lei. Chiuse gli occhi, Alessia sorrideva, Alessia parlava, Alessia saltava su e giù dal marciapiede, vivace, piena di vita. L'espressione del viso di Andrea si addolcì. Quando una giovane studentessa gli si sedette di fronte, lui sorrideva ad occhi chiusi.

L'espressione degli occhi azzurri di Alessia mutò, lo sguardo divenne più dolce e meno brillante, il sorriso più tenue. La nuova figura portò la mano alla fronte, pettinando i capelli verso l'alto, una piccola macchia scura comparve sulla fronte: ora Andrea vedeva il volto di Alessandra.

Spalancò gli occhi, con un fremito alle mani.

La ragazza seduta di fronte lo fissò:

– Stai bene? – gli chiese.

– Sì, sì sto bene, solo un sogno.

La ragazza si sporse e allungò la mano: – Mi chiamo Alessandra.

A quel nome, Andrea ritirò in fretta la mano tesa e con stizza disse: – Oh cavolo, siete un'ossessione!

Lei lo guardò sorpresa e, abbassando lo sguardo, disse: – È un nome molto comune, deriva da due termini greci. Nella versione femminile significa "protettrice di uomini".

Andrea sorrise. – Corso di laurea in…

– Triennale in lettere, Parma, esame di storia antica.

– Andrea, Economia a Venezia.

La ragazza ricambiò il sorriso.

Andrea stese le gambe, avvertì lo sferragliare del treno, poi sentì l'altoparlante: – Treviso, stazione di Treviso. – e il convoglio iniziò la frenata.

Quel giovedì, era un pomeriggio speciale anche per Matilde.
Mentre puliva la cucina era pensierosa. Conosceva Fabrizio ormai da diversi mesi; dopo le perplessità iniziali, che avevano riguardato la loro differenza di età, aveva accettato il suo corteggiamento, Fabrizio era molto discreto all'interno della scuola e in pubblico in generale, come lei gli aveva chiesto.
Anche per questo aveva acconsentito a recarsi in visita nel suo appartamento.
L'appuntamento era per le quindici, entrambi avevano il pomeriggio libero.
Da quando Marco se n'era andato, Matilde non aveva più avuto nessun rapporto sessuale. Più si avvicinava l'ora dell'appuntamento, più si sentiva eccitata, felice, ma anche non adeguata. Fabrizio aveva avuto sicuramente amanti più giovani e questo la rendeva meno sicura.
Quando Alessia entrò in cucina, vestita più accuratamente del solito e con gli occhi leggermente truccati, dicendole che usciva per incontrare un'amica, la guardò senza vederla e la salutò con un generico: – Ciao, ci vediamo per cena, ho diversi impegni nel pomeriggio.
In quanto ad Alessandra, china sui libri nella sua camera, non aveva fatto caso al fatto che Alessia fosse uscita furtivamente, lanciandole un frettoloso: – Ciao! – nell'aprire la porta.
Alessia si diresse alla stazione dei treni, camminando lentamente, avrebbe per la prima volta incontrato Andrea senza la sorella.
Non era stato facile nascondere alla gemella i messaggi telefonici fra lei e Andrea, in quelle due ultime settimane, tanto meno il fatto che lui stava per arrivare.

Le due, pur frequentando scuole diverse, erano molto unite e, fino ad allora, avevano condiviso tutto, amicizie, vestiti, pensieri, emozioni. Per Alessia era un piccolo dolore non dirle tutto.

Ma siccome Alessandra le aveva confessato che Andrea piaceva molto anche a lei, Alessia dal giorno di quel bacio frettoloso in via XX Settembre non l'aveva più nominato in presenza della sorella.

E quando accadeva che Alessandra le chiedesse se aveva sue notizie, fingeva che la cosa non le importasse e dirottava il discorso su altri argomenti.

Si fermò sotto l'orologio della stazione nel medesimo istante in cui il treno, in arrivo da Mestre, aprì le porte per far scendere i passeggeri.

Andrea si era fatto una doccia frettolosamente, non voleva perdere quel treno, i capelli si erano asciugati camminando verso la stazione ed erano più arruffati che mai, la barba era quella del giorno prima, indossava gli unici jeans e camicia bianca che gli erano rimasti puliti, con sopra una giacca blu ancora invernale: la primavera era arrivata in sordina, da qualche settimana.

Alla mattina vi erano state ancora nubi sul cielo di Conegliano, ma quando Alessia era uscita splendeva il sole, anche se ogni tanto si alzava un leggero vento.

Quando la vide, lei era all'entrata della stazione, il sole alle spalle illuminava i suoi capelli biondi, lisci e i jeans sdruciti le fasciavano le gambe, che le scarpe blu a mezzo tacco allungavano ancora di più.

Sopra ad una camicetta bianca, dove scendevano qua e là dei nastrini rossi, portava una giacchina nera corta.

Andrea si fermò per un attimo, bloccando il fiume di persone che scendeva dietro di lui, per osservarla con ammirazione.

In quel preciso istante anche lei lo vide, alzò la mano in segno di saluto, mettendosi in punta di piedi, avrebbe voluto corrergli incontro, ma la folla glielo impediva.

Alla fine Andrea l'abbracciò e lei lo strinse a sé, si baciarono sulle guance: – Ciao, come stai? – si dissero entrambi, con le voci emozionate per il loro primo incontro.
Attraversarono la strada tenendosi per mano. Lui le confidò di aver detto alla madre che sarebbe arrivato dopo le diciassette. Aveva quindi tutto il pomeriggio libero.
Decisero di entrare nella pasticceria siciliana, posta sulla destra del viale.
Sedettero uno di fronte all'altra, guardandosi intensamente.
Andrea le prese la mano fra le sue: – Mi sei mancata. – le disse.
– Mi sei mancato anche tu. – rispose Alessia, allargando il sorriso, mentre le guance prendevano colore.
Dopo aver gustato alcuni pasticcini alla mandorla e terminato l'aperitivo, Andrea si diresse al centro del locale e si fece indicare il titolare: una signora di mezza età gli venne incontro col sorriso aperto. Le chiese se per cortesia poteva lasciare la valigia in un angolo, il tempo di fare una passeggiata con la fidanzata, un'ora al massimo. Le aveva indicato Alessia, la signora la osservò: – Complimenti, è proprio una bella ragazza, dia pure a me la valigia, ci penso io, quando tornate chiedete di me, mi chiamo Maria.
Liberi dall'ingombro della valigia, uscirono dal locale, ripassarono davanti alla stazione, camminando lentamente sotto il tenue sole. Attraversato il sottopasso della ferrovia, presero a destra e, dopo un centinaio di metri, lasciarono la strada asfaltata e salirono sull'argine destro del fiume Monticano.
Mai avrebbe pensato Alessia che, poco più in là, sull'argine opposto del fiume, in quel palazzo giallo limone con la parete scrostata a nord, dove il suo sguardo si era posato per pochi secondi, sua madre stesse salendo in quell'istante i gradini posti all'entrata.

Matilde suonò il campanello del portone d'ingresso: –
Sali! – rispose la voce di Fabrizio, che uscì metallica dal
citofono: – Secondo piano, in fondo al corridoio, l'ultima
porta a destra.

Matilde salì le due rampe di scale, i tacchi degli stivali
risuonavano nello stretto corridoio.

La porta era aperta e Fabrizio era là, in piedi, in attesa,
emozionato.

– Ciao! – gli disse, varcando la soglia.

Lui quasi non la lasciò entrare, la baciò direttamente sulla
bocca e la strinse a sé, quasi temesse che lei ci ripensasse,
che potesse tornare indietro.

Matilde, più calma, rispose al bacio, poi si scostò un po' e
chiuse piano la porta dell'appartamento.

Gli passò dolcemente la mano dietro la nuca, lo attirò a
sé, Fabrizio le cinse i fianchi: – Ora, – gli disse, – fammi
sentire come baci.

Quel po' di rossetto che aveva messo sulle labbra sparì
velocemente.

Fabrizio le tolse la giacca a vento blu, appoggiandola sulla sedia della cucina. Matilde gli si avvicinò, ora era eccitata, lo voleva e lo voleva subito.

Lui iniziò ad accarezzarle il corpo, facendo scorrere le
mani sul tessuto fiorito del vestito.

La baciò più volte sul collo, le aprì la lampo sulla schiena,
poi iniziò a baciarle le spalle bianche. Le sue dita nervose
le slacciarono il reggiseno di pizzo nero.

Lei si girò, per averlo di fronte, lui la strinse a sé di nuovo,
le baciò la fronte, poi la prese per mano e l'accompagnò
in camera.

Andrea e Alessia passeggiavano sull'argine, mano nella
mano, osservando l'acqua del fiume che si arrotolava su
se stessa.

Non erano molte le parole che riuscivano a scambiarsi,
ma essere così vicini già li rendeva felici.

Alcuni piccioni sfiorarono il parapetto del ponte in ferro, Andrea si fermò ad osservarli.

Poi guardò Alessia, le baciò ancora le labbra. La sua mano si posò dolce sul fianco, attirandola a sé e, per la prima volta, la sua lingua si posò sui suoi denti.

Alessia apri di più la bocca e fu il primo vero bacio per entrambi.

Matilde, quel pomeriggio, lasciò a Fabrizio l'iniziativa, ma non sarebbe stato così nelle settimane successive, né nei mesi successivi, soprattutto fra le lenzuola, ma non solo.

Avrebbe guidato lei il gioco e Fabrizio sarebbe stato il suo giocattolo.

Questi erano i suoi pensieri, ora, mentre chiudeva il portone dello stabile e si accingeva a scenderne i gradini.

Nel frattempo, i ragazzi entrarono in pasticceria per riprendere la valigia, Alessia poi accompagnò Andrea fino a piazza Cima.

Concordarono che per il momento non era il caso di far sapere ai rispettivi genitori come fosse mutato il loro rapporto.

Alessia non aveva la minima idea di come avrebbe reagito il padre, sentendo che si era innamorata del figlio di Anna, ma di più temeva la reazione di Matilde e, infine, di Alessandra, la sua dolce sorella, alla quale non avrebbe mai voluto fare del male.

Alle diciotto esatte Andrea, con la valigia in mano, suonò il campanello. Anna andò ad aprire: – Eccoti qua, finalmente! – lo baciò sulla guancia – Sto preparando la cena. Lascia la valigia in corridoio, l'acqua del bagno è calda, fatti pure una doccia, ne hai tutto il tempo.

Andrea sentiva l'acqua calda scorrere lungo il corpo, mise lo shampoo sulle mani e iniziò a lavarsi i capelli.

Aveva baciato una ragazza per la prima volta, un bacio vero, e che ragazza! Alessia era bella, anzi stupenda. Neppure quando l'acqua iniziò a scendere fredda, Andrea smise di sorridere a se stesso. Era felice, anzi, probabilmente così felice non lo era mai stato.

Quella sera, dopo cena, seduti sul divano, Anna e Marco parlarono a lungo con Andrea, mettendolo al corrente dell'inizio della gravidanza.

Sorelle

Alessandra finalmente chiuse il libro, la matematica era tosta, non che le creasse qualche problema particolare, ma non era di sicuro la materia che preferiva.

Solo dopo aver chiuso il libro, realizzò di essere sola in casa. Si diresse in cucina, mise l'acqua nella pentola per il tè, il suo preferito era il tè verde, ma pensò di prepararne anche per la sorella e optò per quello alla pesca.

Alessia aprì la porta di casa. Quando entrò in cucina, si osservarono:

– Cavolo! Che eleganza! Con chi sei uscita?

Alessia in quel momento pensò che aveva sempre condiviso tutto con la sorella, fin da quando erano piccole. Non solo gli amici, gli abiti, ma anche le malattie che si prendono da bambini.

Se ad una di loro veniva la febbre o il mal di gola o un'allergia, tempo qualche ora o un giorno al massimo, l'altra subiva la stessa sorte.

Gli amici dell'una erano stati da sempre anche gli amici dell'altra.

Solo l'inizio delle scuole superiori le aveva separate, avevano scelto due percorsi diversi, per indole diversa.

Ma, fino alla comparsa di Andrea, i loro pensieri erano sempre stati condivisi.

Ora, per la prima volta, Alessia decise, anche se con riluttanza, di mentire.

– Sono uscita a far due passi con Amanda, una compagna di classe, devi averla già vista, sai, quella coi capelli rossi.

Alessandra non rispose e mise le tazze in tavola.

Erano sedute una di fronte all'altra.

Alessia: – Grazie per il tè.

Alessandra abbassò la tazza e la guardò.

– Ti sei truccata gli occhi.

– Sì, solo un po'.

– Hai messo anche del rossetto.

– Ne ho messo un filo, quello di mamma.

– È sbavato.

– Ci siamo fermate in pasticceria.

Dopo una breve pausa, Alessandra continuò:

– Perché non hai chiesto anche a me di uscire?

– Ho sbirciato in camera e stavi studiando, ho preferito non disturbarti.

Alessandra terminò di bere il tè, poi si alzò e mise la tazza nel lavello.

Alessia, ancora seduta e con la tazza in mano, era stizzita per tutte le domande della sorella.

Poi, alzatasi dalla sedia e raggiuntala, le disse:

– Terminata la scuola, saremo ancora più separate. Tu andrai all'università, vivremo situazioni sempre più diverse.

– Lo so, lo so, credo sia inevitabile, – rispose la sorella – ma oggi sei... che ne so, diversa!

Le si mise di fronte, la fissò negli occhi e l'abbracciò.

Alessia rispose all'abbraccio e rimasero così, per diversi secondi.

Quando, qualche ora dopo, Matilde rientrò in casa con alcune compere, le gemelle stavano discutendo di come trascorrere le ferie estive: sarebbero potute essere, per un bel po', le ultime da trascorrere insieme.

Un pomeriggio insieme

Per il pomeriggio del giorno successivo, Andrea si era fatto prestare la Panda rossa dalla madre.

L'appuntamento con Alessia era sulla piazzetta, dopo il ponte sul Monticano.

Andrea si sedette al volante del mezzo un po' perplesso. La patente l'aveva conseguita durante le ferie estive dell'anno precedente. I test li aveva superati con facilità, grazie alla sua buona memoria, ma per l'esame di guida le cose non erano state così facili, c'erano volute più di quindici lezioni con l'istruttore e diverse giornate domenicali trascorse con Anna al fianco, nelle più diverse zone industriali di Padova, perché finalmente si sentisse sicuro di affrontare l'esame finale.

Rare erano state poi le occasioni di usare l'auto.

Ora era quasi pentito di aver promesso ad Alessia di portarla al lago.

Il motore della Panda scoppiettò, Andrea innestò la prima ed iniziò a scendere lentamente per via del Teatro Vecchio e, raggiunta la piazzetta, parcheggiò in attesa dell'arrivo della ragazza.

In quel pomeriggio di fine aprile, il sole era ancora alto nel cielo e la temperatura non superava i diciotto gradi.

Si appoggiò all'auto, si guardò attorno, poi chiuse gli occhi e sentì l'aria accarezzargli il viso.

Ad un tratto avvertì il suo profumo di frutta e sandalo, aprì gli occhi e Alessia era là, di fronte a lui, con i suoi grandi occhi azzurri, il filo di rossetto rubato alla madre sulle labbra, i capelli chiari sul viso.

Le sorrise: – Ciao! – e aggiunse: – Neppure nei miei sogni sei così bella.

Lei era ferma, lo guardava indecisa, le gambe dritte fasciate dai jeans, il respiro sospeso sotto la camicetta a fiori, le braccia distese, mentre le dita stringevano con forza la borsetta.

Le prese la mano, – Vieni, andiamo!

Aprì la portiera e Alessia si accomodò sul sedile.

La mattina Andrea aveva pulito l'interno dell'auto, ne aveva anche lavato i vetri, per il resto l'aveva lasciata com'era: considerava il lavaggio dell'auto uno spreco d'acqua e di tempo.

Per arrivare al lago di Santa Croce, aveva chiesto a Marco che strada fare, senza però fargli capire con chi intendesse andarci, ma accennando ad amici di università, che l'avrebbero atteso lì.

Per sicurezza, poi, aveva stampato il percorso da internet ed i fogli delle mappe erano sparsi sul cruscotto.

Si sedette, mise le mani sul volante, guardò in viso Alessia e girò la chiave, facendo partire il motore.

Uscirono lentamente da Conegliano, in direzione Vittorio Veneto.

Ora si sentiva più sicuro, aveva imboccato la Statale 13, la strada era larga e dritta.

Tolse la mano destra dal volante e andò a stringere quella di lei.

– Come avrai notato non sono un guidatore esperto, ho preso da poco la patente, meglio andare adagio.

Alessia gli sorrise, tenendogli stretta la mano.

– Guarda che non è poi così importante raggiungere il lago, se non te la senti possiamo andarci un'altra volta.

– Me la sento, è tutto ok.

Rimise la mano sul volante e si apprestò ad attraversare il centro di Vittorio Veneto.

Dopo una decina di minuti, all'orizzonte erano apparse le Alpi e la Panda ora arrancava in salita.

Andrea prendeva le curve lentamente, fortunatamente la strada era quasi deserta, in quel pomeriggio festivo.

Da Conegliano al lago la distanza era di circa trenta chilometri e in breve avrebbero visto il lago dall'alto della strada.

Guardò Alessia, rigida sul sedile, e le chiese: – E con Alessandra come va?

Alessia gli restituì lo sguardo: – Di noi non le ho ancora parlato. Per oggi pomeriggio, le ho detto che sarei uscita con una mia compagna di classe. Mi spiace, ma ancora non me la sento di affrontarla: mi parla spesso di te e si chiede perché tu non ci abbia più telefonato.

Andrea allungò lo sguardo e vide comparire l'acqua scura del lago.

Sterzò verso destra, la strada correva sull'argine, alla loro sinistra il lago, sempre più grande, già si intravvedeva qualche barca a remi e qualche vela, mentre a destra si ergeva maestosa la montagna.

Quando l'auto entrò in galleria, accese i fari.

All'uscita, apparve la riva del fondo lago, una striscia di sabbia lunga e stretta. L'acqua da lì sembrava più chiara, azzurra.

Lasciò la strada principale per entrare in una stradina sterrata, lunga qualche centinaio di metri.

La Panda sobbalzò sui sassi per qualche minuto, poi terminò la corsa in un parcheggio, non ancora preparato per i turisti estivi.

Scesero tenendosi per mano e avanzarono in direzione della riva.

Dopo la parte sassosa, ai primi passi sulla sabbia si tolsero le scarpe e arrotolarono i jeans alle caviglie.

A piedi nudi, sul pontile di legno, si misero ad osservare le vele colorate che scivolavano leggere sul lago.

Poi camminarono sulla riva, fino all'acqua, scesa dalle Dolomiti ancora gelida, in quei primi mesi di primavera.

Arrivarono fino alla fine della striscia di sabbia, dove un folto canneto usciva dalle acque del lago.

Sulla loro destra la sabbia terminava in mezzo al bosco, che veniva periodicamente sommerso: sui tronchi degli alberi si riconosceva il livello raggiunto dall'acqua.

Andrea cercò un posto dove sedere, all'ombra degli alberi, da dove si potesse continuare ad osservare il lago. Una leggera brezza scuoteva i rami e le foglie dei frassini e increspava le piccole onde.

La baciò sulla guancia, lei appoggiò la testa sulla sua spalla e per qualche minuto rimasero quasi immobili, ad ascoltare il vento.

Lì seduti per un tempo indefinito, intrecciavano i loro respiri, scambiandosi parole e frasi che nessuno dei due avrebbe poi mai ricordato.

Quando, più tardi, i raggi del sole filtrarono fra le foglie, all'altezza delle loro spalle, si alzarono.

Fu allora che Andrea, con un po' di emozione, le appoggiò dolcemente le mani sui fianchi e le sue labbra cercarono quelle di lei. Fu un bacio vero, lungo, quasi a confermare ad entrambi che non era un sogno, tutto era vero e... si sarebbe ripetuto.

Il tempo era trascorso velocemente e per Alessia era ora di rientrare. A casa aveva detto che usciva con Amanda, solo per qualche ora, per uno sguardo ai nuovi arrivi di abiti primaverili.

Il rientro fu più veloce, Andrea affrontava le curve con più sicurezza, la strada gli era più familiare.

Giunti al parcheggio della piazzetta, dopo essersi baciati ancora una volta, si accordarono per incontrarsi dopo due settimane, quando lui sarebbe rientrato da Venezia.

L'indomani, nel tardo pomeriggio, lei lo avrebbe comunque raggiunto alla stazione, per salutarlo.

Gravidanza

Erano passati da poco i tre mesi da quando Anna aveva avuto la certezza di essere incinta e Marco la stava accompagnando all'ospedale per la prima ecografia.

Il ginecologo aveva infatti consigliato un primo controllo a circa dodici settimane ed il secondo dopo la ventesima. Anna era in apprensione, dalla nascita del primo figlio erano trascorsi ormai diciannove anni.

Il medico che la seguiva, ginecologo presso la struttura ospedaliera dove anche la donna lavorava, l'aveva continuamente rassicurata che la gravidanza stava procedendo perfettamente.

Distesa sul lettino dell'ambulatorio, la maglietta sollevata, teneva stretta la mano di Marco.

Sul monitor si vedevano chiaramente i contorni del feto, ma non si distinguevano ancora bene gli organi: testa, braccia, mani e piedi, sesso e altro, si sarebbe dovuto aspettare ancora qualche mese, per individuarli.

Per ora i due ebbero l'emozione di sentire il cuore del prossimo nascituro battere regolare.

Sergio, quando era terminato il primo mese di gravidanza, si era fatto sentire telefonicamente.

Dopo averle chiesto come procedeva, le aveva anche proposto di farsi seguire da un eccellente ginecologo, col quale intratteneva da anni rapporti di amicizia, presso l'ospedale di Padova.

Anna aveva però declinato l'offerta, perché già da tempo era seguita da un ginecologo di cui si fidava e, soprattutto, preferiva averlo il più vicino possibile, per qualsiasi evenienza.

Nel corso della telefonata, l'ex marito si era lamentato che le visite di Andrea a Padova erano diventate sempre più rare.

Anna invece aveva notato che il figlio, specie negli ultimi tempi, rientrava regolarmente a Conegliano, quasi ogni due settimane.

Comunque, prima di terminare la conversazione, Sergio le aveva fatto i migliori auguri, dandole la sua disponibilità in caso ci fosse stato bisogno.

Prossime alla Maturità

Ai primi di giugno, Matilde passeggiava tranquilla per le vie del centro, felice che presto la scuola avrebbe chiuso i battenti.

Le gemelle erano invece preoccupate per gli esami di maturità.

Fra le due, Alessandra sembrava la più tranquilla, la sua media del sette in tutte le materie le consentiva una certa sicurezza.

Alessia, invece, nell'ultimo mese dava l'impressione di aver perso entusiasmo e interesse per la scuola, non tanto da mettere in discussione la sua promozione, ma i suoi voti non erano stati ultimamente così brillanti come al solito.

Quando la madre glielo faceva notare, rispondeva evasiva, che era solo un periodo un po' così e che si sarebbe presto ripresa.

Matilde non era preoccupata per le gemelle, in quel periodo si sentiva bene ed il rapporto con Fabrizio sembrava procedere nel migliore dei modi.

Discreto a scuola, come lei gli aveva chiesto, amante appassionato in quei mercoledì pomeriggio, che lei decideva di dedicargli.

Il prossimo nodo da superare sarebbero state però le ferie estive.

Da giorni pensava ad una soluzione.

Avrebbe infatti voluto trascorrere alcuni giorni da sola con Fabrizio e un periodo magari un po' più lungo in compagnia delle gemelle.

Avrebbe dovuto parlare chiaro alle figlie, spiegar loro con chiarezza la sua relazione, cosa che per il momento non si era sentita di fare.

Per ora, ad Alessia e Alessandra aveva solo detto che Fabrizio era un bravo collega, col quale portava avanti ottimi progetti per gli alunni.

Mancavano ormai pochi giorni alle prove scritte degli esami di maturità, le calde giornate si susseguivano, l'umidità era in aumento e tutti aspettavano, da un momento all'altro, l'arrivo della pioggia.

Alessandra, in cucina, tagliò la mela a pezzetti all'interno della tazza, versò sopra due cucchiai di yogurt greco e mescolò il tutto, dopo aver fatto colare al di sopra un cucchiaino di miele.

Era soddisfatta: in quelle ultime settimane aveva studiato sodo e, in quell'afoso sabato pomeriggio, sola in casa, pensò di telefonare al padre, per accertarsi di come stava Anna.

– Ciao tesoro, – rispose il padre, – come stanno le mie donne?

– Stiamo bene, papà! Anna come sta?

– Bene, direi: si è appesantita in queste ultime settimane e soffre un po' per il caldo di questi ultimi giorni. Ma come va lo studio?

– Stai tranquillo, papà, in quest'ultimo mese ho studiato molto e mi sento sicura.

– Bene, e Alessia sta studiando anche lei? La mamma qualche giorno fa, al telefono, mi diceva di essere preoccupata per un suo calo nel rendimento. Anzi, perché non me la passi?

– Non c'è in questo momento. Nei fine settimana esce spesso con una sua compagna, Amanda, che ancora non conosco. Non è così assidua nello studio, ultimamente, ma comunque non mi sembra preoccupata per l'esito degli esami.

– Ascolta Ale, perché tu e tua sorella non venite a cena da noi questa sera? Questa mattina io e Anna abbiamo preparato un'abbondante insalata di riso, c'è anche Andrea, che è arrivato stamattina.

– Cavolo, se c'è Andrea verremo certamente, è da un po'
che ci chiediamo dove sia finito. Avverto mamma e Alessia, per che ora ci aspettate?

– Verso le venti, può andare?

– Certo papà! Va benissimo, allora ci vediamo più tardi.

Alessandra, felice della piega degli eventi, mandò subito
un messaggio a Matilde, per avvertirla e poi uno entusiasta, con tanto di "emoticon", alla sorella.

Alessia era appoggiata con le spalle alle mura Carraresi
del quattordicesimo secolo, sulla scalinata che saliva alla
"Madonna della neve", quando avvertì il suono del messaggio. Lentamente si staccò da Andrea, che a malincuore
tolse il braccio dalle sue spalle.

Lesse il messaggio della sorella: – Questa sera siamo a
cena da Anna e Marco, c'è pure Andrea! Non è fantastico?
Come ci vestiamo? Torna presto.

Alessia e Andrea si fissarono negli occhi, sorpresi e sgomenti.

Nessuno dei due sembrava ancora pronto ad affrontare i
giudizi dei propri genitori, né tantomeno a dire la verità
sul loro rapporto ad Alessandra.

Scesero la scalinata, mano nella mano, con la faccia triste
di chi è costretto a mentire alle persone che ama.

– È solo per questa sera. – disse Alessia.

– Fingeremo di essere solo amici.

– Non sarà così facile.

– Lo so.

Arrivati in piazza, Andrea la baciò in fronte: – A dopo,
amica! – e le sorrise.

– A dopo, amico. – rispose Alessia, ma con un sorriso mesto.

Quando il messaggio di Alessandra le era arrivato, Matilde era tutta presa dagli acquisti di indumenti estivi, sia
per lei che per le gemelle: nulla di importante per le ragazze, un paio di pantaloncini corti e delle magliette colorate, affinché affrontassero quei primi giorni afosi a loro

agio. Per lei invece cercava un vestito fresco, estivo, elegante, sapeva quanto Fabrizio apprezzasse il suo modo di vestire.

Gelosia

Mancava ancora qualche minuto alle venti quando Andrea sentì suonare alla porta.
Anna e Marco erano seduti in soggiorno.
– Vado io! – aveva urlato dalla cucina.
Le gemelle erano là, sulla porta, una a fianco dell'altra, una uguale all'altra: i lunghi capelli biondi sulle spalle, i grandi occhi azzurri, lo stesso rossetto sulle labbra, in pantaloncini corti, una bianchi e l'altra color crema, le magliette estive strette ai seni, una rossa e l'altra rosa, gli stessi sandali bianchi, con due paia di gambe slanciate e ben tornite, pronte per essere abbronzate dal sole estivo.
Andrea, fermo sulla porta, spostava lo sguardo dall'una all'altra.
Le fissava in viso, poi le squadrava fino alle gambe.
Alessandra fu la prima a reagire a quell'ispezione.
– Ci fai entrare o dobbiamo rimanere sulla soglia ancora per molto? – disse, guardandolo con un sorriso divertito.
– Scusami. – rispose, spostandosi subito di lato.
Alessandra gli passò davanti e si fermò a baciarlo sulla guancia, dicendogli: – Ben tornato a Conegliano! – e precipitandosi in salotto ad abbracciare il padre.
Alessia era ancora sulla porta, poi si avvicinò e, portando la bocca vicino al suo orecchio gli sussurrò: – Ha voluto che ci vestissimo uguali, stesso trucco e, osservando l'effetto che ti ha fatto, aveva ragione, è stato divertente!
Lo baciò leggermente sulle labbra ed entrò anche lei a salutare il padre e Anna.
Alessandra si era seduta sul divano e accarezzava con delicatezza la pancia di Anna, subissandola di domande sulla gravidanza.
Alessia e Andrea si erano accomodati sulle poltrone, distanti l'uno dall'altra.

Alessandra era entusiasta, felice di essere lì col padre, felice per la presenza di Andrea, felice per l'attesa di Anna, felice perché gli esami erano prossimi e presto sarebbe andata in vacanza.

Quasi non riusciva a stare ferma e, per la prima volta in vita sua, rubava la scena alla sorella.

Alessia la guardava divertita, così simile a lei in quel momento, e anche Marco era un po' sorpreso dalla vitalità di Alessandra ed ebbe uno sguardo di complicità e di intesa con l'altra.

Andrea, seduto sulla poltrona, fissava Alessia e non smetteva di guardare la maglietta rossa, che le disegnava i seni e le belle gambe accavallate.

Lei gli sorrise, poi mise una gamba a fianco dell'altra, una caviglia sopra l'altra, un sandalo bianco sopra l'altro, un gesto, un movimento forse involontario che, in quel preciso istante, la faceva sembrare ormai una donna, non più un'adolescente.

Ma la reazione più involontaria la ebbe Andrea, che sentì il pene irrigidirsi e un calore salirgli al viso.

In imbarazzo per quella situazione, decise di spostarsi.

– Vado a bere un bicchier d'acqua, – disse alzandosi, e si diresse in cucina, mentre Alessia rimaneva seduta, indecisa se raggiungerlo.

Alessandra si era invece alzata rapida dal divano: – Anch'io devo bere. – E si precipitò in cucina.

Marco guardò la figlia seduta di fronte, immersa in chissà quali pensieri, e le chiese se fosse preoccupata per la prossima maturità.

Alessia lo rassicurò, nonostante negli ultimi tempi gli studi non fossero stati proprio la sua priorità, nei mesi precedenti aveva dato il massimo e si sentiva sufficientemente tranquilla.

Andrea aprì il rubinetto del lavello facendo scorrere l'acqua, alzò il braccio per prendere il bicchiere, mentre Alessandra arrivava divertita alle sue spalle, urtandolo.

– Scusami, – disse – posso averne un po' anch'io?
Andrea si voltò, la fissò in viso, così bella, così viva, per un attimo pensò di stringerla a sé.
Prese un bel respiro, tolse due bicchieri dal pensile e li riempì d'acqua, poi, con calma, ne porse uno ad Alessandra.
Lei ringraziò e lo guardò negli occhi.
Lui si allontanò da lei e andò vicino alla finestra.
Alessia, intanto, dopo aver risposto alle domande del padre, cercava di distinguere i rumori che provenivano dalla cucina, da dove in realtà non proveniva alcun suono.
Seduta in poltrona, per la prima volta avvertì un sentimento di gelosia nei confronti della sorella, avrebbe voluto alzarsi e precipitarsi in cucina, dire a tutti che Andrea era suo.
Bloccata sulla poltrona da quel nuovo sentimento, alzò il viso, Anna la fissava sorridendole con dolcezza e lei ricambiò il sorriso, incerta.
Anna allungò il braccio sul divano, accarezzò la mano di Marco: – Aiutami ad alzarmi, è ora di preparare per cena.
Si spostarono in cucina e tutti si diedero da fare.
Poi la cena in compagnia dei tre giovani si rivelò divertente e, naturalmente, piena di sguardi.

Estate 2013

Mancavano pochi giorni di lavoro, la scuola avrebbe chiuso per riaprire a settembre. Se Matilde era soddisfatta, le gemelle erano felici per aver finalmente superato la maturità.

Alessandra si era diplomata al liceo con il massimo dei voti ed anche Alessia aveva conseguito il diploma all'Istituto tecnico, anche se con qualche voto in meno.

Matilde aveva prenotato un mini appartamento a Caorle, per una decina di giorni, a mezza pensione: sole, mare, passeggiate serali e cene a base di buon pesce fresco.

In quanto a Fabrizio, si era accordata che, nei due fine settimana, le avrebbe raggiunte e avrebbe trascorso con loro l'intera domenica.

L'aveva presentato alle gemelle come collega di lavoro e ottimo amico, ma a loro due certi gesti affettuosi non erano sfuggiti e li aspettavano al varco in quei fine settimana, per vedere e confermare se, come continuava a dire Alessia alla sorella: – Per me, quei due se la intendono.

Si era infatti persuasa che fra i due vi fosse ben più di un rapporto fra colleghi, non solo per il loro atteggiamento, nelle poche occasioni in cui avevano avuto modo di vederli assieme, ma anche perché la madre lo nominava spesso: Fabrizio qua, Fabrizio là, compariva sempre nei suoi discorsi, che riguardassero più o meno la scuola.

Anche Anna e Marco avevano deciso che, per le ferie, si sarebbero trasferiti per almeno due settimane nella casa di montagna.

A quell'altitudine l'aria era sicuramente migliore, le giornate estive meno pesanti, le serate ancora fresche e piacevoli. Era quindi il luogo più adatto dove continuare la gravidanza, oltre che pieno di felici ricordi, non solo per Anna.

Andrea, con gli ultimi giorni di giugno, aveva chiuso l'ultima sessione di esami e tutto sarebbe ripreso a metà settembre.

Era incerto se accettare o meno la proposta che gli era pervenuta inaspettatamente dal padre.

Lo aveva cercato al telefono per proporgli di fare, solo loro due, un viaggio attraverso il Canada, che nei propositi di Sergio avrebbe dovuto svolgersi per l'intero mese di agosto, avendo come obiettivo principale la visita ai parchi naturali.

Perché avesse puntato sul Canada, Andrea non ne aveva idea, decise comunque di informarsi tramite internet su quella nazione ed i suoi parchi.

"Giunse l'estate. Gli uomini e i cani traversarono con la zattera i laghi blu delle montagne, risalirono e discesero fiumi sconosciuti, nelle fragili barche tagliate negli alberi delle foreste circostanti."

Gli bastò leggere questa citazione di Jack London, uno dei sui scrittori d'infanzia preferiti, per decidere che il Canada poteva andare.

Decine i parchi nazionali, sacri per i canadesi, dove durante l'estate centinaia di volontari affiancano i Ranger.

Andrea lesse e prese appunti per ogni grande parco, ne esaminò collocazione e disposizione, tutti meritavano la visita. Alla fine decise che, per un'osservazione completa, uno solo era sufficiente, il Banff National Park.

Primo parco nato in Canada nel 1885, copriva più di seimila chilometri quadrati di superficie, vi svettavano venticinque montagne di altezza superiore a tremila metri, laghi di origine glaciale di una bellezza da mozzare il fiato erano sparsi ovunque, alimentati da torrenti con cascate spumeggianti, e vi vivevano diverse specie di animali allo stato brado.

Dopo aver letto queste notizie, aveva già il desiderio di partire.

La sera successiva chiamò il padre e lo informò di aver preparato un itinerario.
Sabato si sarebbero dunque incontrati per discutere i dettagli, avrebbero scelto l'agenzia turistica e dato il via alle prenotazioni, sia per i voli, che per i pernottamenti, mentre per la visita all'interno del parco erano d'accordo che avrebbero noleggiato un camper.

La decisione del figlio di condividere con lui quel mese di agosto rese più ottimista Sergio, che nelle ultime settimane si sentiva sotto tono.
Da quando la moglie se n'era andata, avvertiva sempre di più un cambiamento salirgli dal di dentro. Si chiedeva se nelle settimane successive o nei mesi precedenti al suo allontanamento, Anna avesse mai accennato al desiderio di avere un altro figlio e, nonostante si sforzasse di ricordare, non gli veniva in mente che ne avessero mai parlato.
Sergio sapeva bene che ormai lei non sarebbe più tornata da lui.
Doveva quindi occuparsi di suo figlio: Andrea si sarebbe reso sempre più autonomo, avrebbe costruito una sua vita e lui doveva pensare a come poterla intrecciare alla sua.
Aveva preso la decisione giusta: delle settimane di vacanza insieme, senza impegni, li avrebbero portati a godere uno della presenza dell'altro.

I primi a partire per le ferie furono Anna e Marco.
La sera precedente le gemelle si recarono da loro per salutarli.
In quell'occasione Alessandra chiese notizie di Andrea e Anna le rispose che proprio quella mattina era ripartito, per raggiungere il padre a Padova.
– Peccato che non ci abbia neppure contattato per un saluto! – aveva aggiunto Alessandra, abbracciandola.
Poi fu Alessia ad abbracciare Anna. Fu un abbraccio lungo, poi si fissarono negli occhi e Alessia in quel momento

pensò che Anna avesse intuito chi fosse la causa di tutte quelle uscite che Andrea faceva, spesso di sera, quando era da loro.

Alessia le aveva accarezzato con delicatezza la pancia: – Riguardati, c'è il futuro dentro di te. – le disse.

– E tu il futuro lo hai negli occhi! – le aveva risposto Anna. Prima però che le sorelle partissero per il mare, Andrea, dopo aver sentito Alessia telefonicamente, decise di passare a Conegliano per un saluto e i tre trascorsero un'oretta passeggiando per il centro e parlando delle vacanze.

Caorle Mare

Dalle imposte del balcone filtrava la luce e l'aria aveva il sapore del sale.
Quando Matilde si svegliò, le gemelle erano già scese in spiaggia da un bel po' di tempo.
Si lavò il viso, indossò un costume giallo e uscì sul terrazzo: il mare era calmo e piccole onde si stendevano pigre sulla sabbia.
Il cielo era di un azzurro intenso, nessuna nuvola all'orizzonte.
Respirò a fondo e vide le figlie camminare lungo il bagnasciuga, i lunghi capelli biondi annodati a coda di cavallo.
Era ancora presto e la maggior parte dei turisti sarebbe scesa in spiaggia fra più di un'ora.
Si preparò un caffè nero e una fetta biscottata con burro e marmellata di albicocche, mise tutto sul tavolino del terrazzo e si sedette ad osservare le persone camminare sulla spiaggia.
Verso sera sarebbe arrivato Fabrizio. La sera precedente aveva parlato con sincerità alle gemelle, aveva confessato che da tempo, da quando Marco se n'era andato, non si sentiva così bene.
Non aveva nascosto le sue perplessità sulla differenza di età, ma alla fine aveva deciso che preferiva rischiare, mettersi in gioco, mettendo già in conto che il loro rapporto poteva terminare in qualsiasi momento.
Aveva sempre creduto che il suo matrimonio durasse per sempre, ma ora più nulla le sembrava sicuro ed era giunto il momento di cambiare, di guardare alla vita in modo diverso.
Alessia fu la prima a reagire alla confidenza della madre e le disse subito che sarebbe stata sempre al suo fianco, qualsiasi cosa lei avesse deciso.

Se papà era felice, aveva aggiunto, le sembrava giusto che anche lei lo fosse.

Alessandra l'aveva abbracciata con commozione, affermando che non poteva avere una madre migliore.

Poi aveva abbassato gli occhi e, con voce bassa, aveva ragionato sugli uomini e di come spesso facessero soffrire le donne. Un discorso che aveva stupito non poco sia Alessia che Matilde, la quale pensò ad un'infatuazione della figlia per qualche ragazzo, magari non corrisposta. D'altronde era quella l'età e l'aveva guardata con un benevolo sorriso.

Contenta di aver messo al corrente le ragazze, visto che non amava né le bugie né i sotterfugi, si sentiva ora più sollevata e più libera di vivere il suo rapporto con Fabrizio.

Terminò la colazione, mise tutto nel lavello e andò in bagno, prese la crema solare protezione tre e tornò sul terrazzo iniziando a spalmarsela sulle lunghe gambe.

Più tardi, Fabrizio parcheggiava la Suzuki 750 in una stradina laterale del porto.

Erano circa le sette di sera, tolse il casco e bloccò la moto con la catena. La temperatura nel frattempo era scesa a 28°.

S'incamminò verso il piccolo centro storico di Caorle.

Ora sentiva l'aria salmastra arrivargli sul viso e l'odore del mare alle narici. Tolse il giubbino da motociclista e se l'appoggiò sulla spalla, poi con la mano sinistra diede una ravviata ai capelli.

Entrò nella via principale del paese a passo spedito e, quando la strada si aprì sulla piazza centrale, si guardò attorno.

Molti turisti camminavano a ridosso delle vetrine dei negozi di moda e alcune famiglie erano già in coda davanti all'entrata dei ristoranti tipici, per gustare i famosi piatti di pesce.

Decise di svoltare a sinistra sotto i portici. Camminava lentamente, osservando attentamente i passanti, e dopo qualche minuto la vide.

Matilde era là, ritta in piedi, col viso quasi appoggiato al vetro di un negozio.

Le si avvicinò piano: i bianchi sandali con tacco alto rendevano ancora più belle le lunghe gambe, arrossate dal sole; il vestito a fiori con le spalline lasciava scoperte le spalle abbronzate ed i capelli biondi, lunghi e lisci (aveva usato lo shampoo delle figlie) la facevano apparire ancora più giovane.

Quando Matilde si girò, incrociò il suo sguardo e sorrise con i suoi denti perfetti.

Lui continuava a fissarla, mentre lei gli andava incontro.

In quel momento, Fabrizio capì che per lui non ci sarebbe stato scampo e che lei era e sarebbe stata il suo presente ed il suo futuro.

– Eccomi qua! – disse.

– Ben arrivato! – rispose lei, baciandolo sulla guancia e prendendolo subito sotto braccio – Com'è andato il viaggio in moto, hai trovato molto traffico?

– Non molto, è stato piacevole, ho evitato la strada principale.

– Ti confesso che sono affamata, – continuò Matilde – le gemelle ci attendono all'entrata del ristorante.

Raggiunto il luogo dell'appuntamento, presentò per la prima volta Fabrizio alle figlie ed egli restò colpito dal loro aspetto: belle come la madre, pensò, osservando però che avevano gli occhi azzurri, probabilmente presi dal padre.

Le ragazze gli strinsero la mano e chiesero di entrare subito all'interno del ristorante per la cena. Le ore passate a nuotare nel pomeriggio, avevano contribuito ad aumentare il loro appetito.

Alessia, mentre aspettava la pasta allo scoglio, avrebbe voluto fare il terzo grado al nuovo venuto, ma si trattenne e gli rivolse solo qualche domanda sul suo lavoro di insegnante.

Alessandra lo guardava, quando era certa che lui non la osservasse, e si chiedeva se quell'uomo troppo giovane per la mamma potesse veramente renderla felice o invece, un domani, ferirla profondamente.

La cena terminò, fra sorrisi e qualche battuta, abbastanza velocemente. Matilde aveva tenuto viva la conversazione, ma ora le ragazze erano impazienti di raggiungere il centro del paese, dove qualcuno aveva iniziato a suonare e la musica già si spandeva nell'aria.

La madre ricordò loro di rientrare assolutamente per l'una e, soprattutto, di non separarsi.

Alessia le rispose di stare tranquilla e di godersi la serata, puntuali l'avrebbero raggiunta all'appartamento.

Si alzarono dunque dalle rispettive sedie, salutarono Fabrizio e si incamminarono verso la piazza centrale.

Matilde e Fabrizio uscirono dal ristorante pochi minuti dopo e, mano nella mano, iniziarono a passeggiare per le vie strette e tipiche di quel che era rimasto di quel vecchio villaggio di pescatori.

Dopo il tramonto l'aria era più fresca e i due salirono a piedi sulla banchina del lungomare. Erano molte le coppie e le famiglie a godersi il fresco, accompagnato dal rumore delle onde.

Dopo un po' decisero di scendere in spiaggia, si tolsero le scarpe e Matilde fu la prima a toccare l'acqua: era rilassante camminare a piedi nudi sulla sabbia.

Parlarono a lungo dei propri programmi scolastici e della scuola in generale. Ormai era tramontato il sole e sulla spiaggia erano rimaste poche persone.

Le sdraio di legno venivano accatastate dal personale delle pensioni e alcune appoggiate agli ombrelloni chiusi.

Fabrizio ne aprì due e le mise affiancate, rivolte verso il mare, diventato ormai scuro, sul quale in lontananza si potevano scorgere le luci di qualche nave.

Matilde, accomodatasi sulla sdraio, aveva allungato le gambe e chiuso gli occhi, aspettando che l'onda arrivasse a bagnarle i piedi.

Era così bello, pensò. Poi voltò il viso verso Fabrizio, gli baciò prima le labbra, poi i loro baci divennero più intensi e profondi.

Mentre continuava a baciarlo, la sua mano andò ad accarezzargli il braccio e la spalla, poi si spostò sul petto e con le dita gli slacciò i bottoni della camicia.

Quando iniziò a scendere, Fabrizio sentì una parte del suo corpo irrigidirsi, ma fu proprio in quel momento che lei decise di fermarsi e di alzarsi improvvisamente in piedi.

– Così non vale! – esclamò lui con disappunto.

Ma lei sorrise, gli porse la mano per aiutarlo ad alzarsi e, quando fu in piedi vicino a lei, gli sussurrò: – Devi soffrire, come ho sofferto io questa settimana, neppure una telefonata mi hai fatto!

Fabrizio la guardò sorpreso e ribatté: – Ma come! Mi hai detto "Ci vediamo sabato sera, alle sette in centro a Caorle, massima puntualità, e non chiamarmi", me lo ricordo bene.

Matilde lo prese sotto braccio e continuò: – Sai come siamo noi donne, diciamo una cosa e ne vogliamo un'altra…

La verità è che mi sei mancato in queste sere, – e, con i sandali in mano, si fermò, gli si pose di fronte e si baciarono di nuovo.

Ripresero a camminare sulla spiaggia, mentre la luce bianca della luna Illuminava la schiuma delle onde.

– Fammi dormire da te questa sera. – le chiese Fabrizio, quasi supplicandola.

– Non posso, le gemelle non sono ancora pronte per vederci così in intimità, poi l'appartamento è piccolo, si sentirebbe tutto, sai benissimo che faremmo tutt'altro che dormire... – gli sorrise Matilde.

Dopo una pausa gli propose: – Perché non torni domani mattina? È domenica, arrivi per le nove, potremmo fare colazione insieme e poi rimani con me e le ragazze per tutta la giornata, ti va?

– A dire la verità, sole, spiaggia e ombrellone, non fanno per me. Però potrei arrivare per colazione e rimanere per pranzo, ma nel pomeriggio preferirei continuare il mio viaggio in moto lungo il litorale.

– Sì, la cosa può andare. – confermò Matilde e si abbracciarono di nuovo.

Cansiglio

Marco era alla finestra, la cima del Monte Pizzoc si stava velocemente coprendo di nubi scure, già il giorno prima una leggera pioggia aveva rinfrescato il bosco.
Uscì nella terrazza in legno, guardò le cime dei pini ondeggiare al vento, poi alcune gocce iniziarono a cadere sulle tavole.
Rientrò, Anna era sdraiata sul divano, dormiva, sembrava sorridere.
La pioggia divenne pian piano più insistente e la si sentiva picchiare sul tetto in lamiera.
Marco prese il plaid di lana scozzese e lo distese sopra il corpo di Anna, poi le si sedette accanto e iniziò ad osservarla.
La gravidanza le aveva reso la pelle del viso più liscia e luminosa. – Bella la mia Anna! – pensò e allungò la mano per accarezzarle il viso.
All'esterno ormai era buio e la pioggia si era impadronita dell'intera vallata.
Si diresse verso il divano, appoggiò la testa sul cuscino, chiuse gli occhi e si addormentò.

In viaggio

Le ventole dei quattro motori Rolls-Royce dell'Airbus A380 iniziarono lentamente a girare per poi accelerare velocemente, fino a far sentire il rumore all'interno della carlinga.

Il muso sobbalzò e quella massa enorme di acciaio iniziò a spostarsi sulla pista, l'aereo prese posizione, poi le turbo eliche urlarono e il gigante si mise a correre sulla pista.

Quando il pilota azionò la cloche, il muso dell'Airbus si staccò da terra e, dopo pochi minuti, Andrea dal finestrino poteva osservare estasiato Venezia e l'intera laguna farsi sempre più piccole, fino poi a scomparire.

Sergio guardò il figlio sorridendo, Andrea era al suo primo volo e ne sembrava entusiasta.

– È un bello spettacolo, vero? Fra una decina di minuti sorvoleremo le Alpi, vedrai che meraviglia.

Il giovane se ne stava là, con il naso quasi appiccicato al finestrino.

Avevano nove ore da trascorrere in aereo, prima di atterrare a Toronto, poi, il mattino successivo, sarebbero ripartiti per lo stato di Alberta. L'aereo avrebbe viaggiato per altre quattro ore, prima di scendere all'aeroporto di Calgary.

Sergio era felice di avere il figlio accanto, era dagli anni delle scuole superiori, quando le estati venivano trascorse in tenda con gli amici, che non faceva una vacanza senza una donna al suo fianco.

Anni di studio, poi di lavoro, di incontri, di viaggi, spesso all'interno di aerei, dove per passare il tempo dava un voto alle gambe delle assistenti di volo.

Anni nei quali c'era Anna ad accoglierlo, ad abbracciarlo con tenerezza, quando rientrava stanco da un viaggio o da un intervento chirurgico lungo e pesante.

Si rendeva conto sola ora che una fase della sua vita era terminata.

A quarant'anni sarebbe ripartito, mettendo al primo posto il rapporto e l'amicizia con il figlio.

Quando più tardi la hostess passò con il caffè, Sergio si era già assopito.

Andrea invece era ben sveglio, ancora eccitato per il suo primo volo, non voleva perdersi niente, chiese alla hostess una bibita e una brioche al cioccolato, pose tutto sul ripiano di fronte, continuando ad osservare il mare di nubi bianche sottostanti, le vibrazioni dell'ala e l'orizzonte che sembrava sparito.

Aprì la lattina, sorseggiò il contenuto, poi osservò il padre, che stava con la testa appoggiata al sedile, rivolta verso di lui, con gli occhi chiusi e le gambe distese, quel tanto che lo spazio fra i sedili permetteva.

Una vacanza solo con il padre non l'aveva mai fatta.

Aveva l'impressione che, dopo essersi iscritto all'università e aver alloggiato per mesi fuori casa, lui lo considerasse solo ora, un uomo adulto con il quale valeva la pena di trascorrere del tempo.

Sentiva che l'università, la separazione del padre, il conoscere le gemelle e, soprattutto, il suo rapporto con Alessia lo stavano profondamente cambiando.

E questa lunga vacanza sembrava far parte di quelle cose che ti cambiano la vita.

Terminò la brioche, schiacciò la lattina e mise tutto nell'apposito sacchetto.

Si distese sul sedile e osservò la fila di teste davanti a lui.

Era passata una decina di giorni, da quando aveva salutato le gemelle in partenza per il mare.

Alessia gli aveva poi spedito alcune foto, tramite cellulare, che la ritraevano in costume, seduta fra gli scogli o sdraiata sulla sabbia in riva al mare.

Andrea le guardava e riguardava e non vedeva l'ora di ricambiarle, messaggiando qualche foto dal Canada.

Chiuse gli occhi e si immaginò già di ritorno a passeggiare nel centro di Conegliano, con le gemelle al suo fianco, mentre raccontava loro di tutte le avventure che gli erano capitate, visitando il grande Banff National Park.

In quel sogno si perse e alla fine si assopì.

Amicizia

Per Lea era il secondo giorno di ferie, il negozio sarebbe rimasto chiuso per almeno due settimane.

Il primo giorno, per non smentirsi, era rimasta a letto fino a mezzogiorno, mentre il pomeriggio se ne era andato nel fare acquisti e riempire il frigo perennemente vuoto, come accadeva a tutte le persone single che conosceva. Il resto del tempo l'aveva trascorso pigiando i tasti del telecomando della tv, fuggendo dagli stucchevoli film proposti dai più svariati canali televisivi, che nel mese di agosto facevano a gara per proporre quelli peggiori.

Quella mattina si era svegliata un po' prima, con il desiderio di trascorrere qualche ora in compagnia della sua amica Anna.

Alle dieci e trenta decise di chiamarla in montagna, per informarsi su come stava ed, eventualmente, se fosse stato possibile, raggiungerli.

Marco stava sistemando la terra nelle ciotole dei fiori, devastati dalla pioggia e dal vento della notte. Sentì il telefono vibrargli nella tasca dei pantaloni ed estrasse il cellulare.

Anna lo stava osservando dalla finestra, aveva aperto le tende per far entrare la luce, in quel fresco mattino, dopo il temporale della notte precedente e, mentre con una mano teneva la tazza del caffè, con l'altra si accarezzava dolcemente la pancia, ormai ben arrotondata dai sei mesi di gravidanza.

Marco la vide alla finestra e, mentre parlava al cellulare, ad un tratto le fece il segno di ok col pollice verso l'alto.

Tolti i guanti e gli scarponi, entrò in cucina.

– Abbiamo un'ospite a pranzo. – le disse.

Lea attraversò in macchina il centro di Vittorio Veneto, quasi vuoto in quelle giornate estive, e dopo pochi minuti la sua milledue a benzina iniziò la salita. La strada era ripida e Lea sentiva il motore salire di giri.

Una Jeep quattro per quattro la superò senza sforzo e lei pensò che, se il negozio avesse ripreso a vendere bene, le sarebbe piaciuto sostituire la vecchia auto con una più grande.

Comunque, anche se il motore continuava ad urlare a pieni giri, alla fine l'auto uscì dai tornanti che si inerpicavano nel bosco ed entrò nella strada dritta della piana del Cansiglio.

Osservò l'orologio del cruscotto, erano le undici e un bel sole splendeva sull'asfalto ancora bagnato dalla sera precedente. Pochi chilometri e sarebbe arrivata al rifugio di Anna.

Parcheggiata l'auto, salì con i suoi sandali bianchi, a mezzo tacco, i gradini in legno della veranda, Marco sentì il rumore e si precipitò ad aprirle la porta.

– Eccola qua la nostra sportiva, pronta per la camminata! – la schernì Marco sorridendo, vedendola nel suo tubino nero, con un filo di perle bianche che si allungava in mezzo ai seni, i capelli rossi fissati a coda di cavallo e le labbra più rosse che mai, e la baciò sulla guancia.

– Non sono certo venuta per camminare, ma piuttosto per far salotto con la mia migliore amica, – rispose Lea andando subito incontro ad Anna.

Le due donne si abbracciarono, poi si sedettero sul divano e subito iniziarono una lunga conversazione, prima sulla gravidanza e poi sui più svariati argomenti.

Marco, dopo alcuni minuti, si sentì di troppo e disse loro che sarebbe uscito per una breve passeggiata, non sarebbe rimasto via molto e sarebbe tornato per preparare il pranzo.

Anna gli raccomandò di non inoltrarsi troppo nel bosco da solo, visti i precedenti.

Lui le sorrise, uscì in veranda ed indossò gli scarponi.

Il sentiero non era del tutto asciutto, l'erba, soprattutto quella alta, era ancora molto bagnata.

Dopo qualche minuto, camminava sotto un bosco di faggi e betulle. Dalle foglie cadevano gocce d'acqua, il sottobosco era completamente umido ed i raggi del sole, che filtravano fra i rami, sembravano spargere diamanti tutt'attorno, mentre, più in alto, i pini argentati sembravano splendere di luce propria.

Anna aveva steso le gambe e teneva la testa appoggiata al cuscino.

Lea, con le gambe raccolte, portò le mani in grembo e, incrociando lo sguardo dell'amica disse: – Non ho più sentito Sergio, da quando ci siamo scambiati gli auguri di Natale.

– Al momento credo che sia in volo sopra lo stato di Alberta, in Canada. È partito con Andrea, una vacanza piuttosto lunga, solo con nostro figlio. Anch'io sono rimasta piuttosto sorpresa da questa loro decisione, devo dire piacevolmente sorpresa. Meditavo proprio in questi giorni su come la nostra separazione abbia procurato a Sergio un cambiamento positivo. Quando ci sentiamo per telefono, il suo interesse per Andrea, ma anche per la mia gravidanza, sembra autentico.

Marco, nel frattempo, era già di ritorno dalla passeggiata, felice e completamente bagnato. Tolti gli scarponi, entrò, salutò con un cenno della mano le due donne, ancora sedute dove le aveva lasciate, e s'infilò velocemente in bagno, sotto la doccia.

Anna e Lea risero nel vederlo, con gli abiti gocciolanti, passare così di fretta.

– Sembra sia caduto in un fosso. – disse Lea.

– Avrà camminato nel bosco ancora bagnato dal temporale di ieri sera e, conoscendolo, si è pure divertito. – chiosò Anna.

Marco, dopo la doccia rinfrescante, si rivestì e si dedicò alla preparazione del pranzo.

Non è che avessero poi molte cose da cucinare.

Mise in un pentolino uno spicchio d'aglio, vi versò il sugo di pomodoro, tagliò alcune olive nere a pezzetti, aggiunse alcune foglie di basilico dalla piantina sulla finestra e l'olio d'oliva. Mise poi a bollire l'acqua in una pentola più grande e, nell'attesa, preparò la tavola.

Il sole era ora alla sua massima altezza, allora spalancò la finestra che dava sulla veranda, lasciando entrare l'aria fresca che proveniva dal sottobosco.

Dopo diversi minuti, le trenette erano pronte e Marco invitò le due amiche ad accomodarsi a tavola.

Aleppo, luglio 2014

Il primo ordigno scoppiò a circa duecento metri dall'edificio che ospitava l'ospedale, dove prestavano servizio medici e volontari dell'Associazione Umanitaria Internazionale.

Alessandra ebbe un tremito di paura, lasciò velocemente la piccola sala attrezzata per gli interventi chirurgici al secondo piano e si precipitò giù per la scala, per raggiungere il piano terra, dove era dislocato il pronto soccorso e dove era ricoverata, in diverse sale, la maggior parte dei pazienti.

Subito dopo, una seconda bomba colpì il muro esterno del palazzo, sventrando il vano scala.

L'onda d'urto scaraventò la donna oltre il parapetto, facendole prima sbattere violentemente la nuca sul corrimano in ferro, per poi farla atterrare violentemente con la schiena sul pavimento del piano sottostante, dove fu colpita quasi immediatamente dai pezzi di vetro delle finestre andate in frantumi.

Quando rinvenne, avvertì per prima cosa un fischio fortissimo alle orecchie, poi sentì le urla disperate dei pazienti e le loro richieste d'aiuto.

Gli occhi le bruciavano e una nebbia di polvere e di calcinacci la circondava.

Respirava a fatica.

Cercò di chiedere aiuto, ma nessuna parola le usciva dalla bocca e la gola le doleva profondamente.

Fu quando cercò di strisciare verso il muro della scala, cercando una posizione da seduta che le permettesse di appoggiarsi al muro, che si accorse di sanguinare in varie parti del corpo: diverse schegge di vetro le erano penetrate nelle gambe e sulle braccia.

Nello sforzo di appoggiare la testa alla parete, svenne di nuovo.

Quando riaprì gli occhi, non percepiva alcun rumore, la quantità di polvere nell'aria era ancora molta, mentre la luce intensa del sole, entrando dalle finestre, tentava di farsi strada, illuminando le macerie.

Dalla ferita alla nuca iniziò a fluire un rivolo di sangue e una parte dei suoi corti capelli biondi si tinse presto di rosso.

Sentì il sangue caldo scenderle lungo il collo, i suoi grandi occhi azzurri si volsero a destra e vide la spalla del bianco grembiule colorarsi.

Quando il filo di sangue le arrivò al petto, capì che nessun soccorso sarebbe arrivato in tempo.

Chiuse gli occhi in attesa, anche il dolore sembrava sopraffatto.

L'ultima immagine nella sua mente fu quella di Andrea, seduto nudo sul letto, fra le lenzuola, che la guardava sbalordito. Lei lo vedeva attraverso lo specchio di un vecchio vetro del settecento, posto sopra il comò in stile veneziano, mentre, seduta sulla sedia foderata in seta barocca, teneva nella mano destra un piccolo paio di forbici, dopo essersi fatta la doccia in quel bagno, dalle pareti in marmo verde antico.

Alternando lo sguardo, da lui ai suoi lunghi capelli biondi, aveva cominciato a tagliarseli.

– Quando avrò finito, – gli aveva detto, fissandolo, – voglio fare di nuovo l'amore con te e questa volta non sarò la gemella, ma solo Alessandra.

Alessandra aprì gli occhi per l'ultima volta, non riuscì nemmeno a percepire dov'era, si osservò la mano destra, una scheggia le era penetrata nel dorso e ora era coperta di sangue, sentì il liquido fra i polpastrelli e, con uno sforzo immenso, portò le dita alla fronte, disegnando quasi inconsapevolmente con il suo sangue una A, che sarebbe stata il suo ultimo messaggio al mondo.

Un'ombra scura avanzò fra la polvere, ma era ormai troppo tardi. Con gli occhi ancora aperti, la testa le si reclinò sulla spalla.

L'anno prima, settembre 2013, i diciotto anni delle gemelle

Andrea era rientrato a Padova da due giorni, l'esperienza della vacanza canadese era stata meravigliosa e i giorni passati accanto al padre non erano stati poi così male. Sergio si era rivelato un ottimo compagno di viaggio: la preparazione dell'itinerario era stata accurata, gli imprevisti ridotti al minimo e in ogni caso superati velocemente.

"Proprio una bella vacanza!" rifletteva Andrea.

Ed ora lo studio lo attendeva.

Decine erano state le foto spedite ad Alessia, tramite internet, e decine i messaggi che i due si erano scambiati in quel lungo mese di agosto.

Nei primi giorni di settembre, le gemelle, con l'aiuto della madre, si organizzarono per festeggiare i loro diciotto anni.

Matilde era venuta a conoscenza di una sala parrocchiale, sita all'inizio della zona collinare di Conegliano, dotata di una buona illuminazione e di un bell'impianto per la riproduzione della musica, con annesso un piccolo palco, che poteva essere prenotata senza una spesa eccessiva.

Così, verso le venti di quel sabato sera, gli invitati iniziarono ad arrivare.

Studenti e amici avevano aderito con entusiasmo all'idea della festa di compleanno, molti di loro erano stati compagni di classe e tutti erano ben disposti per la miglior riuscita della festa.

Alle otto e venti arrivarono Matilde e le gemelle. Alcuni ragazzi, muniti di casacca gialla rifrangente, erano stati reclutati per il parcheggio e indicarono loro dove posteggiare.

Le ragazze scesero dall'auto con i loro jeans strappati e le loro magliette colorate.

All'interno della sala vi era già una ventina di ragazzi chiassosi, alcuni erano intenti ad accordare gli strumenti musicali.

Alessia salì sul palco e salutò Giorgio, un suo compagno di classe patito di Zucchero Fornaciari, del quale conosceva a memoria tutte le canzoni.

Giorgio suonava magistralmente la chitarra elettrica e con il suo gruppo le aveva promesso una serata memorabile.

Intanto, gli invitati continuavano ad arrivare alla spicciolata e, verso le ventidue, la sala era quasi al completo.

Arrivarono anche Zia Mara con i figli e poi i genitori di Matilde.

Una grande porta antipanico fu aperta e le gemelle con i parenti si posizionarono all'esterno, sulla parte destra della struttura.

Quella parete era attrezzata con due forni a legna e alcune griglie.

Matilde si era occupata non solo del noleggio della sala, ma aveva cercato e trovato alcune persone che avrebbero preparato e cucinato carne alla griglia e sfornato dei gran pezzi di pizza.

Tutto era pronto, il gruppo rocchettaro iniziò a suonare.

Le gemelle rientrarono in sala e furono circondate per gli auguri di rito.

La musica si diffondeva ad alto volume all'interno della sala e tutti i ragazzi iniziarono ad ondeggiare al suo ritmo.

Anna aveva preferito rimanere a casa, la sua gravidanza era ormai giunta al settimo mese, ma verso le ventidue arrivarono Andrea e Marco e la festa giunse al culmine.

Quando Giorgio e il suo gruppo iniziarono a suonare e cantare "Baila morena", i giovani in pista si scatenarono.

Andrea si era appoggiato ad un lungo banco, posto a sinistra, con funzione di bar self-service.

Fissò le gemelle che erano al centro della sala, Alessia aveva i capelli biondi sciolti sulle spalle e ballava con movimenti ritmati.

Alessandra, con i capelli raccolti a coda di cavallo, le stava di fronte, ma si muoveva più lentamente, sorridendo al dimenarsi della sorella.

La maggior parte degli sguardi era per loro, le due che ballavano vicine erano un'attrazione e Andrea rimase lì ad ammirarle.

Dopo qualche minuto, la musica divenne più lenta. Alessandra alzò lo sguardo e vide Andrea, che la salutò alzando il bicchiere mezzo pieno di coca-cola.

Lei sussurrò qualcosa all'orecchio della sorella e Alessia alzò il viso, cercandolo.

Quando lo vide, gli fece un cenno di saluto, prese subito per mano la gemella e avanzò con decisione verso di lui, facendosi spazio fra i giovani.

Alessia gli gettò le braccia al collo e nulla sarebbe riuscito a trattenerla dal baciarlo sulle labbra, se non fosse stato per lo sguardo del padre che, poco distante da Andrea, le stava osservando.

Andrea le abbracciò entrambe, baciandole sulle guance e porgendo loro gli auguri.

Anche Marco sì accostò per abbracciarle e per far loro i suoi migliori auguri per la raggiunta maturità.

Dalla seconda settimana di settembre, tramite un'agenzia interinale, Alessia aveva trovato lavoro in uno studio commerciale.

Il contratto era solo per qualche mese e lo stipendio appena sufficiente per le sue spese personali.

Per fortuna lo studio non era lontano da dove abitava e poteva andarci tranquillamente a piedi. Vi lavoravano per la maggior parte donne giovani, l'ambiente era vivace e ad Alessia piacque subito, in più si sentiva carica, pronta ad apprendere cose nuove.

Se lei, per la prima volta alle prese con il mondo del lavoro, si era sentita subito a suo agio, non fu così per la sorella.

Quando Alessandra mise piede per la prima volta nella facoltà di Architettura a Venezia, la prima sensazione fu quella di essere capitata in un altro mondo.

Giovani studenti andavano e venivano da stanze semivuote, in apparenza senza motivo.

Poi, le ci volle più di un'ora solo per capire dov'era ubicata la segreteria.

Dal punto di vista architettonico, l'edificio universitario, con un grande cortile interno e i suoi porticati, era una favola.

Non altrettanto per l'orientamento. Anche quando cercò la biblioteca, per riposarsi un po', non fu facile trovarla.

Le cose migliorarono il giorno successivo. Dopo aver lasciato in segreteria la documentazione per l'iscrizione, fece conoscenza con Francesca Tosetto, studentessa già al terzo anno.

La ragazza le piacque subito per il suo carattere estroverso ed allegro, come quello della sorella, ma le similitudini finivano qui.

Francesca era di Montebelluna, ma, al suo secondo anno di studi, era riuscita, grazie soprattutto alle conoscenze del padre, ad affittare un piccolo alloggio poco distante dalla facoltà.

Spiegò ad Alessandra che la maggior parte degli studenti sarebbe arrivata nei primi giorni di ottobre, quando sarebbero iniziati i corsi per la prima sessione di esami. E soprattutto le disse di non preoccuparsi: anche lei si era sentita spaesata nelle prime settimane del primo anno, ma poi le cose erano andate al loro posto, come in un puzzle.

Il primo passo consisteva, una volta scelta la materia d'esame, nel seguire le lezioni e studiare gli appunti. Messa così la cosa sembrava semplice.

Ma Francesca continuò: – Vedrai, andrà tutto bene, ce la farai, anzi avrai il tempo anche di fare altre cose, come faccio io.

Alessandra ringraziò, rincuorata, la nuova amica.

Era il momento di andare in stazione per rientrare, sarebbe tornata a Venezia il lunedì successivo. Prima di avviarsi, le due studentesse si scambiarono il numero di cellulare.

Anche Andrea, nella terza settimana del mese, si spostò a Mestre, pronto ad iniziare i corsi per il secondo anno di Economia.

Aleppo, 2014

A: francesca.tosetto@yahoo.it

Oggetto: Aleppo,15 luglio

Ospedale provvisorio Medici Volontari

Cara Francesca,

Qui internet funziona a singhiozzo, come tu ben sai.
Preparo le mie e-mail nelle poche ore di riposo e, quando
è possibile, vengono inviate.
Sono qui solo da due giorni e mi sembra di essere sospesa
in un limbo.
All'aeroporto di Istanbul avrei voluto abbracciarti più a
lungo e ascoltare i tuoi racconti sull'ospedale e sui suoi
volontari.
Ma il mio aereo per Aleppo era già pronto sulla pista e
abbiamo avuto solo pochi minuti a disposizione.
Ti rinnovo le mie condoglianze per tua nonna, so quanto
era importante per te. Una donna speciale, da quello che
mi hai raccontato più volte.
Ti sono accanto, in particolare in questo momento.
Qui la situazione sembra tranquilla, ma sono ben coscien-
te che le cose potrebbero cambiare in peggio.
Al momento abbiamo una quindicina di pazienti, con ferite non gravi, appena possibile saranno trasferiti nelle
loro abitazioni o da qualche loro parente, che si offre di
ospitarli. Cerchiamo di tenere sempre più letti liberi, disponibili per le emergenze.

Anche queste sono cose che già sai.

Quello che non sai, ma che volevo dirti da un po', è che in questi mesi sei diventata per me una persona importante.

Prima di tutto, i tuoi consigli, indispensabili per organizzarmi velocemente in facoltà.

E poi sicuramente, senza il tuo appoggio, non sarei riuscita a dare gli esami del mio primo anno entro il mese di giugno.

Ma è il tuo starmi accanto nei mesi di gennaio e febbraio, dopo quello che era accaduto con Andrea, che è stato per me di fondamentale aiuto, per non lasciarmi andare alla depressione.

Voglio bene a mia sorella, più che a me stessa, essere gemelle crea un rapporto esclusivo ed esserci innamorate dello stesso ragazzo è terribile.

Una cosa che non siamo riuscite ad evitare e che continua a tormentarmi.

Ma ora sono qua, per tenere lontani pensieri e ricordi.

Anche per questo ti ringrazio, per questa esperienza di volontariato, che hai saputo consigliarmi. Ringrazio te e l'Associazione di Medici Volontari, presente in queste terre di dolore.

Ti scriverò presto.

Un abbraccio stretto, stretto.

La tua amica (per sempre, spero) Alessandra.

Ottobre 2013

Alle dieci circa del mattino, quando avvertì le ennesime contrazioni, Anna capì subito, dal loro ritmo e dalla loro intensità, che il momento del parto era ormai vicino.

Marco era al lavoro, gli ci sarebbe voluta mezz'ora di macchina per arrivare a casa.

Era indecisa: l'ospedale distava poco più un chilometro, sarebbe potuta salire in macchina e andarci da sola.

Quando sentì diminuire il dolore, salì le scale con attenzione. In camera, mise il borsone sul letto e piano, tenendosi con la mano destra la pancia, lo riempì di tutto quello che le sarebbe servito per alcuni giorni di ricovero.

Chiuso il borsone, si sedette sul letto, aspettò che il respiro le tornasse regolare, poi ridiscese con calma le scale.

Lasciò il borsone vicino alla porta e andò in cerca delle chiavi della Panda.

Ma quando fu pronta per uscire, una contrazione più forte la costrinse ad appoggiarsi con una mano alla parete del corridoio.

Il dolore fu così intenso da toglierle il fiato.

Si mise con la schiena alla parete e aspettò.

Ripensò alla sua decisione di andare da sola all'ospedale, Marco sarebbe arrivato molto probabilmente troppo tardi.

Tornò in cucina, prese il telefono e chiamò Lea.

Questa era in negozio già da due ore, intenta ad insegnare alla nuova commessa come trattare le clienti ed istruendola sulle stoffe degli abiti della collezione appena arrivata.

Quando rispose al cellulare, sentì la voce di Anna tra affannosi respiri e capì subito: – Stai tranquilla, respira a fondo, un minuto e sono da te!

Lasciò alla ragazza le chiavi del negozio, indossò una giacca blu e uscì sotto i portici di via XX Settembre.

Con le scarpe nere a mezzo tacco, si incamminò veloce sul pavé di via del Teatro.

La casa di Anna distava appena cinquecento metri, ma la strada era leggermente in salita e la fece tutta d'un fiato, arrivando finalmente a suonare alla porta col fiatone e la gola secca.

Aiutò poi l'amica a salire in auto, caricò il borsone nel bagagliaio e alla fine la Panda partì, senza scossoni, per raggiungere il pronto soccorso.

La Tosetto e Venezia

Nella vita di Francesca Tosetto esistevano due riferimenti, sui quali fondava carattere e ideali.

Due donne erano state importanti nella sua infanzia: la madre, donna dal carattere deciso, profondamente cattolica, e la nonna paterna, figlia di una coppia di partigiani, entrambi cresciuti nella zona collinare del Montello, donna dal carattere solare e aperto, con la battuta pronta e sempre in grado di consolare la nipote, al presentarsi delle prime difficoltà della vita.

Due, invece, furono i fatti che le segnarono particolarmente l'adolescenza.

Il primo accadde a quattordici anni. Quell'agosto era in uscita con gli Scout della Agesci, in cammino lungo un sentiero della Val di Fassa. Le erano stati affidati cinque bambini, di età tra gli otto e gli undici anni.

Francesca era la prima della fila e non si accorse che uno dei bimbi era rimasto indietro a raccogliere fiori. Spaventatosi nel trovarsi solo, il piccolo si era messo a correre per raggiungere il gruppo ma, urtando con il piede una roccia sporgente sul sentiero, precipitò in un piccolo dirupo, riportando escoriazioni alle braccia e la distorsione della caviglia.

Francesca sentì le urla, capì subito la gravità della situazione, raggiunse il luogo dove il bimbo era caduto, estrasse dallo zaino la valigetta del pronto soccorso e iniziò a pulire e a disinfettare le ferite, ma il bambino continuava a lamentarsi per il dolore alla caviglia.

Francesca allora chiese aiuto al campo base col cellulare e le risposero che sarebbero intervenuti, il prima possibile, con la barella e il medico.

Passò un'ora e mezza prima dell'arrivo dei soccorsi, durante la quale la ragazza accarezzava il bambino per consolarlo e gli raccontava storie di gnomi e di folletti. Gli altri bambini si erano seduti sul ciglio del sentiero in silenzio ad ascoltarla e il piccolo ferito la guardava fisso, osservava le sue labbra muoversi, nessun dolore lo tormentava, solo le parole di Francesca contavano in quel momento. Quando il medico arrivò e vide i bambini tranquilli, si congratulò con lei.

Quel giorno capì quanto poteva fare per gli altri, per alleviare dolori e dare speranze.

Durante gli anni di liceo, volle iscriversi a dei corsi serali per infermiere e dedicò molti fine settima a fare volontariato nel pronto soccorso dell'ospedale.

L'altro episodio importante della sua vita fu la gita scolastica al terzo anno di liceo.

Una gita a Venezia, accolta come un'occasione di divertimento da vivere con i suoi coetanei.

Venezia la stupì, la città veneta divenne per lei una vera passione: s'innamorò di quei campi, campielli, viuzze e ponti, quei tantissimi ponti di pietra, dei palazzi dalla bellezza straordinaria e delle chiese, che racchiudevano la storia di secoli.

E poi i materiali, i marmi, la pietra lavorata, i mattoni, la struttura della città: tutto a Venezia era diverso, potente. Ti invadevano l'odore del mare, l'umidità delle fondamenta, il sole sui tetti.

Per non parlare dei rumori! Il motore dei battelli, lo sbattere delle onde nei canali, lo sciacquio del remo delle gondole, lo svolazzare dei piccioni, le urla dei gabbiani, le voci straniere, il dialetto veneziano, che tutto sembrava comprendere e inglobare.

Il disegno, le forme, gli spazi, tutto ebbe su di lei un impatto emozionale così forte che, dopo quella gita, decise che avrebbe fatto l'architetto e che quella città sarebbe stata la sua partenza ed il suo approdo.

I Medici Volontari

Verso la fine del primo anno di Architettura, vagando per Venezia, Francesca entrò per la prima volta nella sede dei Medici Volontari.

L'associazione, presente in diversi paesi del mondo, era costituita per lo più da medici ed infermieri, che dedicavano i loro giorni di ferie, e non solo, portando aiuto e soccorso nei posti più bisognosi del pianeta.

L'associazione si sosteneva con contributi volontari e venivano organizzati banchetti per la raccolta fondi.

Nell'estate dell'anno successivo, dopo gli esami del secondo anno, Francesca ebbe l'opportunità di passare tre settimane in un ospedale da campo in Libano, dove venivano curati profughi, per lo più siriani.

Fu un'esperienza profonda, che le diede un senso di completezza.

Anche Alessandra, dopo alcuni mesi che si frequentavano, decise di iscriversi all'associazione e le due ragazze ebbero modo di stringere ancor più la loro amicizia.

Era normale vederle assieme, nei dintorni della facoltà di Architettura o presso la sede dell'associazione medica.

La mora e la bionda, così venivano indicate spesso dagli amici comuni.

Francesca infatti aveva capelli neri, che portava lunghi sulla schiena, occhi scuri e una bocca generosa.

Nei mesi più caldi entrambe raccoglievano i capelli a coda di cavallo e la loro divisa era costituita da jeans e magliette colorate.

Alvise

Il 3 ottobre 2013 alle 14 precise, Alvise uscì lentamente e senza alcun problema dal ventre di Anna.

Marco era lì, in sala parto, e le accarezzava il collo e le spalle, dopo la tensione e la fatica della spinta finale. Prima di arrivare al pronto soccorso con Lea, aveva avvisato Marco e telefonato al medico che l'aveva seguita nella gravidanza.

Entrambi erano arrivati in sala parto a travaglio appena iniziato e la loro presenza la rasserenò. L'infermiera confermò che il bambino era nella posizione giusta, non podalico, come le era capitato con Andrea vent'anni prima.

Il medico, lo vide che stava per uscire, ne estrasse lentamente la testa e poi le spalle.

E Alvise scivolò verso la vita, lentamente e senza intoppi, e, appena ebbe liberato naso e bocca dal liquido amniotico, sfogò il suo primo pianto.

Nei pochi giorni che rimase in ospedale, Anna ebbe alcune visite. In primis i suoi genitori e quelli di Marco, poi Andrea, le gemelle, Lea, Matilde e alcuni colleghi di lavoro. Ovviamente si presentò anche Sergio, con un mazzo di fiori che Anna fece sistemare dalle infermiere vicino al mazzo di rose rosse regalatole da Marco.

Non erano ancora trascorsi dieci giorni che mamma e bimbo arrivarono a casa, per la felicità di Marco.

Alessandra e Francesca

Venerdì pomeriggio Alessandra uscì dall'università, a Campo della Luna. Era sodisfatta, quasi felice, il voto del suo secondo esame non era affatto male.
Per prima cosa telefonò a Francesca. – È fatta, ventotto, – le disse tutto d'un fiato.
– Wow! Passa da me, questa sera festeggiamo, un bel cicchetto non ce lo leva nessuno. Ho in mente un nuovo posto, dove non sei mai stata.
– Va bene, voglio proprio distrarmi un po'! – rispose Alessandra.
– Anzi, sai cosa facciamo? – aggiunse Francesca. – Perché non rimani a dormire da me? Potresti tornare a Conegliano domani mattina con tranquillità.
– Ti ringrazio, è una splendida idea, prima però avverto mia madre.
Matilde era da poco rientrata dalla scuola, quando sentì il cellulare: – Ciao Mamma!
– Ciao Ale, che voce squillante!
– È andata! Un ventotto, per il mio secondo esame non è male, vero?
– Sei bravissima, complimenti, allora ti aspetto per cena… a che ora pensi di arrivare?
– Veramente pensavo di tornare domattina, passerei la serata con Francesca, che mi ha offerto di dormire da lei. Fino a mercoledì prossimo non ho nessuna lezione e avremo tempo per fare due chiacchiere fra noi.
– Puoi anche arrivare con calma nel pomeriggio, per me non c'è alcun problema. Divertiti tesoro, a domani! – E si salutarono.
Nel tardo pomeriggio Francesca accolse Alessandra abbracciandola e, dopo aver scambiato alcune considerazioni sull'esame, le due amiche si prepararono per uscire.

Francesca avrebbe portato Ale al Paradiso Perduto, una tradizionale taverna veneziana, frequentata da giovani, dove qualche volta si poteva ascoltare musica dal vivo.

Quaranta minuti di buon cammino, giusto per arrivare affamate, così l'aveva incitata Francesca.

Il locale si trovava fra Calle de la Pignata e Calle Larga, una zona per Alessandra ancora sconosciuta.

Le due amiche fecero il tragitto incrociando viuzze e attraversando ponti storici.

Il sole era al tramonto e una prima aria autunnale portava l'odore del sale dalla laguna.

Al Paradiso Perduto, Alessandra trovò un ambiente un po' rustico, ma la quantità dei cicchetti era superlativa.

– Come fanno qui le sarde fritte non le fanno da nessuna parte. – aveva decantato Francesca.

Presero posto, ordinarono e, mentre gustavano il cibo, si scambiarono idee sugli esami universitari e sull'attività dei Medici Volontari. Attiravano parecchi sguardi maschili, ma il loro atteggiamento mostrava di non gradire ulteriore compagnia, almeno per il momento.

Verso le dieci, un complessino di ragazzi iniziò a suonare un caldo blues, che le amiche ascoltarono in totale relax.

Prima di mezzanotte, Alessandra mostrò qualche segno di stanchezza e decisero di uscire dal locale, per incamminarsi verso l'appartamento di Francesca.

Un lieve vento fresco accarezzava i loro visi e i lampioni sui ponti rendevano Venezia più bella e romantica che mai.

Quando le calli divennero più strette e silenziose, Francesca confidò all'amica il suo amore impossibile.

In quel silenzio interrotto solo dai loro passi, le raccontò di essersi innamorata da circa un anno di un uomo di trentacinque anni, sposato, conosciuto mentre prestava volontariato all'ospedale. Si chiamava Carlo ed era un giovane infermiere, che forse si era sposato troppo presto.

Stentava ancora a capire le vere motivazioni per cui lui le piaceva così tanto, bello lo era, alto, con una barba scura e folta, occhi azzurri, ma in lui Francesca vedeva molto di più.

Descrisse le qualità di Carlo, le circostanze nelle quali lo aveva conosciuto e come, alla fine, aveva accettato una situazione così ambigua e incerta, che la condannava a rimanere sempre in attesa che lui fosse libero. Entrate nell'appartamento e preparatesi per la notte, fu Alessandra che, a sua volta, sentì il bisogno di confidarsi.

Distesa nel letto, con lo sguardo che fissava ora Francesca ora il soffitto, le raccontò di Andrea, di cui credeva di essersi innamorata; mai le era capitato di pensare così intensamente ad un ragazzo.

Le descrisse le difficoltà della propria situazione.

In primis, Andrea era figlio della nuova compagna del padre, la quale aveva solo da qualche settimana partorito il loro bimbo, Alvise. Lei ancora non si sentiva di chiamarlo fratellino, ne era felice, soprattutto per suo padre, ma questo le sembrava complicasse di più la situazione. Inoltre anche Alessia, la sua gemella, le aveva confidato che Andrea le piaceva molto.

In più, ultimamente Andrea si vedeva di rado a Conegliano e, quando chiedeva alla sorella se avesse sue notizie, Alessia le rispondeva a monosillabi, come faticasse a parlarne.

Il rapporto tra lei e la sorella, ultimamente, non era più così intenso ed intimo, come quando frequentavano le superiori.

Poco dopo la festa del diciottesimo compleanno, Alessia aveva trovato lavoro e, nei fine settimana, sembrava sempre impegnata con qualche amica, o forse aveva un ragazzo, di cui ancora non si sentiva sicura e per questo non si era confidata con lei.

Certo che negli ultimi tempi si comportava in modo strano!

Alessandra passò poi a descrivere Andrea all'amica, ammettendo però di non conoscerlo, al momento, così bene dal punto di vista del carattere.

Andrea, continuò, sapeva che lei aveva iniziato l'università a Venezia già da qualche mese. Tempo prima si erano scambiati anche i numeri dei cellulari, ma mai le era arrivata una sua chiamata o un suo messaggio.

– Eppure, – concluse Alessandra – so di non essergli indifferente, insomma, credo di piacergli. Non voglio forzare il destino, ma ogni mattina spero di incontrarlo alla stazione, in treno o in giro per le calli.

– Vedrai che prima o poi succederà, amica mia. – disse Francesca con voce dolce, cercando di consolarla.

Aleppo, 2014

A: alessia.palieri@gmail.com

Oggetto: Aleppo,19 luglio

Ospedale provvisorio Medici Volontari

Amata sorella,
in questo frangente vorrei tanto essere Emily Dickinson
(la nostra amata poetessa) mentre scrive una delle sue lettere.
Avrei tanto da dirti, tanto da chiarire e, soprattutto, ho
molto da farmi perdonare. Se vorrai ascoltarmi, un giorno
te ne parlerò.
Sono qui, distesa sul mio letto da campo, a riposare, prima di iniziare il mio turno.
Nella camerata, che funge da dormitorio per il personale
medico, non c'è l'aria condizionata, ho caldo e sono sudata. Anche l'acqua in questi giorni viene razionata, da due
giorni non mi lavo, mi spiace soprattutto per i capelli, che
sono costretta a portare sempre raccolti a coda di cavallo.
Quelle poche volte che esco dal pronto soccorso, mi è stato addirittura consigliato di nasconderli, così li copro con
un velo azzurro, che mi è stato regalato da un giovane
medico indiano, che lavora con noi.
In pochi giorni, i medici e gli infermieri, volontari come
me, sono diventati la mia famiglia, parliamo una lingua
strana, un franco-inglese con qualche parola di siriano e

diverse parole di italiano, dove le parole "pasta" e "vaffanculo" sono le più gettonate.

Sono qui da dieci giorni ed ho visto man mano peggiorare la situazione.

Arrivano sempre più feriti, anche donne e bambini, gli uomini spesso sono i più gravi, alcuni giungono qui quando ormai non c'è più nulla da fare, se non costatarne il decesso.

Devo essere sincera: quando ho accettato di venire, non mi sarei mai aspettata di trovarmi in un contesto così duro.

Perché gli uomini si procurino tanta sofferenza, lottando gli uni contro gli altri, rimane per me una cosa incomprensibile.

Ora capisco perché papà si era opposto al fatto che io venissi ad Aleppo a sostituire Francesca.

Aveva ragione nel dire che la situazione in Siria sarebbe potuta peggiorare.

Nonostante tutto, sono contenta di esserci e di poter alleviare le sofferenze di molti.

Ho imparato a fare le iniezioni e, in pochi giorni, sono diventata un'esperta nel disinfettare e medicare, almeno le ferite meno gravi.

L'altro giorno abbiamo sentito forti colpi di mortaio provenire dalla parte est della città e un po' di paura qui ce l'abbiamo tutti.

Comunque all'interno dell'ospedale mi sento sicura, nessuno colpirebbe un pronto soccorso, qui assistiamo tutti, da qualsiasi parte o fazione provengano e tutti, prima o poi, potrebbero aver bisogno di noi.

Ogni giorno controllo che le bandiere della croce rossa e della mezza luna sventolino sopra il tetto e alle finestre dell'edificio.

Se tutto va come dovrebbe andare, fra cinque giorni dovrei essere sulla via del ritorno.

Ieri notte ho fatto un sogno. Te lo racconto.

Mi ero trasformata in un gigante enorme, completamente vestita di bianco. Riposavo, con gli occhi chiusi, con la testa appoggiata sotto le tre cime di Lavaredo, i miei capelli scendevano a destra sopra Cortina d'Ampezzo e a sinistra sfioravano il lago d'Auronzo, arrivando fino alla Piave. Il fondo schiena appoggiava sulle colline trevigiane e le dita dei piedi erano sommerse dall'acqua dell'Adriatico. Tenevo le ginocchia alte e, sotto i polpacci, c'era Venezia, con tutti i suoi palazzi, le sue gondole e i suoi piccoli e frenetici turisti.

È la prima volta che lascio la mia terra e, come vedi, il mio Veneto mi manca.

Mi mancate tu, la mamma, il papà e tutti gli altri.

Avevo iniziato questa lettera con lo scopo di dirti delle cose che ora sto eludendo e, credimi, non è facile affrontarle.

Dopo aver festeggiato i nostri diciotto anni, ci siamo sempre più allontanate, giorno dopo giorno, settimana dopo settimana, mese dopo mese.

Ma tu sei e sarai sempre mia sorella, abbiamo diviso lo stesso seno, lo stesso latte. Niente può dividerci.

Siamo cresciute, siamo diventate donne, con i nostri desideri, con i nostri errori.

Abbiamo una vita sola, qui me ne sono resa ben conto.

Quando tornerò a casa, ti racconterò tutto e ti chiederò di perdonarmi.

Ti voglio bene, più che a me stessa.

Ora devo andare, il mio turno inizia.

Ti stringo forte forte. A presto!

Tua sorella Alessandra.

Venezia, ottobre 2013

Alessandra indossava l'impermeabile foderato, color ghiaccio, che il padre aveva regalato a lei e alla sorella a fine settembre. La gonna scura, autunnale, le spuntava da sotto, mentre le scarpe che indossava erano ancora quelle estive.

La lancetta non era ancora sulle otto, quando, uscendo, aveva chiuso la porta dell'appartamento di Francesca.

L'aria era fresca e da lontano si sentiva il rumore dei vaporetti.

Imboccò il ponte di Calatrava con passi decisi, alla sua sommità il paesaggio sul Canal Grande era da mozzare il fiato.

Scese più lentamente e si indirizzò verso la stazione.

Quel sabato sarebbe arrivata a Conegliano abbastanza presto.

Fu quando salì i primi gradini nel piazzale della stazione che, alzando lo sguardo, la vide, proprio lì, alla fine della scalinata, dalla parte opposta, l'impermeabile come il suo, aperto, gli stessi capelli biondi, jeans e stivali scuri, sua sorella Alessia.

Istintivamente alzò il braccio e la chiamò.

Alessia non la sentì, concentrata, fissava il Ponte degli Scalzi e, proprio in quel momento, alzò sorridendo il braccio, in segno di saluto verso qualcuno.

Andrea la vide, ricambiò il saluto con la mano, scese gli ultimi gradini del ponte e, a passi veloci, zigzagando fra i turisti, la raggiunse.

Lì, la sollevò per i fianchi, facendola poi scendere dall'ultimo gradino, una di fronte all'altro. Si abbracciarono, per poi baciarsi a lungo. Felici si presero mano e si avviarono in direzione di Rialto.

Alessandra aveva assistito alla scena come in un film, con la bocca semiaperta per la sorpresa. Non ebbe dubbi, il ragazzo che aveva appena baciato sua sorella era Andrea. E il modo in cui li aveva visti abbracciarsi e baciarsi non lasciava spazio a interpretazioni, i due avevano una relazione che andava ben oltre l'amicizia e con molta probabilità già da un po' di tempo.

Si sentì tradita, soprattutto dalla sorella. Perché non avvisarla, perché non dirglielo? Mesi passati a struggersi per Andrea, e ora?

Avvertì un improvviso dolore allo stomaco e dovette sedersi sullo scalino, cercò un respiro regolare, ma l'incomprensione e la rabbia non diminuivano.

Rimase lì, seduta, per parecchi minuti, poi pian piano distese le gambe, osservò l'acqua sbattere sulla banchina, come intontita. Trascorse così seduta del tempo, alla fine con gesti lenti si alzò. Il display del cellulare mostrava le otto e venticinque.

Il treno delle otto e venti era dunque già partito. Ancora con la mente confusa dalla sorpresa, decise di recarsi al bar della stazione.

Ordinò un tè, in attesa del prossimo treno, mentre tratteneva a stento le lacrime. Non vedeva l'ora di arrivare a casa, si sarebbe chiusa in camera e lì si sarebbe lasciata andare al pianto.

Nelle settimane che seguirono, Alessandra cercò di evitare la sorella il più possibile e, quando le capitava di incontrarla, le parole erano ridotte al minimo. Prima o poi tutto si sarebbe chiarito, ma per il momento non se la sentiva di affrontarla, inoltre avrebbe dovuto confessarle di essere innamorata anche lei di Andrea.

Si dedicò, in quei giorni, con più assiduità allo studio, rafforzò l'amicizia con Francesca e moltiplicò gli sforzi all'Associazione dei Medici Volontari.

Quando non trascorreva le notti a Venezia, prese l'abitudine di far visita al padre e questo capitava spesso nel dopo cena.

Solo quando era seduta sul divano a casa di Anna, con in braccio il piccolo Alvise, Alessandra si sentiva serena.

Insieme

Alessia uscì dalla stazione Santa Lucia; nonostante fossero le otto di mattina, la luce scarseggiava e nuvole scure si erano addensate in cielo.
Dopo pochi minuti, vide scendere le prime gocce. Chiusa nell'impermeabile, sotto la pensilina, stava in attesa.
Guardò le onde del mare agitarsi nel Canal Grande e le gondole legate al pontile sbattere con forza sulla banchina.
Fissava l'entrata della chiesa di San Simeone, di fronte a lei, al di là del canale: Andrea sarebbe dovuto arrivare da quella parte, per poi attraversare il Ponte degli Scalzi.
Nel frattempo, la pioggia e il vento erano aumentati di intensità.
Decise allora di aspettarlo al riparo, all'interno della stazione. Osservava i minuti passare lentamente sul display del cellulare e ogni tanto guardava al di là delle vetrate bagnate. Avrebbe aspettato ancora una decina di minuti, poi l'avrebbe cercato al telefono.
Fu in quel momento che Andrea salì l'ultimo gradino, chiuse in fretta l'ombrello ed entrò all'interno della stazione, con ancora il fiatone. Si guardò attorno, nessuna giovane donna bionda gli apparve, ad un primo sguardo.
Cercò allora il telefono nella giacca, mentre proseguiva verso l'interno, ma prima di digitare il numero, la vide.
Alessia era là, ad una cinquantina di passi, gli dava il fianco destro. Rallentò il passo per osservarla, così, di lato: con i capelli biondi e lisci, l'impermeabile chiaro e gli stivali scuri gli appariva bellissima.
– Ciao, Alessia! – le disse, sorprendendola.
– Oh, Andrea, finalmente!
– Scusa il ritardo, ho dovuto attendere alla segreteria dell'università.
La baciò sulle labbra, la prese per mano e continuò:

– Andiamo al binario, il treno per Mestre parte fra otto minuti.

Il treno arrivò alla stazione dopo poco tempo e partirono.

A Mestre la pioggia cadeva ormai fitta, Andrea aprì l'ombrello e, tenendola sottobraccio, si incamminò in direzione dell'appartamento per studenti, che divideva con due suoi coetanei.

Quando entrarono, salutarono Dario, uno dei due che in quel momento era di corvée, alle prese con le pulizie della cucina.

Andrea e il suo amico si scambiarono alcune battute sul tempo, poi Dario gli strizzò l'occhio e, abbassando la voce, lo informò di averne ancora per una decina di minuti, poi se ne sarebbe andato in biblioteca, all'università.

Andrea ed Alessia si diressero nella camera che Andrea divideva con Dario.

Era una stanza abbastanza ampia, con due letti, un armadio a tre ante, due scrivanie e le relative sedie.

I mobili erano un po' vecchi, alle finestre le tende erano bianche, come i muri, solo la coperta sul letto di Andrea, appoggiato alla parete, dava un po' di colore a quell'ambiente con poca luce. Era un plaid blu e rosso, ricordo delle recenti vacanze canadesi.

Si sedettero sul letto per raccontarsi le cose più divertenti accadute in settimana.

Dario bussò alla porta, si affacciò e salutò con un sorriso.

Quando sentì la chiave del portone girare nella serratura, Andrea prese fra le mani il volto di Alessia e iniziò a baciarla.

Distesi uno vicino all'altra, per la prima volta, i due ascoltavano i loro cuori, sentivano i loro fiati.

Il tempo si era dilatato, le carezze e i baci si ripeterono all'infinito e, nonostante la pioggia all'esterno cadesse ormai intensa, nella camera si percepiva solo il rumore dei loro respiri.

Aleppo, 2014

A: marco.palieri@gmail.com

Oggetto: Aleppo, 25 luglio

Ospedale provvisorio Medici Volontari

Caro papà,
per la prima volta, almeno a mia memoria, ci siamo lasciati in malo modo.
So che ormai ci siamo perdonati entrambi le cose dette ad alta voce.
Tu avevi le tue ragioni, io le mie, che in quel momento non ero pronta, come non lo sono ora, a condividere con te.
Voglio che tu sappia che per me, ed anche per Alessia, sei e sarai sempre il nostro meraviglioso papà, dolce e affettuoso, il nostro porto sicuro dalle tempeste della vita.
La mia esperienza da volontaria sta terminando, è stata e continua ad essere emotivamente coinvolgente.
Potrei raccontarti diversi episodi, in cui i miei piccoli interventi hanno alleviato sofferenze a donne e bambini, e ne sono felice.
Su una cosa avevi assolutamente visto giusto, la situazione qui in Siria è peggiorata in breve tempo, qui ad Aleppo in particolare.
Non passa giorno che gli aerei russi e siriani non bombardino la parte est della città e i colpi di mortaio in risposta non si contano più.

Il nostro piccolo ospedale è ormai al collasso e le scorte di medicinali si stanno pian piano esaurendo.

Ci stiamo organizzando per portare i pazienti più a sud, in zone almeno già stabilizzate dal regime, inizieremo con i pazienti più gravi e poi, via via, con gli altri, ma abbiamo in dotazione solo due autoambulanze e siamo tutti coscienti che ci vorrà molto tempo.

Nel frattempo la nostra associazione e le altre onlus qui impegnate stanno cercando i contatti per creare un corridoio sicuro, che permetta di trasferire tutti i pazienti, noi operatori e l'intera struttura in una zona più sicura.

Dopo gli ultimi bombardamenti, anche l'aeroporto di Aleppo e la strada che vi accede risultano inagibili.

Ed è questo il motivo principale per cui ti scrivo. Non rientrerò nel giorno già fissato, ma dovrò posticipare fino a quando non potrò farlo in tutta sicurezza.

Devi stare tranquillo, mi prendo cura di me stessa e non farò niente di azzardato, che mi possa mettere in pericolo.

Ti voglio bene, tanto bene, ti prego di tranquillizzare la mamma, presto le scriverò, internet permettendo.

Abbraccia per me Anna e dai un bacio al piccolo Alvise.

La tua amorevole figlia
Alessandra.

Novembre 2013

Ottobre passò velocemente, Anna e Marco nella prima domenica di novembre festeggiarono il loro primo anno nell'appartamento.

Alvise si andava normalizzando, per la gioia di entrambi, le pause fra un pasto e l'altro erano diventate più lunghe, mentre i suoi pianti erano scesi di numero e di intensità. Anche per Anna, che intendeva usufruire al massimo del periodo di maternità, riposare e dormire divenne più agevole.

Marco aveva ripreso il lavoro in maniera regolare.

Lea, le gemelle e anche Matilde passavano spesso ad intrattenere o aiutare la neo mamma.

Pure Sergio una domenica era arrivato in visita, a salutare la coppia e a vedere Il piccolo.

L'autunno stava per terminare e alle piogge iniziali erano seguite bellissime giornate di sole, con temperature ancora gradevoli.

Anche per Matilde e Fabrizio fu un buon periodo.

Un venerdì, terminate le lezioni a scuola in mattinata, verso le quattro, Matilde l'aveva raggiunto nel suo appartamento.

Più tardi, distesa a letto, a fianco di Fabrizio che, coricato sul fianco destro, si era da poco assopito, dopo aver terminato quello che lei si aspettava da un uomo, restò rilassata per un po'.

Scivolò poi, nuda, giù dal letto, si diresse alla finestra, scostò un poco le tende e guardò fuori.

L'acqua del Monticano scorreva veloce e sulla riva opposta le punte degli aceri ondeggiavano, lasciando cadere foglie gialle, qualcuna finiva nell'acqua e subito veniva portata via dalla corrente.

Un sole pallido illuminava di una strana luce gli argini.

Aprì di qualche centimetro la finestra, senti l'aria fredda entrarle nelle narici, per poi distribuirsi rapidamente sul corpo, ebbe un brivido e istintivamente si avvolse nelle lunghe tende ricamate di bianco. Respirò a fondo due volte, poi portò la mano alla maniglia e con forza richiuse la finestra.

Il rumore fece riaprire gli occhi a Fabrizio, che la guardò, sostando sul perfetto fondoschiena.

In trasparenza, attraverso le tende, vide le sue lunghe gambe e poi quei lunghi capelli biondi che, a differenza delle figlie, Matilde portava mossi sulle spalle.

Lei si voltò in quel momento e sorrise.

– Che fai? Mi guardi di nascosto?

– Sei bellissima! – rispose lui, invitandola con un gesto della mano a coricarsi di nuovo accanto a lui.

Festività

In quel soleggiato pomeriggio di dicembre, Anna spinge-
va la carrozzina sulla strada in salita: arrivare all'entrata
che portava al castello medioevale sarebbe stata una bella
impresa.
Alvise era ben protetto dall'aria, con il berrettino di lana
in testa, da cui spuntavano due occhietti vispi e due guan-
cette rosa.
Si fermò per una pausa sul belvedere, seduta sulla panchina, con la carrozzina al fianco.
I suoi capelli scuri si muovevano alla leggera brezza,
mentre i sontuosi alberi del viale lasciavano cadere foglie
ramate.
Indossava i jeans e un pesante maglione in lana color crema.
Mancava ormai poco al tramonto, dall'alto la parte vecchia della città sembrava deserta, in un'atmosfera quasi di
attesa. I negozi avevano già acceso le luci e tra poco anche
i lampioni di piazza Cima si sarebbero illuminati.
Pensò che mancavano ancora tre settimane a Natale. Questa volta, per il pranzo natalizio le sarebbe piaciuto invitare i suoi genitori e quelli di Marco.
L' idea le piaceva e decise che ne avrebbero parlato.
Rimaneva l'incognita di Andrea, che ultimamente, nei
fine settimana, rimaneva spesso a Venezia.
Il figlio finora non le aveva accennato ad una ragazza fissa, ma di fatto i suoi ritorni per il weekend si erano pian
piano diradati.
Almeno una volta alla settimana, dopo cena, una delle gemelle veniva a trovare il padre e a coccolare Alvise. Anna
avrebbe voluto chiedere a loro di Andrea, ma sperava che
fosse il figlio prima o poi a comunicarle qualcosa.

Comunque, decise che gli avrebbe chiesto di passare il Natale con loro, avvisandolo che, per il pranzo, avrebbe invitato i nonni suoi e delle gemelle.

Alvise nel frattempo si era addormentato. Anna si alzò dalla panchina e, appoggiata alla ringhiera, si godette il tramonto sulla città.

Aleppo, 2014

A: matilde.palieri@gmail.com

Oggetto: Aleppo, 27 luglio

Ospedale provvisorio Medici Volontari

Carissima mamma,
mio malgrado mi vedo costretta ad essere breve e concisa. Inoltre, ti avviso che questa potrebbe essere l'ultima e-mail che riesco a mandarti per un bel po'.
È solo una questione di fortuna che questa sera internet funzioni.
Allora: per prima cosa, mi sento bene, quindi, non preoccuparti.
È vero, qui la situazione sta precipitando, ma, come vi ho già detto, all'interno dell'ospedale mi sento sicura.
Le trattative per avere un corridoio umanitario, per evacuare i feriti e tutti noi medici, infermieri e volontari in un luogo più sicuro, sembra stiano dando i primi frutti.
Se le cose andranno per il verso giusto, può essere che nei primi giorni del prossimo mese io riesca a tornare a casa, finalmente.
Mi raccomando, non darti dispiacere per la mia attuale situazione. Tu hai capito subito quanto bisogno avessi di questa esperienza umanitaria e soprattutto dell'esigenza che avevo di andarmene per un po'. L'amicizia con Francesca mi ha condizionato, ancora di più l'idea di aiutare le

251

persone in difficoltà, ma tu hai capito che c'era dell'altro ad angustiarmi.

Qui, dove la sofferenza la vedi e la tocchi ogni giorno, ho capito molte cose. La più importante è che la vita può essere breve, quindi va vissuta, e che anche gli errori ne fanno parte.

Ora sono pronta a tornare, non c'è niente che possa spaventarmi. Per avermi sostenuta in questa mia decisione te ne sarò sempre grata e, lo ripeto, tu non hai nessuna colpa per la situazione in cui mi trovo.

Ti stringo in un abbraccio che vorrei durasse per sempre. Tua figlia Alessandra.

Sergio

Sergio appoggiò il suo vassoio sul tavolo della mensa ospedaliera, proprio di fronte a Gabriella, che lo osservò e gli sorrise.

– Posso? – chiese.

– Dai, siediti! – rispose lei.

– Allora, – disse lui sedendosi, – come ti è sembrato l'intervento di ieri?

– Perfetto, come al solito.

– Molto lo devo a te, ai tuoi consigli, ormai non faccio più un intervento chirurgico senza consultarti.

Gabriella guardò il piatto di Sergio, aveva solo yogurt greco e frutta fresca.

– Sei a dieta?

– No, avevo solo voglia di frutta. – poi continuò: – Sei brava, professionale, in reparto ti ammirano tutti.

– Durante quest'anno ho avuto un bravo maestro.

– Grazie.

– Com'è che sei così gentile oggi? – gli chiese alfine, guardandolo dritto negli occhi.

– Devi aiutarmi. – disse Sergio un po' mesto, sostenendone lo sguardo, e continuò sorridendo: – Oltre ad essere una brava collega, sei l'unica amica che ho. Detto sinceramente, non ho mai avuto amiche di sesso femminile nella mia vita, tu sei la prima.

– Avanti, spara, di cosa hai bisogno?

– Di una donna. – disse lui, fissando la mela che stava sbucciando.

Gabriella restò con la forchetta ferma a mezz'aria, poi si coprì con la mano la bocca, tentando di soffocare la risata.

– Scusami, ma tu non sei quello con l'agendina, con tutti quei nomi femminili?

– Non c'è più nessuna agendina, già da un po' di mesi. – disse serio – È passato ormai un anno da quando Anna se n'è andata, io sono cambiato.
– Sei maturato – sorrise Gabriella.
– Già, maturazione lenta, molto lenta. – la guardò e sorrise a sua volta.
Poi si mise seriamente a spiegare a Gabriella cosa intendeva.
Voleva chiudere col passato, cercare una donna con la quale stabilire un rapporto duraturo, una compagna con cui condividere le cose di ogni giorno, che lo accogliesse quando rientrava tardi alla sera, dopo aver terminato estenuanti interventi, che lo seguisse nei meeting in Italia e all'estero.
Al momento di una cosa era sicuro, il suo lavoro gli piaceva, anzi, voleva imparare sempre di più e non solo, era arrivato il momento di dare, di condividere il suo sapere con chirurghi più giovani.
Sempre più spesso infatti veniva invitato a spiegare i suoi interventi, nei più importanti ospedali del mondo e nelle università.
Viaggiare per lui non era un problema, gli era sempre piaciuto, soprattutto in aereo.
Ora però erano cambiate le motivazioni, se prima partiva con l'idea fissa di avere un'avventura extraconiugale, adesso l'interesse preminente era la sua professione di chirurgo.
– A proposito, scusa se ti interrompo, – interloquì Gabriella, – proprio ieri ho incontrato il direttore dell'ospedale, che mi ha chiesto di te: è sinceramente preoccupato che tu te ne voglia andare, visto che la tua fama è ormai oltre confine.
– Non ho nessuna intenzione di lasciare Padova, – e continuò – qui mi trovo bene, sono vicino a mio figlio, ci sono ancora i miei genitori, ho degli amici e poi ci sei tu. – disse quasi tutto in un fiato.

Dopo una breve pausa Gabriella continuò:
– Non ho ancora capito perché ti sei rivolto a me, per cercare una donna che, come minimo, dovrà essere libera da impegni, per poterti seguire nei tuoi viaggi... e non oso pensare a tutte le altre qualità che dovrà avere, per incontrare i tuoi gusti.

Dal tono di voce di Gabriella, Sergio capì che la sua amica non stava prendendo la sua richiesta seriamente.

Allora spostò il piatto, prese tempo e, dopo una breve pausa, sorridendo disse: – Hai ragione, probabilmente è una richiesta stupida, ma tu sei l'unica a cui mi sia venuto in mente di farla. Mi son detto, lei è così brava e seria, che lo saranno certamente anche le sue amiche.

Gabriella lo guardò in modo strano, non che fosse irritata, ma trovava la richiesta di Sergio per lo meno bizzarra, prese fra le mani il suo vassoio e si alzò dal tavolo, dicendo: – Innanzitutto non ho poi così tante amiche e poi la loro serietà è tutta da verificare. Caro Sergio, mi sa tanto che ti dovrai arrangiare nel trovare la tua nuova metà.

Nostalgia di casa

Pioveva e pioveva bene. "Che inverno piovoso!" pensò
Andrea guardando dalla finestra. Se Venezia poteva esse-
re bella e romantica anche sotto la pioggia, Mestre era di
una tristezza unica. Lasciò andare lentamente la tenda, si
sedette sul letto e chiamò la madre.
Al terzo squillo, Anna rispose:
– Ciao Andrea.
– Ciao, mamma.
– Com'è?
– Piove, piove come Dio la manda, come dici tu.
Anna si spostò vicino alla finestra, scostò le tende e guar-
dò fuori.
– Qui sta uscendo il sole, probabilmente è già piovuto tut-
ta la notte.
– Cosa dici se anticipo e vengo già oggi? Ormai mancano
solo due giorni a Natale, all'università non c'è quasi più
nessuno e poi qui... con questo tempo...
– Vieni pure, la camera è sempre pronta per te.
Andrea si mise subito a riordinare la stanza, preparò la
valigia e si diresse in cucina che, come al solito, era da
pulire.
Prima, però, avrebbe cucinato qualcosa per sé e per Dario.
Lo chiamò al telefono e Dario gli comunicò che sarebbe
arrivato da Venezia in mezz'ora. Il tempo giusto per preparare la pasta, pensò Andrea. Avrebbero pranzato assieme, avrebbe pulito la cucina, si sarebbero scambiati gli
auguri di Natale e, poi, si sarebbe diretto alla stazione.
Dopo aver così pianificato gli eventi, telefonò ad Alessia
per avvertirla del suo arrivo anticipato.

Natale di nuovo

Andrea passò il giorno di Natale cercando di sottrarre Alvise dalle braccia dei nonni. La lotta fu impari, loro erano in quattro e ben decisi ad approfittare dell'invito di Anna, per coccolare il neonato.

Il quale, sorpreso da tutte quelle braccia e quelle facce, continuava a sorridere e a tenere spalancati i suoi occhietti azzurri, uguali a quelli del padre.

Andrea lasciò la presa solo nel pomeriggio, quando, come concordato con Alessia, si sarebbero incontrati sotto i portici di via XX Settembre.

Alessandra, dal canto suo, si era recata alla stazione già in mattinata.

Prima di uscire, aveva augurato alla madre e ad Alessia un frettoloso "Buon Natale".

Francesca l'attendeva alla stazione Santa Lucia, almeno per le dieci, perché quella mattina c'era molto lavoro da fare all'associazione.

La cena di Natale, per i soci dei Medici Volontari, era stata programmata per quella sera, attorno alle venti.

Un momento importante per l'associazione, un'occasione per rimpinguare le casse, quasi sempre vuote, portare a conoscenza dei soci i dati del bilancio economico e soprattutto per metterli al corrente dei programmi futuri.

Uno, in particolare, riguardava l'apertura di un ospedale provvisorio ad Aleppo, in Siria, per dare sollievo a quella popolazione martoriata dalla guerra civile.

Quando Alessandra arrivò sull'ampia scalinata della stazione, la pioggia per fortuna aveva smesso di cadere.

Vista così, Venezia sembrava più pulita del solito. Scrutò l'orizzonte in cerca del viso di Francesca, poi finalmente si sentì chiamare, si girò e vide Francesca, che stava arrivando a passo veloce dal nuovo ponte di Calatrava.

Alzò la mano in segno di saluto e, dopo pochi secondi, le due amiche si abbracciarono.

A passo spedito, decisero di proseguire per Calle Dietro ai Magazzini, dove, non lontano, era dislocato il magazzino dell'associazione.

Per arrivarci avrebbero dovuto superare mezza Venezia, andare oltre Ca' Foscari, attraverso calli, ponti, ponticelli, campi e campielli.

Si incamminarono determinate, parlando fra di loro allegramente.

Quando furono presso il Polo didattico San Basilio, si sentirono chiamare da una chiatta.

Quattro ragazzi veneziani, appartenenti all'associazione, pilotavano la chiatta, carica di tavole e panche in legno, verso l'attracco poco distante.

Arrivate al portone del magazzino preso in affitto dall'associazione, salutarono i volontari già presenti e constatarono che le pulizie all'interno erano già ben avviate, mentre alcuni ragazzi stavano attrezzando il palco con luci e microfoni.

Il dopo cena musicale sarebbe stato assicurato da alcuni amici di una band di Mestre.

La chiatta, nel frattempo, si era fermata ad una palina, un ragazzo dai capelli ricci vi legò la corda, con un nodo molto stretto, mentre un altro lanciò una cima più lunga agli amici, che aspettavano sulla banchina.

Si poté quindi procedere allo scarico.

Francesca e Alessandra collaborarono alla sistemazione. Prendevano una panchina o una tavola alla volta, aprivano i montanti, poi panche e tavole venivano portate da altri ragazzi all'interno del capannone e qui allineate in quattro file.

Non si sapeva ancora con esattezza quanti soci sarebbero arrivati per la serata, si era comunque pensato di preparare almeno un centinaio di posti a sedere.

Il catering per la cena era stato ordinato al ristorante "La cambusa", scelto per la sua vicinanza e per i buoni rapporti con lo staff dell'associazione.

Dopo la sistemazione dei tavoli, Alessandra e Francesca si dedicarono agli addobbi natalizi, che comprendevano fra l'altro l'allestimento di un albero di Natale, issato presso l'entrata la sera precedente, e alcune file di luci colorate da collocare sul muro esterno. Il lavoro proseguì per tutto il pomeriggio, ebbero solo il tempo di godersi per alcuni minuti un tiepido sole quando, sedute sulla banchina con le gambe a penzoloni sull'acqua, vennero loro offerti un panino e un caffè ristretto, in un bicchierino di plastica.

Quando il sole calò sulla chiesa di San Giorgio Maggiore, nel magazzino dell'associazione tutto era pronto e non restava che attendere gli ospiti.

Sarebbe stata Francesca, in quell'occasione, a rompere per prima il ghiaccio. Oltre ai tradizionali auguri, avrebbe dovuto leggere le cifre del bilancio: il totale delle entrate, ma soprattutto, in dettaglio, le spese, per poi fornire ai soci i preventivi per l'apertura dell'ospedale provvisorio ad Aleppo.

Alla fine dell'intervento, avrebbe annunciato che lei stessa aveva preso la decisione, dopo aver terminato il suo corso di primo soccorso, di recarsi con gli altri medici e infermieri volontari ad Aleppo.

Dopo di lei, sarebbe salito sul palco il Presidente dell'associazione, che fra le altre cose avrebbe motivato il perché della decisione di intervenire con un loro ospedale in terra siriana.

Anche Carlo si presentò alla festa, un po' più tardi e per di più con la giovane moglie al seguito. Fu una delusione per Francesca, che aveva sperato di trascorrere qualche momento di intimità con lui. Quando i due si avvicinarono, nel porgere ad entrambi gli auguri, le toccò celare sotto un forzato sorriso la propria amarezza.

Quando anche il classico panettone fu tagliato e i calici furono alzati in segno di augurio, Francesca prese per mano Alessandra e l'accompagnò per presentarla ai vecchi soci. Era ormai tarda notte, quando le due ragazze presero la strada del ritorno. Venezia a quell'ora regalava sogni, alternando silenzi, tra lo sciabordio cadenzato delle onde, a voci di ombre ritardatarie, che si scambiavano ad alta voce auguri in veneziano, inglese, tedesco e in altre lingue, che in quel frangente apparivano piuttosto strane e comunque belle.

Alessandra, dopo un po', si sentì addosso tutta la stanchezza accumulata nella giornata e a quei passanti allegri prese a stringere la mano in fretta. Ai più calorosi porgeva la guancia, bastava solo fare presto, non vedeva l'ora di arrivare e di lasciarsi cadere sul letto, nella camera di Francesca.

Quando finalmente riuscì a coricarsi, prima di chiudere gli occhi, osservò i messaggi di auguri sul display del telefono.

Erano parecchi, fra i quali notò anche quello di Andrea. Avrebbe risposto a tutti, ma domani. Domani sarebbe stato un altro giorno, anche la risposta al messaggio di Andrea avrebbe aspettato. Chiuse gli occhi, con le labbra atteggiate al sorriso, trascorse qualche minuto e sprofondò nel sonno.

Febbraio 2014 Alessandra e Andrea

Le ansie e le palpitazioni che Alessandra avvertì per la serie di esami, da affrontare nella nuova sessione, furono solo il preludio di quello che sarebbe accaduto dopo una decina di giorni. Quel sabato mattina di metà febbraio, stranamente la temperatura era mite, anzi, per dirla tutta, era eccezionalmente mite, già da più di qualche giorno. Alessandra, sopra il maglione di lana color verde bottiglia, decise di indossare l'impermeabile foderato color ghiaccio uguale a quello della sorella. Si spazzolò i lunghi capelli biondi ed uscì, camminando di buon passo verso la stazione ferroviaria di Conegliano. Andava a Venezia, solo per cercare conferma dei voti degli ultimi esami. Ma quando uscì sulle scalinate della stazione Santa Lucia, in un istante, tutto il suo mondo cambiò.

Attraversando il Ponte degli Scalzi, Andrea si sentiva leggero. Giorno fortunato, pensò. Qualche minuto prima, Tommy, un suo compagno del corso d'inglese, lo aveva cercato al cellulare, per dirgli che stava partendo per Londra, dove impegni famigliari lo avrebbero trattenuto almeno per un mese.

A quel punto Tommy aveva pensato al suo amico italiano e aveva lasciato detto al custode dell'albergo dove alloggiava, un certo signor Demetri, che la sua camera, per quel mese in cui lui si sarebbe trattenuto a Londra, l'avrebbe lasciata a disposizione di un amico, il signor Andrea Coltran, così aveva anche scritto sul biglietto lasciato in portineria.

Tommy, sorridendo, aveva poi puntualizzato che lenzuola e asciugamani venivano sostituiti due volte alla settimana.

Andrea era curioso di vedere subito la camera arredata in stile veneziano, con mobili ancora del settecento. Tommy gli aveva detto, a suo tempo, che si trovava al terzo piano di un vecchio palazzo in stile gotico-veneziano, con una grande finestra araba che dava sul Canal Grande.

Andrea non stava più nella pelle, avrebbe visto la camera e poi avrebbe chiamato subito Alessia e le avrebbe detto che finalmente avrebbero avuto una posto tutto per loro.

Così ora andava di fretta.

Quando posò il primo piede sullo scalino, per la discesa dal Ponte degli Scalzi, istintivamente guardò verso la stazione.

Con sorpresa vide la ragazza dai lunghi capelli biondi con l'impermeabile chiaro, che scendeva dai gradini della stazione.

– Cavolo! – esclamò quasi ad alta voce – Alessia è qui.

E le andò incontro, quasi correndo.

Alessandra, che teneva lo sguardo sugli scalini per non inciampare, si accorse di Andrea quando lui le fu praticamente davanti.

– Ciao Amore! – le disse, stringendola a sé e baciandola sulle labbra.

Alessandra, ferma sullo scalino, si guardò gli stivaletti, che erano belli lucidi.

Andrea, galvanizzato dalle novità della mattinata, la prese subito per mano e, vedendola esitare: – Che c'è? Devo aiutarti a scendere gli scalini?

Alessandra annuì col capo e finalmente lo guardò, gli sorrise e, mentre il calore della sua mano si estendeva in tutto il suo corpo, aprì la bocca per dirgli: – Senti Andrea io non…

Avrebbe voluto finire la frase, dirgli che lei non era Alessia bensì Alessandra, ma in quel preciso istante venne colpita alla spalla da un uomo, che camminava di fretta in senso opposto.

Fu un attimo, Andrea la attirò a sé per proteggerla e lei avvertì un benefico senso di calore e protezione, che le trasmetteva il corpo di lui.

Questi, tenendola stretta a sé, si portò più a destra, quasi rasente i muri dei palazzi, dove il transito di turisti era minore.

Si appoggiò con la schiena al muro scrostato, le portò le mani sui fianchi e avvicinò il suo viso a quello di lei.

– Tutto a posto? Stai bene? – le chiese.

Alessandra annuì: – Sto bene. – confermò con un fil di voce.

Più che bene si sentiva strana.

Era la prima volta che aveva il corpo di un ragazzo così vicino da sfiorare il suo.

Quando lui chinò il viso per baciarla di nuovo, le sue mani si portarono sulle sue spalle, come per allontanarlo, ma lui neppure se ne accorse e posò di nuovo le sue labbra sulle sue.

Quando la lingua di Andrea si appoggiò sui suoi denti, la bocca le si aprì, prima leggermente, con timore, poi con maggior decisione, lasciando che la lingua di lui esplorasse la sua.

Era al suo primo bacio; quante volte lo aveva sognato in quei mesi e proprio con Andrea!

Dopo alcuni secondi, Andrea staccò le labbra da quelle di lei e, con dolcezza, la allontanò da sé. – Vieni! – le disse, prendendola di nuovo per mano – Ho una sorpresa per te, per noi.

Attraversando Ponte delle Guglie, avrebbe fatto volentieri due scalini alla volta, tutto preso dall'idea di trascorre buona parte della giornata in quella splendida camera settecentesca, in compagnia di Alessia.

Lo stato d'animo di Alessandra era molto più confuso e controverso, passava dall'euforico, quando pensava al fatto che si trovava nella città più romantica del mondo, accanto all'unico e primo ragazzo di cui si fosse mai innamorata, all'angoscia, sapendo che quel ragazzo era lo stesso di cui era innamorata la sorella.

Quando lui l'aveva baciata, si era sentita accesa, piena di vita, ma poi avrebbe voluto che lui le lasciasse la mano, così sarebbe potuta fuggire. Sarebbe scappata, mescolata alla folla di turisti, svanita.

Ma Andrea le teneva la mano ben stretta e, se lei rallentava, sembrava quasi trascinarla.

Passarono dietro la chiesa di S. Leonardo e, quando furono nella calle stretta del Querin, Andrea l'abbracciò di nuovo, baciandole la fronte.

La calle sbucò nel campiello del Remer, con un lato sul Canal Grande; si sentivano le urla dei gabbiani e il rumore dei vaporetti, ma Alessandra avvertiva solo la mano calda di Andrea.

Entrarono in calle Soranzo e finalmente, davanti a loro, si presentò la maestosa facciata di Palazzo Contarini, Ca' dei Cuori, dove Andrea entrò senza esitare, quasi con spavalderia, con accanto a sé una ragazza sempre più angosciata.

28 luglio 2014

Il corpo di Alessandra fu allineato, in un primo tempo, vicino agli altri, lungo il marciapiede opposto all'ospedale, dai vigili del fuoco.

Il fotografo del giornale siriano, inviato sul posto in tarda mattinata, scese con calma dalla moto, non aveva il casco, ma solo un paio di occhiali scuri. Se li tolse, li pulì dalla polvere e li infilò nel taschino della giacca, poi prese la borsa che teneva a tracolla, la appoggiò sul sedile della moto, estrasse la macchina fotografica e iniziò a scattare.

Avendo la visuale coperta da un cumulo di macerie, in un primo tempo non si accorse dei cadaveri allineati.

Guardò verso l'alto e vide la parte sud dell'edificio completamente crollata, l'entrata era stata colpita in pieno, solo la scala in cemento era rimasta attaccata al solaio. Almeno due ordigni avevano centrato quella parte dell'edificio, pensò avvicinandosi alle rovine. Spostandosi per fotografare, notò come pochi fossero i danni agli edifici adiacenti, come se fosse stato proprio l'ospedale l'obiettivo.

Solo dopo aver completato le foto sul palazzo semi distrutto, si accorse di alcune donne radunate in piedi vicino al marciapiede.

Si avvicinò e vide i corpi delle sei persone decedute a causa dello scoppio della bomba.

Scattò una prima foto d'insieme alle sei vittime, poi a una alla volta, ma... quando fu sulla quarta, si avvicinò fino ai piedi nudi del corpo. Lo osservò con attenzione: era una giovane donna, indossava un camice bianco abbottonato fin sotto il collo, che le copriva abbondantemente le ginocchia, qualcuno doveva averle pulito il viso e i capelli biondi dalla polvere.

L'espressione serena, dava l'impressione che la ragazza fosse solo assopita.

Il siriano scattò una prima foto, poi un'altra e un'altra ancora, sempre più dettagliate. Era evidente il sangue sulle braccia e sulle mani, poi si accorse della A segnata in fronte e fotografò il viso, ingrandendolo con lo zoom. Retrocedendo lentamente in direzione della moto, colpito dall'immagine di quella giovane, dimenticò di fotografare gli altri due corpi.

La vista di quella sfortunata lo aveva messo in agitazione, aveva fretta e desiderava arrivare il prima possibile alla sua camera oscura, per sviluppare quelle foto e studiarle attentamente.

***

Passarono svariati minuti, prima che medici e infermieri dell'associazione si riprendessero dalla paura dello scoppio dei due ordigni. Ripristinata la calma all'interno dell'ospedale, decisero di portare i corpi di Alessandra e degli altri deceduti all'interno, nella parte ancora integra dell'edificio.

Il corpo di Alessandra fu vegliato per due giorni dal personale medico dell'associazione, poi finalmente trovò riposo in una bara di legno improvvisata.

Il giorno successivo, fu caricato su un camion centinato, assieme alle poche attrezzature ospedaliere rimaste intatte, con destinazione Damasco. Il viaggio durò circa trentasei ore, interrotto soltanto da alcune piccole pause. Ci vollero altre dodici ore prima che l'amministrazione della città autorizzasse il trasporto del feretro all'aeroporto, per essere imbarcato.

Il Ministero degli Affari Esteri e della Cooperazione Internazionale, avvertito prima dal presidente dell'Associazione dei Medici Volontari e poi dalla polizia di Damasco, messo al corrente dell'accaduto, si attivò immediatamente e, per il giorno successivo, organizzò il rientro in patria del corpo di Alessandra, tramite un C-130 dell'aereonautica militare.

A mezzogiorno del 6 agosto 2014, il C-130 atterrò a Fiumicino e ripartì due ore dopo, con alcune personalità politiche e militari a bordo, con destinazione la città di Treviso.

Venezia, 15 Febbraio 2014

Andrea andò con passo deciso verso la reception dell'albergo, l'uomo brizzolato dietro al banco sorrise, vedendo entrare la giovane coppia.

Alessandra si guardò attorno, il pavimento in marmo bianco, le pareti con cornici in scuro legno massiccio e un alto soffitto con stucchi veneziani, tutto questo la divertiva e intimidiva nello stesso tempo.

Finalmente Andrea le aveva lasciato la mano. Girò su sé stessa, ancora sorpresa dalla bellezza del salone d'entrata, poi fissò l'uscita indecisa.

Ma in quel momento lui la chiamò:

– Vieni, – le disse – saliamo!

Andrea aprì i cancelli del vecchio e stretto ascensore, lei lo segui e si trovò appiccicata al suo corpo.

Lui la strinse a sé e, in quei pochi secondi che l'ascensore impiegò a salire, le raccontò di Tommy e di come ora avesse in tasca la chiave della camera numero trentadue.

Alessandra pensò in un primo momento di chiarire l'equivoco, ma nel frattempo erano arrivati al piano. Andrea aprì il cancelletto cigolante e lei lo seguì e rimase sorpresa dalla bellezza delle pareti e dalla luce calda che entrava nel corridoio.

Quando lui girò la chiave e aprì la porta della camera, Alessandra percepì che la parte di lei, che ancora resisteva alla situazione che si era creata, si era definitivamente arresa.

Mentre lui osservava con ammirazione l'immensa stanza, dai mobili massicci in stile settecento, fu lei a metterglisi di fronte e, per la prima volta, lo abbracciò.

Dopo averla baciata, lui la guidò vicino alla finestra, la cui parte alta era fissa, con cerchi di vetro colorato di Murano, fissati con una lamina di stagno, che donavano alla luce che filtrava mille sfumature.

Andrea aprì le ante, la visione dei palazzi lungo il Canal Grande era di una bellezza straordinaria, la coppia guardò verso il basso, dove le gondole perdevano la gara con i vaporetti. La strinse a sé, le baciò i capelli e respirarono l'aria salmastra.

Dopo alcuni minuti, si girarono verso l'interno, osservando con calma la camera. Il letto era ricoperto da una grande trapunta bianca, mentre la testata aveva una cornice in legno massiccio e levigato e un'imbottitura di seta rosa, come le sedie sparse nella stanza. Vi era poi un comò intarsiato, sul quale faceva bella mostra di sé un grande specchio con la cornice barocca, ed un armadio in legno bianco, con disegni floreali. Sul pavimento c'erano diversi tappeti persiani e al soffitto pendeva, maestoso su tutto, un lampadario barocco in vetro di Murano.

Andrea tolse la giacca e le scarpe, Alessandra lo osservò e lo imitò. Si sfilò l'impermeabile, lo appoggiò su una delle sedie più vicine, tolse gli stivaletti e li mise appaiati sotto la sedia.

Lui le si avvicinò, la prese per mano e insieme si sdraiarono sul letto.

Alessandra aveva ormai deciso, voleva che quel giorno fosse un giorno speciale, almeno per un giorno quel ragazzo sarebbe stato solo suo, aveva aspettato tanto quel momento e ora non ci avrebbe rinunciato così facilmente.

Si scambiarono carezze e baci, sempre più intensi e pieni di passione. Poi ci fu un momento in cui tutto si fermò, per un breve attimo, come fa il lampo quando squarcia il cielo.

Andrea era teso, pronto ad unire i loro due corpi, quando la sua mano si posò sulla fronte di Alessandra, per un'ulteriore carezza, e le tirò i capelli leggermente indietro.

La sorpresa di quella piccola macchia scura sulla pelle lo bloccò, fissò gli occhi azzurri di Alessandra, che in un attimo si ingrandirono impauriti. Ma il suo corpo la tradì di nuovo, con un movimento quasi impercettibile le sue gambe si mossero e il giovane corpo di Andrea lo percepì come un ulteriore invito. Niente e nessuno avrebbe potuto più trattenerlo, così i loro corpi si fusero e iniziarono a muoversi in una danza conosciuta e ancestrale.

Passò del tempo, se l'amore ne ha.

Le lancette dell'orologio barocco, posto sulla parete di fronte, erano prossime alle dodici, quando Alessandra scivolò da sotto la candida trapunta e si infilò silenziosa sotto l'acqua calda della doccia.

Dopo diversi minuti, uscì con indosso un accappatoio color crema, mentre con l'asciugamano tentava di asciugarsi i capelli. Gli sorrise, ora era più tranquilla, sotto la doccia aveva preso una decisione dura e irrevocabile.

A partire da domani, Andrea sarebbe scomparso dalla sua vita e, d'ora in avanti, avrebbe fatto di tutto per non assomigliare alla sorella.

Tornò in bagno, appoggiò l'asciugamano sul lavandino, guardò dentro l'armadietto e prese le forbici per le unghie. Rientrata nella camera, si sedette sulla sedia imbottita e si osservò nel grande specchio barocco, per alcuni secondi. Poi, decisa, iniziò a tagliarsi le ciocche bionde.

Andrea, che aveva sentito l'acqua della doccia scorrere, rimase ancora qualche minuto sotto la trapunta. Poi la vide, seduta, un po' persa in quell'abbondante accappatoio da uomo.

Quando però scorse le ciocche bionde cadere sul pavimento, sorpreso, si mise a sedere e spalancò gli occhi.

Lei lo vide riflesso nello specchio, sorrise e disse: – Voglio fare di nuovo l'amore con te… Non ci saranno altre occasioni e più nessun scambio di persona in futuro.

Andrea capì, la loro storia sarebbe terminata quel giorno. La guardò, mentre con difficoltà continuava con il taglio dei capelli.

Scivolò in silenzio giù dal letto e si portò, nudo, dietro di lei.

Per un momento si guardarono attraverso lo specchio, poi dolcemente le tolse le forbici dalla mano e continuò lui a tagliarglieli, fino a quando il collo di Alessandra non fu completamente scoperto.

A quel punto appoggiò le forbici sul comò e la osservò, mentre lei si girava per controllare il taglio allo specchio.

– Dovrò passare a sistemarli dal parrucchiere. – disse con aria quasi felice.

Andrea si curvò, iniziò a baciarle prima il collo e poi le spalle; Alessandra alzò lentamente il viso, fino a che le sue labbra non incontrarono quelle di lui.

Treviso, 6 agosto 2014

Ad attendere il feretro sulla pista dell'aeroporto, erano arrivati in anticipo Marco, Alessia e Andrea. Matilde li avrebbe attesi all'interno del Duomo di Conegliano.
Alessia si asciugò le lacrime con il dorso della mano, quel giorno la temperatura, anche all'interno dell'hangar, sfiorava i trentasette gradi, vi era molta umidità e nessun alito di vento.
Finalmente l'areo atterrò sulla pista, dalla scaletta scesero alcune persone vestite di scuro e due militari dell'aereonautica.
Ci volle quasi un'ora per assolvere tutte le formalità del momento e le condoglianze di rito.
Quando Alessia si lasciò andare sul sedile posteriore della macchina di Marco, al seguito dell'auto funebre, era fisicamente provata.
Andrea, seduto al suo fianco, le teneva la mano, silenzioso, aveva un'espressione triste e nello stesso tempo dura, arrabbiato con i colpevoli di quella morte, in primis il pilota che aveva sganciato quelle due bombe, ma anche contro chi quelle bombe vendeva, lucrando, e contro le mani che si erano prestate a costruirle. Lui stesso, infine, si riteneva in parte colpevole per quella morte.
Mentre il piccolo corteo di auto scendeva verso Conegliano, il Duomo si stava riempendo lentamente.
Nel primo banco della fila di destra, Matilde e Francesca non riuscivano a trattenere le lacrime, anche loro si ritenevano in parte responsabili di quello che era accaduto.
Dietro di loro Anna, con i nonni e i parenti più prossimi.
Erano presenti anche Sergio, Lea, Fabrizio e numerosi amici.
In piedi, sulla fila di sinistra, molti giovani del mondo del volontariato, innanzitutto il presidente dei Medici Volontari, con tutto il gruppo di Venezia, con cui Alessandra

aveva collaborato fino all'ultimo; tanti poi gli studenti del liceo e dell'università, che avevano avuto occasione di conoscerla.

Presenti, tra i banchi, anche alcuni scout dell'Agesci, che, ancora bambine, le gemelle avevano frequentato nei campi estivi. Il mondo del volontariato era rappresentato anche dalla Protezione Civile e dagli Alpini, che in questa zona sono numerosi e spesso in prima linea nei casi di calamità naturali.

Quando l'auto, con il corpo di Alessandra, si fermò sotto i portici, la chiesa era sovraffollata e le persone sostavano anche fuori, lungo la via XX Settembre.

Alessia

Per Alessia la morte della sorella gemella fu un duro colpo.
Chiese subito al suo datore di lavoro di poter fare tutte le ferie arretrate, ma, quando riprese a lavorare, si trovò ancora in difficoltà.
Ora il lavoro le sembrava ripetitivo, aveva perso il suo entusiasmo iniziale e si ritrovava frequentemente a pensare alla sorella.
Iniziò ad arrivare sempre più in ritardo e sempre più spesso durante le ore di lavoro si distraeva.
I suoi pensieri tornavano alla loro forte unione, fin dalla tenera età.
Quell'ultima e-mail poi, così strana, chissà cosa voleva dirle con quel "Quando tornerò, ti racconterò tutto e ti chiederò di perdonarmi." Cosa mai avrebbe dovuto perdonarle?
Ultimamente si erano un po' allontanate, Alessia aveva iniziato a lavorare e Alessandra si era iscritta all'università. Lei frequentava Andrea, mentre Alessandra aveva stretto nuove amicizie, a Venezia.
Stavano diventando adulte e le loro strade si erano separate, com'era prevedibile che prima o poi accadesse, ma entrambe sapevano, in cuor loro, di essere inseparabili.
Appunto, inseparabili, ecco perché soffriva così tanto.
Dopo alcune settimane, prese una decisione e, dopo averne parlato prima col padre e poi con la madre, lasciò definitivamente quel posto di lavoro.
Anche per Marco quel periodo non fu affatto facile. Il suo umore passava dall'entusiasmo, quando teneva in braccio Alvise, allo sconforto quando i suoi pensieri andavano alla recente perdita.
Le difficoltà di Alessia nel riprendersi, in qualche modo gli furono d'aiuto: ad un certo punto reagì, lo doveva ai

suoi figli. Alessia e Alvise avevano bisogno di lui. E anche Matilde ed Anna contavano sul suo aiuto.

Marco ed Anna, in quei giorni, parlavano spesso di Alessia, anche in merito alla sua relazione con Andrea, divenuta evidente dopo la morte di Alessandra.

Anna cercava spesso il figlio al telefono, non per sapere come e quando fosse nata la loro tenera amicizia, in un certo senso qualcosa lo aveva intuito, da tempo, ma per chiedergli di starle vicino.

– Sto facendo del mio meglio, – le aveva risposto Andrea.

Un aiuto più concreto, dopo poco più di un mese, venne da Lea.

Questa da tempo aveva un sogno nel cassetto, quello di aprire un negozio di moda, simile a quello di Conegliano, a Treviso.

In quei giorni si era finalmente presentata una buona occasione per l'affitto di un piccolo locale, in una zona centrale della bella città veneta: l'opportunità quindi non andava sprecata.

Per il già ben avviato negozio di Conegliano, aveva bisogno di una persona di fiducia che la sostituisse, mentre lei si sarebbe dedicata alla nuova boutique.

Propose la cosa ad Alessia: – In negozio ho già una commessa preparata, Mariella, che sa il fatto suo. Anche se da solo un anno lavora per me, ha molta esperienza nella vendita. A te, Alessia, non faccio problemi di orario, basta che tu sia là, nei momenti di punta e alla chiusura, quando ho bisogno di una persona di fiducia, che mi controlli gli incassi.

Poi vedi tu, se il lavoro ti piace, Mariella ed io possiamo insegnarti molto, sarai tu a decidere.

Alessia si prese alcuni giorni per riflettere, capiva che Lea voleva in qualche modo aiutarla. Di mattina sarebbe potuta arrivare a qualsiasi ora in negozio, l'ambiente era nuovo per lei, ma Mariella, che aveva avuto modo di incontrare in alcune occasioni, le era parsa una ragazza allegra e alla mano.

Il lunedì successivo chiamò Lea al cellulare:

– Accetto la tua proposta. – le disse – Proviamo e poi vedremo. Credo che un nuovo lavoro potrebbe veramente aiutarmi in questo momento... e, Lea, non so proprio come ringraziarti per questa opportunità.

– Non serve che tu mi ringrazi, – rispose Lea – voglio solo che tu ci provi.

Così Alessia iniziò il nuovo lavoro, andando in negozio a mattina inoltrata e qualche ora nel tardo pomeriggio.

Nei giorni e nelle settimane che seguirono, ebbe alti e bassi, ma poi la simpatia di Mariella, l'ambiente tutto sommato tranquillo, i bei capi di abbigliamento che Lea trattava, l'aiutarono a sentirsi sempre più coinvolta, tanto che, al secondo mese, iniziò a proporre lei alcuni abiti, iniziando dalle clienti con cui era entrata più in confidenza.

Nei mesi che seguirono, fino alla laurea di Andrea, l'occupazione in negozio le fu di grande aiuto, il suo umore andò pian piano migliorando, la vendita di capi alla moda la coinvolgeva e, grazie al lavoro, il dolore per la scomparsa della sorella si affievoliva.

Anche il suo rapporto con Andrea tornava lentamente alla normalità, anche se alcune volte le capitava di avere l'impressione che Alessandra fosse ancora lì con loro.

Andrea si laurea

Ancora pochi minuti, poi Andrea sarebbe entrato nell'aula per discutere la tesi della laurea triennale.
In piedi, lungo il corridoio, altri quattro studenti del suo stesso corso erano in attesa.
Finalmente la porta si aprì, tre insegnanti diedero loro il benvenuto, anche alcuni genitori e parenti entrarono e si accomodarono sulla prima fila di sedie.
I laureandi, uno alla volta, con un po' di apprensione e qualche timidezza, iniziarono a discutere le loro tesi.
Andrea sapeva di essere ben preparato. Dopo la morte di Alessandra si era immerso totalmente nello studio, parlava con sicurezza, senza alcuna timidezza, rispondeva sempre alle domande, con il massimo rispetto verso l'insegnante, anche quando questi cercava di metterlo in difficoltà.
Si notava in lui una certa fretta, sia nell'esporre, che nel rispondere alle domande. Aveva fretta di terminare l'esame, di laurearsi e soprattutto di andarsene da quella città.
Voleva lasciare Venezia il prima possibile. In quei due anni, aveva sempre evitato il tragitto dalla Stazione a Ca' dei Cuori. Il ricordo di quelle ore passate nella camera di quel palazzo del settecento, in compagnia di Alessandra, era difficile da eliminare.
Il peso più grande era il fatto di non essere riuscito a parlarne con Alessia, di confessarle la verità su quello che era accaduto quel sabato di febbraio.
Non voleva dimenticare, ma ricordare tutto come fosse stato solo un sogno.
Anche per questo, subito dopo la scomparsa di Alessandra, aveva preso le distanze dal suo amico Tommy, che continuava a soggiornare in quella stanza.
Aveva dunque urgente bisogno della laurea. Appena laureato, si sarebbe trasferito a Londra, avrebbe cercato

un'occupazione e, nel frattempo, il padre l'avrebbe sostenuto economicamente.

Anna e Alessia erano là, sedute in prima fila, entrambe
felici, entrambe tese, ad ascoltare.

Quando tutti i convocati terminarono di discutere la tesi,
la commissione dei tre professori si ritirò per alcuni minuti.

Rientrati in aula, chiamarono i ragazzi uno ad uno.

Andrea ebbe il massimo dei voti, Anna ed Alessia non
trattennero la gioia e uscirono dai banchi, andando subito
a congratularsi con lui.

Preparativi

Non erano trascorsi due mesi dalla discussione della tesi, che un sabato, col padre, Andrea fissava i dettagli della sua partenza per Londra.
Sergio avrebbe fatto fronte alle spese iniziali del figlio, fino a quando questi ne avesse avuto bisogno.
Dal canto suo, il ragazzo si sarebbe attivato subito per cercare un lavoro, accettando anche incarichi non qualificati e iscrivendosi, appena arrivato, ad un corso di inglese, per perfezionare la lingua.
L'idea di partire per Londra lo entusiasmava, aveva bisogno di dare una svolta alla propria vita: una nuova città, nuove esperienze, un lavoro, tutto sarebbe cambiato e lui si sentiva pronto.
Il problema più grosso era come comunicare la sua decisione alla sua ragazza.
Una domenica, Alessia bussò a casa di Anna, mentre Andrea si era messo a ballare in cucina con Alvise in braccio.
Il piccolo rideva e sgranava gli occhi quando lo sollevava in alto.
Sentendo le risate, Anna era scesa in fretta dalle scale, ma troppo tardi: fra un riso e un singhiozzo, alla fine Alvise aveva vomitato il pasto mattutino sul maglione giallo ocra di Andrea.
Marco andò ad aprire la porta alla figlia, proprio mentre Anna riusciva a togliere Alvise dalle mani di Andrea.
– Cavolo, Andrea, ma quante volte te lo devo dire che non devi ballare con Alvise in braccio, quando non ha ancora digerito?
Alvise, tra le braccia di Anna, fissò Andrea con i suoi occhioni azzurri, il fratello gli sorrise e il piccolo ricambiò il sorriso.
– Siete due delinquenti! – li rimproverò Anna, ma le sue labbra erano anch'esse già pronte al sorriso.

Andrea in quel momento vide Alessia.

– Ciao Alessia! – la salutò, mentre stavano ancora riden-
do, – È meglio che vada a cambiarmi, torno subito! – Così
dicendo le passò velocemente davanti, la baciò frettolosamente sulle labbra e salì in camera.

– Ciao Alessia. – l'accolse Anna, mentre con il bavaglio
puliva la bocca di Alvise.

– Meno male che te lo porti via per po'! – disse, riferendosi
ad Andrea – quando lui ed il fratello sono assieme, regna
il caos.

Ma gli occhietti azzurri di Alvise, che la osservavano,
sembravano dirle: – Sono il bambino più innocente del
mondo.

– Tu non fare l'innocente! – gli disse con tono semiserio
– so benissimo quanto ti diverti a farti spupazzare da tuo
fratello.

Marco, che nel frattempo si era accomodato sul divano, si
rivolse alla figlia, chiedendole se a casa tutto filasse per il
verso giusto e lei confermò che tutto andava abbastanza
bene ed era contenta del nuovo lavoro.

– Siediti! – la invitò il padre – è rimasto ancora un po' di
caffè.

Alessia si tolse il cappotto, appoggiandolo sul divano,
sedette vicino al tavolo e prese la tazzina che Marco le
porgeva.

Andrea tornò dopo pochi minuti e, poco più tardi, lui ed
Alessia salutarono e uscirono.

In piazza Cima, il sole illuminava la facciata del teatro.
Andrea la prese per mano e iniziarono a camminare sotto
i portici.

– Devo partire! – esclamò, dopo qualche minuto di silenzio, mentre le stringeva con più forza la mano.

Alessia rallentò il passo e lo fissò con i suoi grandi occhi
azzurri:

– Londra?

– Sì.

– Allora, hai deciso.

– Qui la situazione è difficile, non credo ci siano opportunità di lavoro, almeno nell'immediato e senza esperienza.

– Hai la laurea solo da otto settimane, non credi di essere troppo precipitoso?

– La maggior parte dei laureati trova lavoro solo all'estero ormai da diversi anni ed io non voglio perdere tempo.

– E a me non pensi? – disse Alessia, con gli occhi ormai lucidi.

– Non è facile neppure per me – mentre parlava le cinse le spalle e continuò determinato: – Voglio lavorare, possibilmente fare un lavoro che mi piace, lo voglio per me, per te, per noi.

Ripresero a camminare lentamente, le campane del Duomo suonarono le dieci, il sole uscì deciso dalle nubi, iniziando a scaldare l'aria.

Trascorsero alcuni minuti e Andrea aggiunse:

– Vorrei che tu mi raggiungessi a Londra… quando mi sarò sistemato. Se le cose non dovessero andare come spero, sarò io a tornare, ma devo provarci, ora.

Così dicendo la strinse a sé. Lei gli accarezzò il viso e gli chiese: – Quando pensi di partire?

– Sto aspettando la conferma dell'alloggio, potrebbe essere già la prossima settimana.

– Così presto?

– Vedremo, è possibile…

Ci fu un lungo silenzio, poi decise di cambiare argomento, le chiese di raccontargli del suo nuovo lavoro e lei iniziò a parlargli di quell'ultima settimana in negozio da Lea.

Londra

L'aereo si alzò dalla pista, dell'aeroporto di Venezia, alle 11.15 precise.

In quel primo lunedì di marzo, il vento pungeva ancora le guance, ma ora, seduto all'interno del velivolo e vicino all'oblò, Andrea guardava giù la città e la laguna illuminate dal sole, un panorama da cartolina.

Cercò di non pensare alla tristezza dei saluti. Quando, dopo baci e abbracci, Alessia e Anna l'avevano lasciato solo, lì, al check-in, per un momento si era sentito smarrito, ma ora, in volo sopra la verde e ordinata campagna veneta e con all'orizzonte la bellezza delle Alpi imbiancate, l'ottimismo gli era tornato e si sentiva di nuovo pronto alle sfide.

Il volo fu tranquillo e, quando l'aereo sorvolò la Manica, pensò che da quel momento la sua vita era nelle sue mani, tutto sarebbe dipeso dalla sua volontà di riuscire e, per quanto lo riguardava, ce l'avrebbe messa tutta.

Ad Heathrow, all'uscita dal terminal, lo accolsero un sole pallido e un'aria gelida. Salì deciso sul treno, trascinandosi dietro la valigia e, trascorsa neppure un'ora, si trovò, un po' frastornato, nel centro di Londra.

La metropolitana infine lo lasciò a circa trecento metri dal suo alloggio.

I primi giorni non furono facili, la piccola cucina aveva solo le piastre elettriche, senza forno, la lavanderia era nello scantinato, con i turni da rispettare sia per il lavaggio che per l'asciugatura dei capi. Inoltre, gli consegnavano spesso nuovi moduli da compilare e firmare, talvolta da pagare.

Ma dopo qualche giorno, arrivarono altri inquilini e la proprietaria dello stabile sembrò all'improvviso dimenticarsi di lui.

Iniziò a viaggiare in metrò, alla scoperta della città, decise di iniziare dai parchi e poi avrebbe continuato con calma con i musei e con tutte le altre cose da vedere.

Oltre a visitare Londra, si iscrisse ad un corso per il perfezionamento dell'inglese, poi, senza fretta ma con determinazione, preparò un curriculum vitae ben fatto e lo unì ad una efficace lettera di presentazione.

Ogni giorno cercava appuntamenti per colloqui di lavoro, tramite cellulare ed e-mail, puntando su aziende bancarie e finanziarie. La speranza di trovare presto un lavoro fu in quelle settimane sempre al suo fianco.

A fine mese lo trovò, come aiuto cuoco, in un ristorante italiano, per quattro sere alla settimana. Aggiungendo questo modesto introito al bonifico del padre si senti più tranquillo.

I colloqui di lavoro proseguivano nella media di due/tre alla settimana e finalmente, alla fine di aprile, ebbe da parte di una famosa banca un'interessante proposta di lavoro.

A luglio fu inserito in un team per le analisi di bilancio di alcune società. Il team si occupava soprattutto di controllare i bilanci di alcune aziende italiane, erano spesso banche lombarde e venete a chiedere consulenza alla banca internazionale londinese.

Fu così che, in agosto, fu trasferito a Milano, con altri colleghi, per controllare i bilanci di alcune aziende lombarde, prima che queste procedessero ad una fusione con altre società dello stesso settore.

Alessia si accordò con Lea per tenere il negozio chiuso alcuni giorni, così poté trascorrere una decina di giorni a Milano.

Più che di giornate, lui lavorava dalle nove alle diciotto, con solo una breve pausa-pranzo con i colleghi, si trattò per i due innamorati di calde serate estive, alla scoperta di Milano e dei suoi ristoranti, seguite da notti bollenti, cariche di baci e sudore, con lenzuola arrotolate e docce frettolose.

Ai primi di settembre, Andrea venne richiamato a Londra, dove rimase fino all'inizio delle vacanze natalizie.

Di nuovo a casa

Il 3 ottobre Alvise compì tre anni e nel pomeriggio ci fu una piccola festicciola. Al taglio della torta erano presenti, oltre a Marco e Anna, i nonni, Alessia, Lea, Matilde e persino Sergio.

Andrea telefonò ad Anna quella sera, si fece passare al cellulare il piccolo Alvise e, fra le altre cose, gli promise che presto sarebbe tornato da lui, almeno per un po'.

Infatti, l'aereo di Andrea atterrò all'aeroporto Antonio Canova di Treviso, circa due mesi dopo, la sera del 10 dicembre, con Alessia che lo attendeva raggiante al terminal.

I suoi capelli lisci e biondi scendevano fin sotto le spalle, indossava un cappotto nero di Zara, con una cerniera che scendeva lunga sul davanti e il collo di pelliccia ecologica, bianca. Lo aveva preso in prestito dal negozio di Lea e sotto portava una gonna lunga, nera, con triangolini arancioni e una maglia in lana a manica lunga, color ruggine; gonna e maglia se le era comprate per l'occasione.

Dopo una decina di minuti, Andrea comparve, trascinando una piccola valigia, Alessia alzò la mano chiamandolo a gran voce, lui volse lo sguardo, la vide quasi subito e sorrise, mentre lei non smetteva di agitare la mano in segno di saluto.

Era così bella! Bello anche il suono della sua voce, e furono molti gli uomini, in attesa al terminal, a guardarlo con invidia.

***

Fino a fine anno, Andrea passò giorni felici, in casa di Anna e Marco.

Costruì e addobbò l'albero di Natale con Alvise; spesso lo si vedeva passare da una stanza all'altra, con il bambino sulle spalle.

Nei primi pomeriggi, quelli meno umidi e più soleggiati, lui e Alessia erano soliti passeggiare sotto i portici, abbracciati, mentre osservavano le vetrine preparate per le feste.

In quei giorni, spesso lui la accompagnava al lavoro, fino all'ingresso del negozio, dove si davano l'ultimo bacio, e più tardi, in quelle fredde sere invernali, lo si poteva scorgere a camminare su e giù per il viale della stazione, in attesa della chiusura della boutique.

Il trentuno sera arrivò anche Sergio. Quando la sua BMW scura si insinuò su per la stradina stretta di Via del Teatro, vide comparire i primi fiocchi di neve sul parabrezza, parcheggiò l'auto di fronte all'appartamento di Anna, mentre Lea lo attendeva all'interno già da mezzora.

Nella cucina c'era aria di festa, per il brindisi di fine anno si erano aggiunti anche Matilde e Fabrizio.

Andrea andò ad aprire la porta al padre e lo abbracciò, mentre Marco, con Alvise in braccio, scostò le tende della finestra: sotto la luce del lampione e sulla strada, si vedevano i fiocchi di neve scendere, sempre più grossi, sempre più fitti. Alvise aveva gli occhi spalancati, per la prima volta osservava quella leggera cosa bianca cadere dal cielo, incredulo.

Alessia si alzò dal divano, sussurrò qualcosa ad Anna e si apprestò a preparare un tè per tutti.

Marco e Andrea

Il 2 gennaio, Marco e Andrea andarono in montagna. L'idea della passeggiata nel bosco era stata suggerita da Marco, che non era più salito dalla morte della figlia. Quella mattina però c'era un bel sole e la nevicata del giorno precedente aveva reso le Prealpi superbe e invitanti. Per Marco era un'occasione in più per parlare con il giovane, che aveva più volte accennato al desiderio che Alessia lo raggiungesse al più presto a Londra. Questa eventualità, a dir la verità, a Marco dispiaceva non poco, gli sembrava di subire una seconda perdita. Verso le nove i preparativi per la gita furono terminati, salutati Anna e Alvise, spazzarono via quel po' di neve che si era depositata sul parabrezza e misero gli zaini, con l'attrezzatura da montagna, nel bagagliaio. L'auto scese per via del Teatro lentamente, vi era stato sparso il sale, ma la stradina non risultava ancora completamente libera dalla neve, poi, usciti dal centro e imboccata la via per Vittorio Veneto, la strada risultava abbastanza pulita, probabilmente nella notte erano passati con lo spazzaneve. Dopo mezzora circa, la Golf metallizzata scura di Marco si inerpicava sicura su per i tornanti del Cansiglio. Più si saliva e più la neve risultava alta ai lati e, sotto le betulle e i faggi ormai spogli, si poteva osservare il sottobosco imbiancato. Successivamente, attraversarono la piana, così bianca e illuminata dal sole, che la luce riflessa dalla neve dava quasi fastidio agli occhi. Superarono i prati del Golf Club, coperti da una trentina di centimetri di coltre bianca, per continuare in direzione di Tambre, dove la strada riprese a salire. Poco a poco tutt'attorno le rare foglie color ruggine dei faggi sparirono per lasciar posto a fitti abeti ricoperti di bianco. Marco più avanti girò a destra, dove la strada non era ancora asfaltata, e, dopo una doppia curva, si stringeva ed era quasi interamente sotto la neve. In un punto, le gomme anteriori scivolarono per qualche metro e Andrea guardò Marco un po' preoccupato.

– Stai tranquillo! – gli disse, sorridendo e senza togliere lo sguardo dalla strada – Ci siamo quasi.

E poco dopo: – Ecco, siamo arrivati.

La Golf affrontò l'ultima curva, sbandando leggermente, per fermarsi finalmente in un piazzale parzialmente già ripulito dalla coltre nevosa. Era Il parcheggio del vecchio Hotel Col Indes. Intorno a loro il paesaggio era completamente bianco e la temperatura appena sopra lo zero.

I due scesero dall'auto, indossarono giacche e scarponi e fissarono le racchette da neve.

Con gli zaini in spalla e le ciaspole ai piedi, si avviarono per il sentiero, camminando sulla neve ancora fresca. Salirono con calma, lasciando alle loro spalle il vecchio hotel in legno, degli anni '50.

Le punte dei monti, ricoperte di bianco, splendevano al sole, Andrea le osservò entusiasta, ogni tanto si fermava a prendere fiato e l'aria fresca gli riempiva la gola. Dopo qualche chilometro, il sentiero entrava definitivamente nel bosco. Da lì ci vollero circa venti minuti di cammino in salita, prima di arrivare in vista della grande catasta di legna, che Marco ben conosceva.

La Forestale aveva fatto il suo lavoro anche quest'anno, pensò, togliendo un po' di neve dai ceppi e appoggiandosi per pulire le racchette.

Era dall'anno del suo incidente che non arrivava fin lassù, la corsa pazza giù per il sentiero ora non lo attraeva più, anzi, a pensarci, la trovava proprio una cosa poco intelligente da farsi.

Iniziarono a scendere, nel silenzio più totale del bosco. Si sentiva spesso un ramo secco spezzarsi sotto il peso della neve e, girandosi velocemente in quella direzione, si poteva scorgere una nuvola bianca scivolare a terra. Marco mise l'indice vicino alle labbra in segno di silenzio e fece notare ad Andrea le numerose tracce lasciate dai caprioli. Dopo un ripido declivio, il bosco si apriva, la luce del sole entrava fra gli abeti con forza e gocce di diamanti cadevano da un ramo all'altro. Anche il sottobosco sembrava brillare ed il giovane ne era incantato. Alla fine della discesa, si apriva la piccola radura, anch'essa coperta di bianco, e, più in là, sarebbe apparsa davanti ai loro occhi la parete di roccia calcarea e scura, anch'essa ben nota a Marco... Era il luogo dove lui e Anna si erano conosciuti diversi anni prima. Ma non disse nulla al giovane, quei ricordi appartenevano solo a loro due.

Infine si inoltrarono verso destra. Avanzando lentamente sul manto bianco, in pochi minuti uscirono completamente dal bosco e Andrea notò con sorpresa che poco lontano, in alto, era visibile il rifugio della madre.

Da bambino ricordava di esserci andato spesso, quasi tutte le estati, vi era sempre giunto però dalla strada, con l'auto. Arrivarci uscendo dal bosco innevato, sembrava diverso. Osservò il paesaggio che gli si parava dinanzi, i campi imbiancati in lieve salita, più in su i boschi fitti e, ancora più in alto, la cima del Monte Cavallo, illuminata dal sole di mezzogiorno. Tutto gli appariva bellissimo e ringraziò Marco per averlo portato con lui quella mattina. Questi pulì i gradini di legno dello chalet, si sedette e si tolse le racchette da neve, poi entrò e andò ad aprire le tende.

Il rifugio non era abitato da mesi, ma tutto era in ordine, solo un filo di polvere compariva sopra i mobili, illuminati dai raggi solari.

Quando il fuoco nella cucina a legna iniziò a scoppiettare, le lancette dell'orologio segnavano la mezza. Entrambi, per stare più comodi, avevano tolto gli scarponi e indossato i calzettoni di lana.

Pian piano il tepore del fuoco iniziò a farsi sentire e Andrea si distese sul divano, stanco.

Marco lo guardò sorridendo, mise a bollire l'acqua per la pasta e gli si sedette vicino.

Guardandosi attorno, gli venivano in mente tutti i bei momenti passati in quel casolare con Anna, ma... iniziò a raccontare ad Andrea un'altra storia.

Quella di un'estate di molti anni prima, quando per la prima volta era salito in Cansiglio, lui, solo con le figlie, che allora avevano circa sei anni e che erano così simili a vedersi, che perfino la madre alla mattina preferiva vestirle con colori diversi per paura di scambiare l'una per l'altra.

– Quell'estate, – iniziò a raccontare – dopo aver parcheggiato l'auto in località Crocetta, avevo fatto scendere le gemelle, con attenzione avevamo attraversato la strada e tutti e tre, mano nella mano, eravamo saliti sul viottolo a destra della statale. In poco tempo eravamo entrati nel fitto bosco di abeti, il sentiero risultava ben segnato e ben pulito, la luce del sole illuminava il sottobosco e la temperatura era ottimale per una passeggiata. Così, dopo pochi minuti, anche le bambine si trovarono a loro agio.

Marco sentì borbottare il coperchio della pentola, sospese per un momento il racconto, mise la pasta nell'acqua e tornò vicino ad Andrea.

– Vedi, – disse, continuando il racconto – quello che mi colpì quel giorno fu il comportamento molto diverso delle gemelle. Dopo aver camminato per una ventina di minuti, nel bosco vedemmo aprirsi una radura piena di fiori e farfalle, che battezzammo subito con il nome di "Valle delle Farfalle". Le bambine, rassicurate dalla bellezza del luogo, lasciarono le mie mani e andarono in esplorazione. Alessia si mise a saltare e a correre, mai sazia di cosa le avrebbe riservato il sentiero più avanti, continuando a chiamarci entrambi, man mano che avanzava nella radura erbosa; mentre Alessandra si attardava, accarezzava i fiori, mi chiedeva i loro nomi, voleva sentirne il profumo, cercava di fare appoggiare una farfalla sul palmo della mano. Più Alessia avanzava in avanscoperta, più Alessandra si fermava ad osservare, cercava quasi un dialogo con i fiori e le farfalle.

Mi chiamavano di continuo per comunicarmi le loro scoperte, mentre si allontanavano sempre più l'una dall'altra. Ad un certo punto non vidi più Alessia davanti a me. Preoccupato, decisi di tornare indietro nel sentiero per una cinquantina di metri, presi Alessandra in braccio stringendomela al petto: "Dobbiamo andare, – le dissi – non possiamo lasciare Alessia da sola."

Involontariamente ed inconsciamente avevo fatto una scelta: restare accanto prima alla figlia che mi sembrava più debole, più delicata; era ovvio che le amavo entrambe, ma Alessia, con il suo entusiasmo e la sua spavalderia, dava l'impressione di essere quella più pronta ad affrontare la vita. Magari era solo un'impressione...

A quel punto del racconto, con gli occhi lucidi, Marco si alzò dalla sedia, per controllare la cottura della pasta. Andrea, che, all'insaputa di tutti, le aveva amate entrambe, certo di un amore diverso, ma anche lui aveva dovuto ad un certo punto fare una scelta, anzi più di una riguardo alle gemelle, capiva bene l'emozione di Marco, tanto più ora, dopo la scomparsa così tragica di Alessandra. Si commosse e, quando Marco gli portò il piatto pronto, si sottrasse al suo sguardo, fissando il ripiano del tavolo.

Rientro a Londra

I giorni di quelle vacanze natalizie passarono veloci per Andrea, che nei primi giorni del nuovo anno, già pensava ad organizzare il suo rientro a Londra. In quei giorni aveva maturato l'idea di cercare un appartamento più grande, il lavoro sembrava promettere bene e aveva già accennato più volte ad Alessia che il suo desiderio più grande era che lei lo raggiungesse il prima possibile.

Ma Alessia era indecisa, a Conegliano aveva un lavoro che le piaceva, una famiglia, anche se divisa, e non le sembrava il caso di precipitare le cose.

Nonostante fossero passati più di due anni, per Andrea il ricordo di Alessandra era ancora vivo e il non aver detto la verità ad Alessia, rimaneva per lui un problema aperto.

Andare a Londra a lavorare lo aveva aiutato, il cerchio però non era ancora chiuso. E poi c'era quell'ultima e lunga e-mail che Alessandra gli aveva spedito pochi giorni prima del bombardamento, dove, fra le altre cose, asseriva che la sorella aveva il diritto di sapere la verità, dovevano chiederle entrambi perdono, magari insieme. Non era necessario che questo avvenisse subito, il tempo, continuava Alessandra, sarebbe stato la chiave di tutto, si poteva aspettare e per il momento doveva restare tranquillo. Lo pregava di non rovinare il suo rapporto con la sorella per causa sua, il momento propizio per raccontare sarebbe arrivato. Il tempo, ripeteva, avrebbe stemperato tutto e, in quanto a loro, avrebbero sepolto quel ricordo sotto la coltre di una nuova ed onesta amicizia.

Ma ora quei ricordi doveva affrontarli da solo e gli sembrava di riuscire a farlo meglio a Londra, immerso nel lavoro.

Anche per questo avrebbe cercato un appartamento più grande, dove prima o poi sperava di convincere Alessia a raggiungerlo.

Una nuova vita

Fu così che, a fine luglio, Alessia partì per Londra, con l'unica certezza che, al termine delle vacanze, non sarebbe rientrata.

Tralasciando quei momenti in cui la nostalgia di casa aveva il sopravvento, i primi mesi passarono tutto sommato piacevoli e veloci.

Il nuovo appartamento da arredare, le visite ai parchi ed al centro città con Andrea, le prime coppie di amici, per lo più colleghi di lavoro di lui, tutte queste novità e altre ancora non le lasciavano molto tempo.

L'unico problema che sembrava preoccupare un po' la giovane coppia era quello economico. Andrea si accorse ben presto che il suo stipendio era insufficiente per pagare le continue spese del nuovo appartamento, da lui scelto poco distante dalla sede della società dove lavorava, per essere così più vicino ad Alessia, escluse le settimane in cui veniva spedito fuori Londra, cosa che in quel periodo capitava ancora abbastanza spesso.

Fu il padre, come era già capitato, ad aiutarlo. Infatti, nel mese di settembre, Lea e Sergio decisero di trascorre qualche giorno a Londra a far loro visita.

In occasione di una cena a quattro, Andrea parlò francamente al padre della loro difficile situazione e questi si offrì di aiutarli, purché la cosa fosse temporanea e i due si impegnassero a trovare una sistemazione definitiva.

Quando l'appartamento fu sufficientemente arredato, Alessia si iscrisse ad un corso di lingua e cultura inglese, che la lasciava libera nel pomeriggio, e iniziò a cercarsi un lavoro, almeno a tempo parziale. Nei mesi successivi, trovò da lavorare, per alcune settimane, come aiuto, nella cucina di un noto ristorante, poi come cassiera per circa due mesi in un discount e infine come commessa in un negozio di moda, lavoro per cui era certamente portata e che iniziò a darle le prime soddisfazioni.

Tutto proseguì per il meglio, tanto che, nella primavera successiva, decisero di sposarsi.

Il matrimonio si celebrò in una chiesa di rito cattolico, fuori Londra, festeggiato con amici e colleghi senza grande sfarzo. Poi i novelli sposi partirono per l'Italia, dove trascorsero due settimane di tutto riposo, passeggiando sotto i portici di Conegliano o fra le colline soleggiate del Prosecco, spesso accompagnati da Marco ed Anna, oppure da Matilde, felici di avere la compagnia dei ragazzi per alcuni giorni.

Alla fine, un volo notturno, con partenza da Venezia, li riportò all'aeroporto di Heathrow.

Il matrimonio di Alessia e quei giorni trascorsi con i giovani sposi avevano dato a Marco nuove speranze per il futuro.

Alvise da alcuni mesi aveva superato i quattro anni, le sue necessità e la sua vivacità lasciavano poco tempo a lui e ad Anna.

Una domenica mattina, mentre il piccolo dormiva ancora nella sua cameretta, Marco si girò nel letto. Anna dormiva ancora, dalle coperte si intravedeva solo la testa, i capelli neri coprivano buona parte del viso e due dita della mano ne nascondevano parzialmente le labbra.

Le scostò i capelli, poi con delicatezza le spostò la mano: ora poteva vedere il suo bel viso per intero, illuminato dalla lieve luce del mattino. Fece scorrere lentamente sulla guancia di lei una carezza e le sfiorò le labbra con il pollice. – Quanto la amo! – disse tra sé.

Anna si mosse e socchiuse i suoi occhi verdi. Lui la stava fissando, gli sorrise e Marco, a quel punto, le si avvicinò e la baciò con passione sulle labbra.

Il sogno di Alessia

Nei due anni che seguirono, Andrea andò rafforzando sempre più la sua posizione lavorativa all'interno della società per cui lavorava, mentre Alessia, con l'aiuto finanziario di Sergio e la competenza di Lea, riuscì a realizzare il suo sogno, quello di aprire un suo negozio di moda italiana, in un facoltoso quartiere di Londra, raggiungibile dal loro appartamento in meno di mezzora di metropolitana.

Fu così presa dalla nuova iniziativa, che quando rimase incinta, nei primi due mesi, neppure se ne accorse, quando lo capì erano già trascorse dieci settimane.

Nei giorni precedenti qualche segnale c'era stato, Andrea le diceva che aveva un viso più luminoso.

– Essere proprietaria di un negozio, – le ripeteva – ti ha reso ancora più bella.

La rinnovata freschezza di Alessia era invece dovuta alla maternità e, quando fu messo al corrente, Andrea ne fu felice e una nuova energia positiva lo invase.

La moto

Fabrizio la sera prima aveva fatto il check-up alla sua Suzuki.

Quella mattina parcheggiò, con un rombo, la moto di fronte alla casa di Matilde, scendendo in fretta, consapevole di essere in ritardo. Vestito da motociclista e con ancora il casco in testa, suonò il campanello.

– Non faccio entrare sconosciuti – lo apostrofò lei, aprendo solo di qualche centimetro la porta d'entrata. I lunghi capelli biondi non erano ancora ben asciutti, ma era già completamente vestita: sotto la giacca in pelle indossava un maglione giallo, poi un foulard rosso al collo e i Levis infilati negli stivali neri.

– Le terrestri dai capelli chiari non hanno nulla da temere da noi extraterrestri provenienti dalla galassia di Andromeda – scherzò Fabrizio, realizzando solo in quel momento di avere ancora il casco in testa.

– Sarà, ma io mi fido solo dei miei simili. – continuò lei, tenendo con il piede ben ferma la porta.

Allora Fabrizio: – Ho qualcosa con me, che la può rendere più simile a noi andromediani – e le porse il casco, che teneva dietro la schiena.

Matilde sorrise, tolse il piede e spalancò la porta, indossò il casco e disse:

– In quale posto interstellare siamo diretti, straniero?

Fabrizio la prese per mano e disse: – Dolomiti, andiamo a vedere il sole illuminarne le cime.

Matilde salì dietro Fabrizio e, quando la moto partì accelerando, si strinse a lui.

Mentre la Suzuki si arrampicava sul passo San Boldo, pensò che erano ormai trascorsi più di quattro anni dal loro primo incontro. Rimaneva comunque dubbiosa sul loro futuro e continuava a pensare che Fabrizio fosse troppo giovane, per stare con lei.

All'inizio aveva previsto per il loro rapporto una durata massima di qualche settimana, poi, di mese in mese, si era arrivati ad un anno, poi a due, tre, ora era andato oltre i quattro e Matilde considerava quegli anni passati con lui un regalo inaspettato.

Se era ancora riluttante nel pensare a Fabrizio come al secondo amore della sua vita, dopo gli anni trascorsi con Marco, doveva comunque ammettere che si era rivelato più affidabile del previsto, la sua ironia e la sua gioia di vivere l'avevano contagiata, la sua compagnia era sempre piacevole e poi ammettiamolo, si disse, fra le lenzuola sapeva amarla in un modo non comune.

Raggiunsero la vetta del passo, Fabrizio rallentò, accostò e tolse il casco, il paesaggio delle colline sottostanti era da mozzare il fiato.

Angie

Un giorno di una fresca estate londinese, Alessia diede alla luce una bella bambina, alla quale venne dato il nome di Angie e che, nei mesi successivi, mostrò di avere i capelli biondi della madre e della nonna Matilde, gli occhi verdi di Anna e il carattere volitivo di Andrea.

I tre anni successivi passarono veloci e senza particolari note. A settembre, quando Andrea e Alessia decisero che era arrivato il momento per una pausa dagli impegni di lavoro, Angie aveva già festeggiato da alcune settimane le sue prime tre candeline, i nonni fremevano dalla voglia di vedere di nuovo la nipotina ed ora quel momento era arrivato.

Marco aveva chiesto qualche giorno di ferie, da trascorrere in compagnia della giovane famiglia, e il lunedì mattina successivo partì con la Golf in direzione dell'aeroporto "Marco Polo", per prelevarli.

Teneva stretto il volante, mantenendo il mezzo sulla seconda corsia dell'autostrada A27, i centoventi erano già troppi per quella macchina ormai ventennale, ma, nonostante risultasse un po' rumorosa e fosse priva di aria condizionata, le era affezionato e a cambiarla non ci pensava proprio.

L'atterraggio dell'aereo proveniente da Londra era previsto per le undici. Era partito in anticipo e ora stava con lo sguardo fisso sulla strada e i pensieri rivolti alla figlia, diventata ormai madre. Non vedeva l'ora di riabbracciare la gemella e di vedere i progressi della piccola Angie.

Dopo una buona mezzora, finalmente i tre si affacciarono all'uscita del terminal.

Alessia portava i capelli più corti, il suo passo deciso poggiava su tacchi vistosi. Lo riconobbe subito, salutò il padre sorridendo e agitando il braccio. Anche Marco alzò la mano, ricambiando il saluto quasi con timidezza. Andrea comparve dopo qualche secondo e Marco notò la sua folta barba, scura e ben curata: un uomo. Con una mano trascinava una grossa valigia, dall'altro lato aveva in braccio una bambina dai riccioli biondi.

I tre si abbracciarono. Angie per un minuto tenne i suoi occhi nascosti sulla spalla del padre, ma poi la curiosità di vedere di nuovo il nonno fu tale, da superare la naturale timidezza iniziale.

Più tardi arrivarono finalmente a Conegliano e il primo ad accorrere alla porta fu Alvise. Il bambino aveva ora sei anni e, da più di due, non vedeva il suo caro fratellone. Quando Andrea lo abbracciò, il bimbo rimase un po' intimidito da questo nuovo fratello, vestito di tutto punto e con la barba scura. Lo stesso effetto gli fece Alessia, quel taglio di capelli la rendeva ai suoi occhi più raffinata e meno sbarazzina della ragazza che ricordava. Ma la vera sorpresa fu Angie.

Anna nel frattempo li aveva raggiunti sulla porta, abbracciò il figlio, poi baciò Alessia sulle guance e infine prese la piccola.

In braccio alla nonna, Angie fissava incuriosita quel bambino dagli occhi verdi e dai capelli neri, corti e folti. Anche Alvise, pur distratto da Andrea, continuava a seguire con lo sguardo quella bambina dai capelli d'oro, ne era affascinato.

Anna entrò in cucina, lasciò la piccola, disse ad Andrea e ad Alessia di accomodarsi sul divano, dove iniziarono una fitta conversazione.

Angie, finalmente libera di muoversi, si trovò presto di fronte a quel nuovo bambino. I due si osservarono per un momento, poi lei ruppe il silenzio: – Mi chiamo Angie. – disse e alzò il suo braccino, porgendo la mano come aveva visto fare dalla mamma con le persone appena conosciute.

Alvise fu sorpreso, l'accento era un po' strano, ma il suono della voce era lieve, allungò la mano e prese quella della bimba, ma non la lasciò e disse: – Vieni ho un sacco di giochi da farti vedere nella mia cameretta – e mentre mano nella mano salivano le scale di legno, Angie chiese: – Hai anche degli orsacchiotti? Io a casa ne ho uno tutto bianco, l'ho chiamato Bernie ed è il mio preferito.

Nei giorni successivi i due bambini divennero inseparabili, tanto che, quando Alessia e Andrea partirono per una visita, da tempo programmata, alla città di Giulietta e Romeo, dovettero portare anche Alvise.

Andrea si era sentito chiedere spesso dagli amici londinesi come fosse Verona e, a malincuore, aveva dovuto ammettere di non averla mai vista. Così, nel corso di quei giorni di vacanza, aveva deciso di visitarla.

La gita si prolungò fino a sera, anche in virtù della bella giornata, con uno splendido sole.

Al ritorno, guidava prudentemente, mentre i bambini, stanchi, si erano assopiti sul sedile posteriore. Alessia, seduta accanto, gli sorrise, allungò la mano e gli accarezzò la sua, ferma sul volante.

Invito a pranzo

Mancavano due giorni alla fine delle vacanze.
La mattina successiva, la temperatura era mite, con i bambini davanti fecero tutti e quattro una passeggiata, fino a casa di Matilde.
Matilde li aveva invitati per pranzo e loro erano usciti in anticipo per fare due passi. Per puro caso, svoltato l'angolo della pescheria, incrociarono proprio lei, che usciva di fretta dal fruttivendolo.
– Oh, eccovi qua! – esclamò nel trovarseli di fronte, e continuò, sorridente: – Buongiorno a voi, buongiorno bambini!
Alessia ricambiò il saluto: – Sbaglio o sei di fretta?
– Non sbagli, in effetti sono un po' in ritardo nella preparazione del pranzo.
– Non si preoccupi, – disse Andrea con gentilezza – vorrà dire che prolungheremo la nostra passeggiata.
– Mamma, se vuoi ti posso aiutare! – propose Alessia.
– Devo passare ancora al supermercato, ho diverse cose da acquistare, sì, se vieni con me, faremo più velocemente.
Alessia guardò il marito: – Vai avanti con i bambini, io e la mamma vi raggiungiamo appena possibile.
E Matilde: – Andrea, ti lascio le chiavi di casa, se eventualmente dovessimo tardare.
Andrea mise in tasca le chiavi e riprese a camminare lentamente sotto i portici di via XX Settembre, tenendo i bimbi per mano.
La casa di Matilde non era lontana. Era a due piani e aveva un piccolo giardino di fronte, ben curato. Una costruzione semplice, ma piacevole, dipinta di un giallo pastello che ben si intonava con il verde più deciso degli infissi.

Andrea, durante il periodo di fidanzamento, aveva avuto occasione di accompagnare Alessia fino al cancello di casa, ma mai si era spinto oltre.

Ora, aprendo il cancello, sentiva crescere dentro di sé una certa inquietudine. La stanza che proprio non voleva vedere, era la camera delle gemelle.

Alessandra quella mattina, quell'unica mattina che avevano trascorso insieme a Venezia, gliel'aveva descritta fin nei minimi particolari, dalle bambole con cui giocavano da piccole, ai poster sulle pareti, dall'ordine con cui lei teneva il suo scrittoio al disordine che Alessia aveva sul suo. Sentiva i propri passi avanzare sul ghiaino, ma con la mente si vedeva all'interno di quella stanza. Matilde, gli aveva detto Alessia, la teneva in ordine quasi maniacale, come se le figlie dovessero tornarvi entrambe da un momento all'altro.

Arrivato al portoncino d'ingresso, prese le chiavi, le teneva strette in pugno, indeciso se aprire quella porta.

– Entriamo papà? – disse Angie con la sua vocina.

– Sì, ora entriamo, ma voi due promettete di non toccare niente, almeno fino a quando non torna la nonna.

Dopo di che aprì. Dal piccolo corridoio d'entrata passarono in cucina, gli stipiti erano spalancati, la cucina ben illuminata e in ordine, il colore dei mobili e delle pareti dava una bella sensazione di tranquillità domestica. Ma Andrea non si sentiva a suo agio. Alvise aiutò Angie a salire sul divano color caffelatte della cucina, mentre Andrea si avvicinò alla finestra, spostò le tende e guardò fuori verso la strada, sperando che le due donne rientrassero presto.

Squillò il cellulare: – Amore, mi sa che tarderemo. Potresti nel frattempo preparare la tavola e accendere il forno? Mettilo almeno a 180° e non preoccuparti, saremo lì fra venti minuti.

– Va bene, vedo cosa riesco a fare, non conosco la cucina.

– Ah, nel frattempo, perché non dai qualche giocattolo ai bambini? Nella mia camera ci sono ancora dei peluche.

– Ok, a presto allora!

Fece scendere i bambini dal divano e li accompagnò nella camera, che a suo tempo era stata delle gemelle.

Aprì la porta, ma non varcò la soglia, non si sarebbe sentito a suo agio, temeva di vedere anche una sola foto che le ritraesse insieme. L'agitazione avvertita al momento di entrare in quella casa non era sparita, anzi, non vedeva l'ora che la moglie arrivasse.

Le finestre dei balconi erano aperte e la luce del mezzogiorno illuminava ogni cosa. Tutto era in perfetto ordine: una libreria di legno laccato bianco fungeva da divisorio tra i due letti, dal lato opposto due piccole scrivanie, anch'esse bianche, una nell'angolo sinistro, l'altra nel destro, con relative sedie dal tessuto blu, completavano l'arredamento.

La libreria era stipata di libri, tutti infilati in ordine, sul ripiano più basso c'erano solo alcuni peluche: un cagnolino dalle orecchie scure, due orsacchiotti bianchi, ma fu uno verde-bianco a forma di dinosauro, ad attirare l'attenzione di Angie.

La bimba lo prese con delicatezza e lo appoggiò sul letto. Alvise le si avvicinò e disse: – È un dinosauro! – ed iniziò a raccontare con parole semplici quello che ricordava di quegli strani e grandi animali, di cui aveva già sentito parlare nei primi mesi di scuola.

I bambini sembravano tranquilli, Andrea lasciò la porta aperta e tornò in cucina, dove iniziò a preparare la tavola. Tolse alcuni piatti dal pensile a sinistra e li appoggiò sul lavello, accanto pose alcuni bicchieri.

Al centro della cucina, sulla destra del lavello, c'era una fila di sei cassetti laccati in nero.

Andrea aprì il primo, ma all'interno non vide nessuna tovaglia, passò al secondo, poi al terzo e al quarto, aprì anche il quinto con poca convinzione, infine estrasse l'ultimo convinto che non vi avrebbe trovato nessuna tovaglia.

Nel sesto cassetto però c'era una grande busta gialla, più che gialla era di colore carta da pacchi, sulla quale spiccava una grande etichetta bianca, con scritto in grassetto: **Nizar Quabbani – Professional Photographer** e, subito sotto, una piccola riga in arabo.

Nizar Quabbani

In quel caldissimo pomeriggio del 28 luglio 2014, Nizar parcheggiò l'usato Scarabeo all'entrata del suo studio fotografico. A tracolla portava la sua consumata borsa di cuoio, con all'interno la sua amata fotocamera. Chiuse velocemente la porta dietro di sé, per non far entrare la polvere della strada. Appoggiò la borsa sul vecchio tavolo in legno, ne estrasse la macchina fotografica e si diresse verso la stanza attrezzata a camera oscura.

Era figlio d'arte, Nizar, unico maschio di tre figli, l'unico a continuare il lavoro del padre, poeta mancato, ma fotografo amato e rispettato, almeno in quella parte della città di Aleppo. Il padre aveva iniziato da piccolo a lavorare, come apprendista fornaio, nel più grande panificio della zona, lavoro che lasciò subito dopo essersi sposato con la madre di Nizar, una giovane donna dalla corporatura esile, con occhi profondi e capelli nerissimi. La giovane Aisha, il cui nome significa vita e prosperità, insegnava ai bambini nella scuola del quartiere e, quando il padre di Nizar la vide per la prima volta entrare nel panificio, se ne innamorò perdutamente.

Fu l'amore per la moglie a spingerlo ad acquistare la prima macchina fotografica e ad allestire la sua prima camera oscura amatoriale.

La voce, che un giovane fotografo sviluppava le foto in casa, si sparse in poco tempo nel quartiere. Dapprima arrivarono le madri, che chiedevano una foto per i figli in partenza per il servizio militare o per il lavoro, poi le coppie di giovani fidanzati, che desideravano un loro ritratto, infine le richieste per i servizi ai matrimoni. Ma la svolta che lo consacrò definitivamente come vero fotografo, arrivò tre anni dopo, quando gli venne chiesto di collaborare per il giornale cittadino nelle riprese fotografiche.

Quando il piccolo Nizar venne alla luce, si accorse ben presto di avere già due sorelle. Il bimbo, comunque, crebbe all'ombra del padre e, anche in seguito, per lui ci fu solo e sempre un'unica passione a guidarlo: la fotografia. Ora, nel laboratorio che era stato del suo amatissimo padre e che lui aveva ingrandito, la luce rossa era accesa e Nizar lavorava per sviluppare le foto scattate dopo il bombardamento dell'ospedale provvisorio di Aleppo. Le tre bacinelle con i liquidi chimici erano pronte, l'ingranditore anche, non rimaneva che attendere e Nizar aveva imparato a non avere fretta.

In attesa dell'asciugatura, andò nell'adiacente cucina, estrasse dalla cassapanca una focaccia di pane, ne staccò un pezzo, poi prese una sedia e la trascinò fuori, nel piccolo giardino. Sedutosi, ogni tanto scrutava il cielo limpido, sperando di non vedere aerei in volo almeno per quel giorno.

Quando le foto risultarono asciutte, le staccò dal filo dove le aveva appese e le sparse sul tavolo della cucina. Le divise in due gruppi, le foto che ritraevano la parte crollata dell'ospedale e quelle dei corpi allineati sul marciapiede. Le avrebbe portate subito alla redazione del giornale, tranne quelle che aveva scattato alla giovane infermiera dai capelli biondi, quelle che gli avevano procurato una certa inquietudine. Quelle foto, con i dettagli del volto e delle ferite riportate alle mani e alle braccia della giovane, decise che per il momento le avrebbe tenute per sé.

Fu così che trascorsero ben ventiquattro ore, piene di ripensamenti, prima che Nizar decidesse di recarsi all'ospedale dei Medici Volontari e consegnasse quelle particolari foto al responsabile dell'associazione.

Esse arrivarono infine a Francesca, alcuni giorni dopo la celebrazione delle esequie di Alessandra.

Francesca ritenne più opportuno aspettare il trascorrere di alcuni mesi, prima di consegnarle personalmente a Matilde, mamma della sua cara e sfortunata amica.

Le foto

Andrea non era certo il tipo d'uomo che frugava nei cassetti delle case altrui, ma quando le dita delle mani toccarono quella busta, il suo cuore accelerò i battiti, la tensione che aveva percepito avvicinandosi a quella casa salì al massimo. Prese la busta, la mise sul tavolo e si sedette. Nell'estrarre le sei fotografie, la mano gli tremava. Sapeva, senza ancora averle osservate, che avrebbe rivisto il volto di Alessandra. Chiuse per un attimo gli occhi, poi le allineò in due file sul tavolo.

La prima in bianco e nero che ebbe fra le dita, visualizzava la gemella dalla vita in giù, il vestito da infermiera bianco era sistemato fin sotto le ginocchia, si vedevano chiaramente rivoli scuri sulla pelle bianca delle gambe, che terminavano sui piedi nudi, sporchi di polvere grigia. La seconda foto ritraeva il dorso della mano destra e, più su, il polso e l'avambraccio, dal gomito in giù la stoffa bianca della manica risultava strappata, evidenti schegge di vetro, sporche di sangue e polvere, erano penetrate nella carne da metà avambraccio fino alle dita.

Emozionato, con gli occhi umidi, la lasciò cadere sul tavolo. Dopo una breve pausa, prese la terza, che era simile alla seconda, ma ritraeva il palmo della mano e l'avambraccio sinistri, anch'essi coperti di sangue e vetro. Avvicinò altre due foto, le quali ritraevano il corpo intero di Alessandra: sulla prima, oltre al suo, si vedevano almeno altri quattro corpi, allineati sul lato destro della strada; sull'altra compariva solo lei, per intero, messa a fuoco perfettamente, dalla quale risultava evidente che qualcuno le aveva sistemato il camice bianco, abbottonando anche l'ultimo bottone vicino al collo. Il viso era pulito dalla polvere, così anche gran parte dei capelli.

La foto che ne ritraeva solo il viso, Andrea l'aveva lasciata deliberatamente per ultima. Mentre la osservava con occhi ormai prossimi al pianto, le dita gli tremavano.

I suoi begli occhi azzurri, che lui ricordava perfettamente, erano chiusi, l'espressione sembrava serena... e... sulla fronte... c'era evidente quella A, tracciata con il dito insanguinato.

Il suo ultimo messaggio al mondo, pensò, non trattenendo più il pianto: A come Amore, A come Andrea, A come Alessia, come Anna, come Angie. A, la prima lettera dell'alfabeto, per comunicare, interagire, capire, amare e, infine, per essere liberi.

Quando Alessia e Matilde, cariche delle borse della spesa, suonarono il campanello, nessuno rispose, Alessia premette una seconda volta, questa volta tenendo premuto per qualche secondo.

Alvise aveva sentito suonare e, già al primo squillo, era scivolato subito giù dal letto, tenendo per un orecchio l'orsacchiotto bianco, mentre Angie lo seguiva con l'altro peluche. Passando davanti alla porta della cucina Alvise si bloccò. Andrea era seduto, la testa fra le mani, lo sguardo nel vuoto. Anche Angie osservò il padre, in silenzio, strinse con la sua piccola mano quella di Alvise e in quel momento arrivò il secondo squillo. Alvise allora si diresse alla porta e l'aprì.

Ad Alessia bastò uno sguardo veloce ai bambini, per capire che qualcosa non andava, appoggiò le borse della spesa in corridoio e chiamò: – Andrea, Andrea! – e si precipitò in cucina. Andrea piangeva, era là con le braccia appoggiate al tavolo, il volto nascosto sopra gli avambracci e le foto sparse sul tavolo.

Mentre tutto questo accadeva in casa di Matilde, Marco e Anna erano al caffè del fine pranzo, seduti sul divano in cucina. Marco, tenendole la mano, si sporse a baciarla sulla guancia e lei ricambiò con un bacio, a sfiorargli le labbra.

A quel punto, Marco arretrò il viso, nei suoi occhi chiari comparve un'ombra. – Che succede? – chiese Anna.

– Vieni! – rispose Marco alzandosi prontamente – Andiamo, andiamo da Alvise, ho una strana sensazione.

Ora anche Anna si sentiva preoccupata, i due indossarono velocemente le giacche e uscirono, camminando velocemente in direzione della casa di Matilde.

Nel frattempo, nel trambusto, la busta gialla che aveva contenuto le foto di Alessandra era scivolata sul pavimento.

All'interno c'era un biglietto, un pezzo di carta da quaderno, che nessuno aveva ancora notato.

Portava una scritta in corsivo:

- I did as you asked me. Your friend. -

Nizar Quabbani

Ringraziamenti

A tutte quelle persone, che mi hanno aiutato e incoraggiato nel portare avanti questo progetto, al mio editore Mnamon nella persona del Sig. Gilberto Salvi, per la sua disponibilità e gentilezza, per la sua capacità di scrivere le sinossi che invidio.

A tutti un grazie di cuore.

Indice

www.ingramcontent.com/pod-product-compliance
Lightning Source LLC
Chambersburg PA
CBHW020407260626
47156CB00007B/2269